T0243795

LA SEÑAL DE LA CRUZ

LA SEÑAL DE LA CRUZ

EL PRIMER CASO DE SOR HOLIDAY

Margot Douaihy

Traducción de
Damià Alou

es una colección de
RESERVOIR BOOKS

Papel certificado por el Forest Stewardship Council®

MIXTO
Papel | Apoyando la
silvicultura responsable
FSC® C117695

Penguin
Random House
Grupo Editorial

Título original: *Scorched Grace*

Primera edición: mayo de 2024

©2024, Margot Douaihy
Originalmente publicada en Estados Unidos por Gillian Flynn Books,
sello de Zando. www.zandoprojects.com
© 2024, Penguin Random House Grupo Editorial, S. A. U.
Travessera de Gràcia, 47-49. 08021 Barcelona
© 2024, Damià Alou Ramis, por la traducción

Printed in Spain – Impreso en España

ISBN: 978-84-19437-84-6
Depósito legal: B-5.904-2024

Compuesto en M. I. Maquetación, S. L.
Impreso en Unigraf
Móstoles (Madrid)

RK 3 7 8 4 A

1

El Diablo no está en los detalles. El mal prospera en los puntos ciegos. En la ausencia, el espacio negativo, como el birlibirloque de un truco de prestidigitación. Los detalles son obra de Dios. Mi trabajo es mantener esos detalles en orden.

Tardé cuatro horas y media en hacer la colada y limpiar las vidrieras, y al terminar tenía el cuerpo destrozado. Me dolían todos los músculos. Hasta tragar me dolía. Así que cuando mis hermanas entraron en la sala de profesores para la reunión, con las carpetas y los papeles apretados contra sus hábitos negros, me escabullí al callejón para un poco de reflexión divina: una pausa para fumar. Era domingo, anochecía.

Vicio en domingo, lo sé. No es mi mejor momento. Pero *carpe diem*.

Una hora para mí era todo lo que necesitaba. Un aura de amenaza me había acechado todo el día. El aire era denso y crudo, como si quisiera pelear a puño limpio. Un calor pegajoso, típico de Nueva Orleans, aunque ese día todavía era peor. El sol como la hinchazón roja de una picadura de mosquito. Un hervor lento que ocultaba la violencia de la ebullición. No estaba para aguantar otra reprimenda.

Apenas llevábamos una semana del trimestre de otoño y dos chicos ya se habían quejado de mí. «Siempre nos está atosigando —había garabateado un alumno—, ¡ya no siento las yemas de los dedos!». Otro (anónimo, debo añadir): «¡¡¡La clase de música es una TORTURA!!!». Me preocupaba que sor Augustine —nuestra directora y madre superiora, robusta y fiable como un nudo marinero— me interrogara delante de todos durante la reunión del domingo. Lo que inevitablemente llevaría a sor Honor a esgrimir infracciones menores en su cruzada contra mí. Las trolas de esa mujer estaban tan hábilmente perfeccionadas que eran casi sagradas. Y claro, mi listón estaba alto. El más alto. El colegio de Saint Sebastian era uno de los pocos centros católicos privados que quedaban: distaba de ser lujoso, pero era definitivamente elitista. Hacía practicar a mis alumnos una hora seguida, cinco días a la semana. Como si fueran un grupo de verdad. ¿Cómo iban a aprender, si no? Día tras día: había que comprometerse. De lo contrario, hubiera hecho un flaco favor a los alumnos y a Dios. Sufrir es un privilegio.

El dolor es una prueba del crecimiento.

El dolor significa que estamos cambiando.

Y todo el mundo es capaz de cambiar. Incluso yo.

Pero eso no significa que siempre lo hiciera bien. Cuando me castigaban, mi tarea consistía en limpiar las enormes vidrieras de la iglesia. Me subía a nuestra escalera desvencijada y sacaba brillo a los vitrales, uno a uno. Once en total. Azul intenso, coral, verde helecho y mi favorito, rojo sangre, el color del vino sagrado, el rojo vivo de una lengua que canta durante las vísperas. Nuestros vitrales contaban historias del Antiguo y del Nuevo Testamento. Moisés, de puntillas, separando el mar cerúleo. Los evangelistas: Mateo era un hombre alado; Marcos, un león; Lucas, un buey volador; y Juan, un águila. El trauma a cámara lenta de las estaciones del vía crucis. Ángeles adoradores que flotaban sobre el pesebre durante el nacimiento de Cristo, nuestro Señor: en sus pequeñas manos, arpas luminosas como joyas. Era tan hermoso que a veces dolía mirarlo.

Como observar a la gente en la iglesia cuando se arrodilla y reza. Aúllan y pierden el equilibrio. Veo a la gente en sus horas más bajas. Oigo a la gente suplicar a Dios, a María y a Jesús que les den una segunda oportunidad. A un planeta de distancia de los cónyuges o hijos que están sentados junto a ellos en el banco. O tan solos que han adelgazado hasta convertirse en fantasmas. Las monjas siempre estamos ahí para ser testigos, para dejar espacio a los milagros en medio del terror, del aburrimiento, de la sangre de la vida. Para acogerte, para ver cómo tiemblan tus manos, validar tus preguntas, honrar tu dolor.

Nunca nos ves viéndote. Las monjas somos así de escurridizas.

Con mi paño especial, limpié la corona de espinas de Jesús y las palomas de la paz. Las estampas doradas me recordaban a mis tatuajes, tinta que debía cubrir, incluso bajo el calor sofocante de agosto, con guantes negros y un pañuelo negro al cuello: una de las condiciones de sor Augustine.

Aunque limpiar las vidrieras fuera mi penitencia, y era agotador, el trabajo me gustaba. Cada panel me hechizaba. Más dramático que Facebook o que una pelea de bar.

A veces, Jack Corolla, uno de los conserjes de Saint Sebastian, traía su escalera y me ayudaba. «Ayudar» era un verbo generoso. A menudo tenía que bajar y anclar su escalera, pues era extraordinariamente torpe y le daban miedo las alturas. Lo que más le gustaba a Jack era el vitral del serafín, y se quedaba embelesado con el fino cabello del ángel, el oro incandescente del filamento de la bombilla. «Es la maldición de un edificio antiguo como este», así explicaba Jack, con su acento sureño y su tartamudeo, todos y cada uno de los problemas que era incapaz de arreglar en nuestras instalaciones. Tuberías que goteaban, luces que parpadeaban, lo que fuera. Jack estaba paranoico con el plomo y las esporas de moho que podían quedar en el agua después de las tormentas, convencido de que siempre iba a ocurrir algo malo. Me recordaba a mi hermano pequeño, Moose. Ninguno de los dos admitiría nunca ser supersticioso, pero tan cierto como que el sol se pone por el oeste, los dos tocaban madera tres veces. «¡Filtra dos veces el agua, hermana!», me advertía Jack. «Una vez no es suficiente. ¡Doble filtrado!». Preocupación que rayaba el acoso. Dulce acoso. A los dos les gustaba darle a la sin hueso y se apuntaban a un bombardeo con tal de escaquearse del trabajo. Ambos se creían unos manitas siendo todo menos eso. Pero todos nos reinventamos, ¿no? Seguimos intentándolo porque la transformación es supervivencia, como demostró Jesús y me enseñó Moose. Mi hermano conocía mejor que nadie el coste de vivir de acuerdo con tus ideales. Ojalá le hubiera hecho caso antes.

Durante el primero de los innumerables castigos de sor Augustine, descubrí que si acercabas tu cara a la de María en el vitral de la Natividad podías mirar a través de su ojo translúcido y ver Nueva Orleans brillando como si fuera el ala de una polilla. En el peldaño más alto de la escalera, con mi ojo pegado al ojo de María, veía nuestro suburbio, el faubourg

Delassize, y el Livaudais desplegarse a la izquierda, Tchoupi-toulas Street y la hipnótica cinta del río Mississippi a la derecha. La ciudad era eléctrica a todas horas, pero al amanecer me asombraba el derroche de color que vibraba en la luz sedosa. Casas pintadas de rosa, amarillo y caqui se extendían por el Garden District, largas y estrechas como las vías del tren. De las ramas de los nudosos robles goteaban abalorios verdes y morados del desfile de Mardi Gras y musgo español gris. Contemplaba el tranvía que subía y bajaba por la avenida Saint Charles, y veía a los pasajeros que se montaban y se apeaban lentamente mientras la campana metálica resonaba en el aire. La mayoría de los tontos se imaginan Nueva Orleans como una caricatura: la tiranía de Bourbon Street y el terror verde de los chupitos de gelatina. Echar la pota en la acera o sobre el étouffée de langosta. Y, sí, esas tonterías del Barrio Francés me han puesto de los nervios. Pero la ciudad es más compleja e inquietantemente sutil de lo que jamás imaginé. Mítica y verdadera.

Tan verdadera como puede serlo cualquier historia.

El almizcle embriagador del olivo dulce y el jazmín que florece de noche. Adoquines del tamaño de biblias. La implacable simetría de las tormentas: los ojos de los huracanes y sus bandas de lluvia. Aguaceros repentinos que cortan el aire. Inundaciones seguidas de renacimientos.

Tropecé con tesoros azarosos por toda la ciudad, visiones casi divinas, como el rostro de santa Ana en las palmeras. Durante mi primera semana en la orden, después de recoger mi uniforme en la cofradía, entré en una tienda de curiosidades polvorienta, pintada de un negro aterciopelado de bodegón holandés, que solo vendía cráneos de pájaros, tallas de marfil y canicas. Nunca he vuelto a encontrarla. A través del ojo de María, observaba a los pavos reales que deambulaban por las calles con las tonalidades tecnicolor de un flashback de LSD y envidiaba su libertad. Veía cómo la niebla se cernía igual que un velo blanco neón sobre el río y la tienda de la esquina de Magazine Street, donde sor Thérèse descubrió que se podía comprar una pastilla de jabón y un filtro de amor por cinco dólares. Nunca se llevó el filtro, pero le brillaban los ojos cada vez que lo mencionaba.

A veces, cuando la desesperación silenciosa de mi aliento se posaba en los vitrales, quería salir corriendo y unirme a los conciertos espontáneos que se celebraban en los porches a todas horas: jazz, bebop, zydeco, funk, punk, música clásica, swing... Quería arrancarle la guitarra a un músico y ponerme a tocar. Abandonar por un momento este reino terrenal y dejar que mis dedos pensaran por mí. El sudor me perlaba la barbilla.

Pero quedarme en la orden suponía un desafío con el que suavizar las espinas de mi condición mortal.

La tierra puede ser un cielo o un infierno, dependiendo de la perspectiva. Controla tus pensamientos, elige en qué centrarte y podrás cambiar tu realidad.

Mirando a través del ojo de María podía ver los cuatro edificios distintos del complejo de Saint Sebastian. Nuestro convento, la iglesia y la rectoría eran tres edificios independientes agrupados en el lado norte de Prytania Street. El colegio, con sus tres alas —este, central y oeste, dispuestas como una herradura cuadrada— estaba al otro lado de la calle, hacia el sur. Un patio cubierto de césped daba color y vida al centro de la U del colegio, entre las alas este y oeste. Los alumnos se tumbaban planos como sombras en la hierba, bajo las viejas palmeras, o se sentaban en los largos bancos de granito, charlaban, se quedaban embobados, haciendo cualquier cosa menos los deberes. Durante todo el año, en el patio brotaban las flores a cámara lenta. Incluso por la noche, sus capullos y corolas bailaban como animados por su propio fuego.

No es que yo saliera mucho de juerga por la noche. Sin coche, las hermanas teníamos que ir andando a todas partes. Bajo la lluvia lacerante, caminábamos. Bajo el sol inclemente, caminábamos. A pesar de los vientos, caminábamos.

En el convento no teníamos ordenadores. Ni cámaras. Ni teléfonos, salvo una reliquia verde con dial rotatorio y cable montada en la pared de la cocina. Tampoco teníamos dinero propio. Nuestra radio era un modelo antiguo con un dial que funcionaba, regalo del padre Reese. Practicábamos el trueque para conseguir libros, café de achicoria, regaliz rojo y Doritos (culpa de sor Thérèse). Cultivábamos diecisiete variedades de frutas, verduras y hierbas en el huerto, situado entre la iglesia y el convento. A los estudiantes no se les permitía entrar en nuestro huerto, pero una o dos veces vi a Ryan Brown comiendo unos higos y mandarinas que me resultaban bastante familiares. Los huevos eran de nuestras propias gallinas: Hennifer Pico y Frankie. Cuando celebrábamos misas especiales o recaudábamos fondos después de una tormenta, íbamos de casa en casa por nuestro faubourg. Así conocí a algunos vecinos, preguntándome y preocupándome de qué pensaban de una monja como yo. Tampoco es que yo hubiera sabido qué pensar de una monja como yo: un diente de oro a causa de una pelea de bar, pañuelo y guantes negros que ocultaban mis tatuajes, mis raíces negras asomando por un pelo muy decolorado.

Dios nunca me juzgó tan duramente como yo me juzgaba a mí misma.

«Si le hablaras a otra persona como te hablas a ti misma», me decía Moose, «sería maltrato».

Por suerte, no tenía mucho tiempo para pensar en mis cosas. Cuando no estaba en misa, dando clases de guitarra, corrigiendo deberes poco brillantes o ensayando con el coro, limpiaba y fregaba el espléndido suelo de parquet de nuestro convento, acarreando el limpiador de madera Murphy y agua tibia en un cubo de hojalata, procurando no derramar espuma por los bordes. Cuando fregaba me ponía un delantal blanco, como me había ordenado sor Augustine. Así quedaría constancia de la suciedad y la mugre, de nuestro esfuerzo, de lo mucho que trabajábamos. Teníamos que mantener limpias las instalaciones. La insidiosa humedad penetraba en todos los edificios, royendo nuestras queridas estructuras desde dentro hacia fuera, como por capas. Todos nuestros edificios se ahogaban en moho. Blanqueabas una esquina y al día siguiente veías que el moho florecía en otra pared. Unas erupciones negras, del color del asfalto.

Todos los miércoles, antes del amanecer, me paseaba de puntillas por el edificio, en zapatillas, con el plumero telescópico, para quitar las telarañas góticas de los rincones más altos. Nunca matábamos a ningún tipo de criatura, pues apreciábamos la energía sagrada de todo ser vivo, incluso de las cosas infernales sin rostro. Con una taza y papel de periódico, expulsaba al jardín los ciempiés, las cucarachas, las arañas y las polillas gigantes, y las colocaba con cuidado bajo el naranjo en flor; las avispas silbaban y chocaban contra las paredes de la taza. Algunas arañas eran lo bastante grandes para que pudiera observar su docena de ojos, brillantes como agujeros negros iridiscentes.

Liberar insectos, salvar almas: hacíamos de todo. El servicio significaba acción. Hablar es muy fácil. Se esperaba que incluso los estudiantes colaboraran. Aquel domingo, durante mi sudoroso maratón de limpieza, oí el fuerte tañido de la campanilla del altar. Eran Jamie LaRose y Lamont Fournet, que salían de la sacristía con los brazos llenos de objetos metálicos; su superficie reflejaba los colores de los prismas de las ventanas.

—¡Hola, sor Holiday! —gritó Lamont desde abajo, con una voz tan envolvente como un abrazo de oso. Estaban guardando los objetos litúrgicos de la misa—. ¡Siento mucho molestarla!

Me asombraba la gente que se disculpaba sin motivo, como si estuvieran congraciándose de cara a una futura infracción. Pero Lamont y Jamie, ambos de diecisiete años y estudiantes de último curso en Saint Sebastian, eran los monaguillos más fiables. Nunca llegaban tarde al ensayo del coro. Nunca dejaban caer el incensario ni eran insolentes con el padre Reese. Lamont medía casi dos metros y hablaba a gritos de su familia criolla, deidades coronadas en el Krewe du Vieux, una de las carrozas del Mardi Gras. Jamie era el más discreto y corpulento de los dos, tenía la constitución de una caja fuerte. Siempre tenía la mirada baja y arrastraba los pies, y sonreía solo con los dientes, nunca con los ojos, como si tuviera el alma encerrada en lo más profundo. Era de estirpe cajún, francocanadienses que emigraron al golfo de México en no sé qué siglo. La infalible seriedad de los chicos, sus camisas metidas por dentro y su deseo de contarme todo sobre sus jóvenes vidas era reconfortante —incluso desconcertante— en medio del sarcasmo y la miseria adolescente.

15

Después de que Jamie y Lamont salieran de la iglesia aquel domingo, terminé de limpiar bajo el calor sofocante y cerré con llave. Me aseguré de que el patio y la calle estuvieran vacíos, evité la procesión que se dirigía a la inminente y caótica reunión y luego me escabullí a mi callejón. Lo llamaba mío porque era la única pringada que desafiaba el estruendo del teatro y el hedor putrefacto del contenedor. Era mi secreto.

Todo el mundo tiene secretos, especialmente las monjas.

Como un buen misterio, el callejón estaba a la vez oculto y a la vista. Se podía pasar de largo y no verlo. Un hueco hecho a propósito. Mi sala de fumadores secreta. Y, aquel día, mi asiento de primera fila para presenciar el crimen que lo cambiaría todo, la primera rendija que nos permitiría desentrañar muchas cosas.

No tenía dinero para cigarrillos, por supuesto, pero fumar lo que confiscaba a mis alumnos era juego limpio. A los alumnos no se les permitía fumar en Saint Sebastian; era mi deber intervenir. Y sor Honor decía que era pecado desperdiciar cualquier cosa. Así que allí estaba yo, en la entrada del callejón, el domingo por la noche, ocupándome de mis asuntos, asándome en aquel calor delirante que no aflojaba ni al anochecer. La guitarra de Django Reinhardt se oía desde un coche en algún punto de Prytania. La música era el tejido conectivo de Nueva Orleans: estaba ahí cuando la necesitabas, como la oración. Tanto la oración como la música eran sagradas, y me salvaron el pellejo más veces de las que puedo contar.

Yo era una auténtica creyente, a pesar de mi manera de ver las cosas.

Por eso sor Augustine me había acogido de buen grado en el colegio de Saint Sebastian el año anterior. Había reparado

16

en mi potencial. Fue la única que me dio una oportunidad cuando nadie más quería arriesgarse, ni siquiera el centro de día en el que empleaban a guardias de seguridad demasiado rudos para los correccionales, ni los talleres de reparación de automóviles donde todo el mundo tomaba metanfetaminas, ni las agencias de seguros de Benson-Hurst. Yo estaba dispuesta a trabajar de noche y los fines de semana, joder, y tenía madera de buena investigadora: concentración metódica y arbitrariedad a partes iguales, paciencia de cazador y gusto por las *femme fatale*. Aun así me rechazaron. Pero sor Augustine no. Me invitó a Nueva Orleans, a formar parte de la orden, con algunas condiciones.

Solo éramos cuatro: sor Augustine (nuestra abnegada madre superiora), sor Thérèse (una antigua hippie de rostro beatífico que alimentaba a los gatos callejeros), sor Honor (una infatigable aguafiestas que me detestaba), y yo, sor Holiday, que servía a la imposible verdad de la devoción queer. Éramos tan diferentes entre nosotras como el Levítico, el Cantar de los Cantares o el Libro de Judit. Pero como orden, como las Hermanas de la Sangre Sublime, conseguíamos que la cosa funcionara. Por el amor de Dios —el único amor verdadero— y por el bien de los niños y de nuestra ciudad. Nuestro lema, «Compartir la luz en un mundo oscuro», está grabado en la placa de la puerta de nuestro convento.

Éramos una orden progresista, pero monjas católicas al fin y al cabo, con reglas que debíamos seguir o, en mi caso, poner a prueba. Estábamos centradas, trabajábamos con diligencia en el colegio, la iglesia, la cárcel y nuestro convento. Nuestras habitaciones eran modestas. Nuestro cuarto de baño conventual era espartano y cavernoso, con un aire mohoso y sepulcral. No había espejos. No había secadores. Las duchas tenían cortinas de plástico barato. Cuando me abstraía debajo del grifo, nunca demasiado tiempo (sor Thérèse me cronometraba para ahorrar agua), veía cómo las gotas formaban pequeñas estalactitas en el techo. Las zonas comunes del convento estaban tan austeramente decoradas como tumbas sagradas, y eran igual de frías. Una bendición en medio del calor sofocante y permanente.

Incluso en mi callejón en sombra hacía un calor abrasador. Aquel domingo llevaba puestos los malditos guantes y el pañuelo, como me exigía sor Augustine, y parecía que se me hubieran fusionado con la piel. Aun así, poder estar a solas me supo a gloria, antes de que terminara la reunión de personal y de entrar en el convento para cenar. Tenía dos cigarrillos que había requisado el viernes por la tarde, extrayéndolos de detrás de las orejas puntiagudas de Ryan Brown.

—Hermana, ¿otra vez? —había gimoteado Ryan Brown, estudiante de segundo año en Saint Sebastian, el rey del ridículo, después de que le quitara los cigarrillos—. Vaaaa. —Levantó las manos como un niño pequeño.

De todos mis alumnos, era el que tenía menos sabiduría callejera. Mi suministro de contrabando fluía a través de ese curioso chico. La mayoría de los estudiantes huían en el instante en que yo entraba en una habitación, mientras que Ryan Brown no se movía. Sus flagrantes violaciones de nuestras normas sobre el tabaco hacían que pareciera que intentaba que le pillaran. O a lo mejor se le daba mal ser malo. No como a mí.

Blandí los cigarrillos.

—¿Exhibir sus cigarrillos le convierte en un tipo duro?

—Pero si yo...

18

—Aprenda a luchar por lo que quiere —le corté en seco. No me interesan las excusas—. O aprenda a ocultarlo mejor. Si no, lo perderá todo.

Mi sabiduría tenía algo de gracia, lo admito.

Ofrecía a mis alumnos lo único que importaba en la vida, la honestidad, y la servía de la misma manera que repartía venganza: fría como un témpano. Era un desastre en la mayoría de cosas, pero cuando se trataba de compromiso me entregaba por completo, como una pitón que se come a una cabra, con tendones, pezuñas, esqueleto. Al igual que mis hermanas, hacía todo lo que podía para mejorar a cada estudiante, para ayudarles a llevar la luz en sus propias manos: no iba a sujetarla yo por ellos. A veces eso significaba llamar la atención sobre su vaguería y su bajeza. Y sabía cómo descubrir sus trolas, porque yo había vivido lo mismo. Para domar a un caballo o a un ser humano, primero hay que entender lo salvaje.

Durante todo el fin de semana había esperado el momento perfecto para saborear los cigarrillos, y ese domingo por fin había llegado. Estaba sudando por todas las capas de mi uniforme, pero necesitaba un rato más al aire libre. Sin un minuto para mí, acabaría contestándole mal a sor Honor. Yo tenía la mecha peligrosamente corta, y sor Honor sabía cómo encenderla.

Saqué uno de los cigarros robados que guardaba en la funda de la guitarra. Me lo pasé por la nariz, lo olfateé y lo encendí con la última cerilla del cuadernillo. Una nube de mosquitos se dispersó tan rápido como se había formado, a diferencia de la puesta de sol, que permaneció, como un reloj de bolsillo bañado en oro que parecía ralentizar el propio tiempo. El crepúsculo era la bisagra entre el día y la noche.

Mareas de calor me empujaban y tiraban de mí. La piel se me arrugaba bajo los guantes. Dicen que si puedes triunfar en Nueva York puedes triunfar en cualquier parte. Pero Nueva Orleans es el crisol. El hogar de los milagros y las maldiciones: ni de la vida ni de la muerte, sino de ambas. En ese espacio liminal, como en el umbral de una puerta, puedes estar dentro o fuera, condenado o redimido.

El sudor me caía por la espalda. Me sorprendió que hubiera tanto silencio allí fuera, en el callejón húmedo, sin espectáculos en directo ni ensayos en el viejo teatro. EL DIABLO VUELVE AL VODEVIL, prometía el cartel. Como si el diablo fuera a dejar que alguien le dijera adónde ir. El teatro, como tantos grandes espacios de la ciudad, estaba devastado por las tormentas, que cada año eran más fuertes. La pintura de la puerta principal se desprendía en grandes desconchones de color caoba. Camino de la ruina, pero todavía exquisito. Más opulento que el maldito palacio de Buckingham.

Como se habían acabado las cerillas, tuve que fumar en cadena mis cigarrillos de contrabando, encendiendo uno con otro. Un tabaco de lujo, probablemente importado. Nuestros estudiantes más ricos eran unos cabrones —lo siento, Señor, es cierto—, pero sus cigarrillos eran mucho mejores que la basura con la que me ahogaba en Brooklyn, en mi antigua vida, cuando me sangraban los dedos para conseguir el dinero del alquiler, de las propinas, de mi siguiente whisky.

Una luna creciente flotaba como una garra. Las ranas croaban en la intimidad de su disfraz nocturno. Un coro chirriante, el nocturno, y más inquietante aún a causa del vapor tropical y el humo ámbar de las farolas. Las carnosas flores de magnolia tenían unas venas rosas y brillantes, como pequeños corazones que bombeaban dentro de cada pétalo. Di otra calada y dejé que me llenara bien los pulmones.

De repente, noté un sabor agrio en la garganta. Una oleada de calor intenso me abofeteó la cara y se me humedecieron los ojos.

Justo después, una mancha roja y naranja. El cielo nocturno explotó. Tardé un instante en comprender lo que estaba viendo.

Fuego.

«El colegio». Mi colegio en llamas. El ala este de Saint Sebastian estaba ardiendo.

Unas llamas furiosas salían por una ventana abierta.

En pocos segundos, estalló el horror. Esa fue la sensación: el instante más rápido y a la vez más lento de mi vida. Cualquier cosa tan inesperada deforma el tiempo, con una claridad terrible y borrosa. Como un accidente de coche. Como el primer beso. Los detalles más pequeños se magnifican y enturbian a la vez.

Un cuerpo en llamas cayó desde el segundo piso del ala este y golpeó el suelo como un puño despiadado.

«Dios mío». Solté el cigarrillo y salí corriendo del callejón. Crucé First Street y me acerqué a la persona que yacía en la hierba.

—¡Ayuda! —grité sin aliento, con la voz entrecortada, pero no había nadie.

Era Jack, mi confidente de las tareas de limpieza. Estaba muerto.

—¡Jack! —Me arrodillé a su lado—. ¡Oh, Dios mío!

No parpadeó ni se inmutó, solo ardió. Una fina línea de sangre goteaba de su fosa nasal derecha, tan delicada como si hubiera sido pintada con esmero por un pincel excepcional.

Jack yacía carbonizado en la hierba, con las extremidades extendidas: la devastadora coreografía de una cucaracha pisoteada. Su carne quemada desprendía un olor acre y terriblemente dulce.

¿Se había caído por la ventana intentando escapar del humo?

¿Le habían empujado?

«Señor, recibe a Jack a tu lado».

Las puertas siempre estaban cerradas después de la reunión de personal, la que me había saltado y que había terminado hacía más de una hora.

«Socorro».

Me pareció oír un grito dentro. Tenía que asegurarme de que no había nadie en el edificio. La manija de la puerta aún no estaba caliente, así que me cubrí la boca con el pañuelo como un bandido y la abrí. El humo me golpeó.

—¡Eh! —grité mientras corría por el pasillo, tosiendo. Una extraña fuerza me hacía avanzar—. ¿Hay alguien ahí?

Columnas de humo se arrastraban lateralmente por el techo. Remolinos de ceniza caían por las paredes, silenciosos como la respiración.

La alarma de incendios estaba dura. La vieja pintura roja se descascarilló cuando tiré de la palanca. La insulté, como si eso fuera a ayudar. Finalmente cedió y sonó una sirena estridente que podría haber hecho temblar a los muertos. Pero no se activó ningún aspersor.

—¿Hay alguien aquí? —Tenía la garganta en carne viva.

—¡Socorro! —gritó alguien en la distancia. Parecía a la vez lejos y justo delante de mis narices, pero apenas podía ver nada—. ¡Necesitamos ayuda! —Era una voz familiar, pero yo estaba tan aterrorizada que no podía ubicarla, como una canción a demasiadas revoluciones por minuto.

El humo que me envolvía olía a basura recalentada. Como en Brooklyn, la noche de la ignición. La noche en que mi antigua vida terminó.

Nada estaba en su sitio. Allí dentro no debería haber nadie.

—¡Siga hablando! Le encontraré.

El aire era espeso como el cemento, pero detecté un movimiento: alguien al final del pasillo.

—¡Eh! —me atraganté mientras corría hacia ellos, resbalando sobre un charco de cristales rotos—. ¡Eh!

La sombra se alargó y acto seguido desapareció en un instante con las líneas limpias y continuas de un pez en movimiento. Un espíritu bendito. Llevaba toda la vida esperando ver al Espíritu Santo, ¿y tenía que ser aquí? Si el mal *timing* fuera una religión, yo sería el papa.

Los gritos se amplificaron detrás de mí. Me giré bruscamente y traté de localizar las voces. La puerta de la antigua aula de religión estaba abierta, y dentro, en el suelo, vi a Jamie y Lamont. ¿Qué hacían allí? ¿Qué habían visto? ¿Qué habían hecho?

Corrí hacia ellos.

—¡Se ha cortado! —Lamont señaló la pierna de Jamie, de cuyo muslo manaba sangre—. Y yo me he roto el tobillo o algo.

Los dos chicos estaban sentados uno al lado del otro bajo la pizarra. Parecían niños de guardería preparándose para la hora del cuento, salvo por la caldera de fuego y humo y la sangre que brotaba de la pierna de Jamie. Una cuña de cristal roto, del tamaño de un palmo, le sobresalía del muslo. El dintel destrozado que yo había sorteado en el pasillo. Jamie se retorcía sujetándose la parte externa de la pierna izquierda. Sus ojos azules rabiaban mientras aullaba.

—Les voy a sacar de aquí. —Me arrodillé—. Lamont, rodéeme con su brazo. Jamie, ahora usted. ¿Han visto a Jack aquí arriba?

Ninguno de los dos chicos respondió, congelados por la conmoción. ¿O era culpa?

Intenté cargar con los dos, pero apenas pude levantarlos un palmo antes de que los tres nos desplomáramos con un horrible ruido sordo.

Jamie soltó un berrido. El cristal en su muslo debía de haberse clavado más. Si intentaba cargarlos de nuevo, podría ser aún peor.

El funcionamiento del cuerpo me resultaba tan misterioso como el de la mente, pero incluso yo sabía que tenía que estabilizar la pierna de Jamie.

—Uno, dos... —dije, y a la de tres, utilizando mi guante para agarrarlo, le saqué el cristal ensangrentado del muslo. Quedaron trozos de carne en el cristal, en mis guantes. Gritó como si un carnicero lo estuviera descuartizando vivo.

Lamont permaneció sentado, impotente, intentando consolar a Jamie, que rechinaba los dientes mientras la sangre se derramaba por ambos lados de su muslo, que parecía pulpa.

«Ave María».

Nada te prepara para el rojo húmedo y cruel de una herida abierta. Una segunda boca. Demoniaca.

Recé, intenté canalizar a Moose.

«Rezar es esquizofrénico», decía Moose para cabrearnos a mamá y a mí. «No estás hablando con nadie». Le rogué que no se uniera al ejército, igual que él me rogó que no me uniera a la orden. Como si fuera a servir de algo. La psicología inversa era una práctica familiar. Entré en el convento y Moose se apuntó al adiestramiento como médico de combate el mismo día. Cambiamos viejas vidas por vidas nuevas como si fuera algo simple o tonto, más fácil que hacer desaparecer una moneda. Una puesta en escena. Quién iba a pensar que el marica y la bollera de los Walsh se convertirían en monja y soldado. Que os den, paletos.

Me arranqué el velo —la fina tela que me obligaba a llevar sor Augustine— y lo até con fuerza alrededor del muslo de Jamie. Un torniquete improvisado.

—Ojalá pudiera llevarles a los dos, pero voy a sacar a Jamie primero, ha perdido mucha sangre.

—¡No me deje! —gritó Lamont; sus ojos castaños estaban inyectados en sangre y destilaban miedo.

Apreté el torniquete de Jamie, coloqué su brazo izquierdo alrededor de mis hombros y lo levanté por la cintura.

—¡Arriba!

Como una pareja de borrachos en una luna de miel cutre, cojeamos como un solo ser. Jamie era más alto que yo, puro músculo, pero lo levanté lo suficiente para que pudiera caminar.

—Ahora vuelvo, Lamont. Lo juro por Dios.

La adrenalina retumbaba en mis venas, como los estimulantes que solía esnifar, como la piadosa oleada de fuerza divina de las parábolas que había llegado a amar.

«Dios te salve María, Madre de misericordia, vida y dulzura, esperanza nuestra. Mi tercer ojo».

Recorrimos el pasillo cojeando. Lamont gemía en el suelo, se arrastraba como una foca detrás de nosotros, pidiendo auxilio a grito pelado, a mí, a Dios. A Jamie la sangre le salía a borbotones, manando veloz por mi intento de torniquete de mierda. Hubiera sido genial que el Espíritu Santo obrara un milagro allí mismo, pero no podíamos esperar a la intervención divina.

—¡Joder!—. Una brasa en llamas salió disparada contra mi ojo izquierdo y aterrizó en mi córnea como una bayoneta. La horrible precisión de lo que no se puede controlar.

Fuimos trastabillando hacia la escalera. Estábamos momentáneamente a resguardo del humo, una pequeña plegaria atendida. Allí era donde había visto la escalera y la caja de herramientas de Jack. Los conserjes limpiaban sobre todo por la noche, pero ¿un domingo?

¿Había provocado Jack el incendio? ¿Los chicos? Nada de eso tenía sentido.

Pero nunca lo tiene. Dos veces he mirado a la muerte a los ojos. Sé que va a por mí. A por todos nosotros. Si puedo seguir esquivándola, lo haré.

Jamie tenía los ojos abiertos, pero la mirada perdida y resignada de alguien que se ha dado por vencido. Le di una fuerte bofetada. «Concéntrate», le dije, aunque mi mente corría en diez direcciones distintas. Pensé «Estamos jodidos» y «Lo conseguiremos» al mismo tiempo, y necesitaba saber lo que sabían los chicos. Me clavé la lengua en el diente de oro, lo bastante fuerte para que saliera sangre. Era un tic nervioso, pero me mantenía con los pies en el suelo; un pacto secreto, invisible para todos menos para mí y para Dios. Me ayudaba a seguir adelante.

Al llegar a la planta baja empezó a sonar otra alarma. Las altas y pesadas puertas cortafuegos del ala este de Saint Sebastian comenzaron a moverse lentamente.

Las puertas automáticas nos encerraban.

—De aquí vamos a salir todos. —Me sorprendió el subidón de energía que desató la palabra «todos».

Di una patada a la puerta principal un segundo antes de que las puertas cortafuegos cerraran el ala este.

«Espíritu Santo, no nos abandones».

Solté un gruñido mientras salíamos tambaleándonos, en medio de una lluvia de papeles escolares y ceniza. El cuerpo de Jack Corolla yacía totalmente rígido cerca de la entrada del ala este. Una cáscara vacía que antaño había contenido todo lo que hacía que Jack fuera Jack: la costumbre de hablar con la boca llena, la risa de morsa, la energía nerviosa. El espíritu de Jack se había desvanecido.

—¿Eso es... un cadáver? —murmuró Jamie, apenas consciente.

El ulular de las sirenas de la policía, las ambulancias y los camiones de bomberos me estremeció. Un camión de bomberos aminoró la marcha y se detuvo delante de nosotros mientras avanzábamos dando tumbos. Los bomberos bajaron de un salto, desenrollaron sus mangueras naranjas y corrieron hacia el colegio en llamas.

Jamie se desplomó en el suelo, con los ojos cerrados y la boca abierta, como en un sueño profundo y plácido. Los paramédicos se apresuraron. Ver a aquel chico destrozado y ensangrentado en sus hábiles manos fue un alivio casi insoportable. «Gracias, Señor».

—¡Hay otro alumno dentro! —grité con mi lengua de lija—. Lamont. Está herido.

—¿Dónde? —preguntó un médico.

—Segundo piso, en el lado de la calle. Jack se cayó por la ventana. —Me di la vuelta y señalé el cuerpo de Jack en la hierba. Al levantar la mano, la sentí como de mármol labrado.

Apareció una mujer con una placa y me ayudó a sostenerme cuando estaba a punto de desplomarme. Por un instante, la arrastré en mi caída, pero ella afianzó las piernas, enderezó la espalda y flexionó los brazos para mantenernos a las dos en pie.

—Una noche de domingo relajada, ¿eh? —dijo la mujer con una sonrisa que se elevó más en una comisura que en la otra, como un barco que zozobra.

—Tengo que volver —contesté ahogándome. No podía hilvanar las palabras.

Me agarró el bíceps con su mano de hierro.

—No. A partir de ahora nos encargaremos nosotros. Estará menos muerta aquí fuera conmigo.

La mujer llevaba la identificación enganchada en el bolsillo izquierdo del pecho de su blusa arrugada: INVESTIGADORA DE INCENDIOS MAGNOLIA RIVEAUX, DEPARTAMENTO DE BOMBEROS DE NUEVA ORLEANS.

—Siga respirando. Soy Maggie. —Bajo las luces de la ambulancia, su rostro brillaba por el sudor—. ¿Está herida? —preguntó, sabiendo la respuesta.

—Ceniza en este ojo.

—Lo limpiaremos. —Me acompañó hacia una ambulancia que había aparcada en el patio. Los paramédicos estaban acordonando la zona.

—¿Ha visto la caída? —preguntó—. ¿Lo he oído bien?

—Jack Corolla. —Tosí, y cuando me chasquearon los labios, me di cuenta de que estaban agrietados por el calor—. No sé si ha saltado o lo han empujado. Jack es nuestro conserje.

Maggie levantó rápidamente su radio bidireccional y apretó los labios contra la superficie perforada del micrófono.

—217 a Central.

—Adelante, 217 —dijo la voz de la radio.

—Tengo una testigo. —La investigadora Riveaux clavó sus ojos en mí—. ¿Cómo se llama?

Abrí la boca para hablar, pero no salieron más palabras. Me enfurecía que mi propio cuerpo me silenciara.

—Puede que tenga los pulmones afectados —le dijo a la persona invisible de la radio.

El aire nocturno era estremecedor y nauseabundo, como un trago de agua pantanosa. Ese fue el sabor cenagoso que sentí en la lengua cuando me desmayé. Mi cuerpo se volvió viscoso y me escurrí entre los brazos de la investigadora Riveaux.

Cuando desperté, me sorprendió percibir la elevación de una camilla. Una mascarilla de plástico conectada a un aparato me tapaba la boca. El oxígeno era suave y glorioso, respiraba por mí.

¿Cuánto tiempo había estado inconsciente? ¿Dónde estaban Jamie y Lamont? Cada segundo contenía capas complejas, imbricadas como branquias. Gritos, llantos, alivio, oración, miedo. Mis pantalones negros de poliéster, mi uniforme, abrasados contra mi piel. Los guantes habían desaparecido hacía tiempo.

Pero mi collar de oro no se había roto, mi cruz seguía apretando su peso contra mi pecho. Mi blusa, desgarrada y suelta sobre el hombro, había resbalado y revelaba la tinta de los tatuajes que se extendían alrededor de mi cuello, por encima de la mandíbula, hasta la base del cráneo. Los botones debían de haber saltado mientras cargaba con Jamie. Riveaux entrecerró los ojos mientras descubría mi piel y escrutaba mis tatuajes. En los nudillos llevaba tatuadas las palabras *LOST* y *SOUL* (ALMA PERDIDA). En mi garganta se veía a Eva sosteniendo su manzana. El palíndromo *deified*, «endiosado», estaba dibujado en brillante cursiva verde y dorada, con una opulencia ominosa, como la serpiente del jardín del Edén, a lo largo de mi pecho. Había sido el tatuaje que más me había dolido. Un recordatorio del precio del egoísmo, de lo que se pone en juego cuando solo piensas en ti mismo, por muy agradable que resulte. También era mi favorito porque podía leerlo en el espejo. Aunque en el convento no teníamos espejos. Riveaux pronunció la palabra *deified:* me estaba analizando o lo intentaba.

Me cubrí con la rígida manta azul que me había dado el médico.

—Menudo lingote. —Señaló mi diente de oro con su dedo huesudo.

Enseñé la dentadura como un perro. Ese simple gesto me resultó agotador.

—217 a Central. —La investigadora se acercó de nuevo el micrófono a la boca y dijo—: Incendio provocado. Sin duda.

«Incendio provocado». ¿Cómo podía estar segura ya? ¿Qué indicios había? Riveaux me miró al ojo bueno.

—¿Me repite su nombre?

—Holiday Walsh. Quiero decir, sor Holiday.

—¿Sor? —Estaba atónita—. Pensé que era una cocinera del colegio aficionada al death metal.

—La verdad es que muerta sí lo estoy un poco. ¿Los chicos están bien?

—Malheridos —dijo Riveaux—, pero se recuperarán. Cuando estén estables en el hospital les someteré al tercer grado. —Sus juegos de palabras solo destacaban porque no daban ni una, pero parecía satisfecha de sí misma. Los ojos de Riveaux brillaban con un tono púrpura y madera, la luz cambiante de una tormenta solar.

Necesitaba sentir la tierra fría bajo mis pies. Cuando el capitán de bomberos se llevó a Riveaux, me quité la mascarilla, rodé para bajar de la camilla y me arrastré hasta una mata de hierba. Delante de mí se esparcían hojas de deberes y exámenes, y también vi una pequeña cruz de madera sobre la hierba. Una parte estaba chamuscada, quemada hasta el travesaño. Parecía como si pudiera llevarse fácilmente, igual que un arma. Quería tenerla cerca. La cogí, pero un paramédico me levantó pasando sus manos fuertes por debajo de mis axilas mojadas.

De vuelta a la camilla.

Riveaux y un médico me observaron mientras yacía tumbada en la ambulancia. Volvieron a colocarme la mascarilla de oxígeno sobre la nariz y la boca. Me vigilaban de cerca. Me asfixiaba tratando de recuperar el aliento, ahogándome en mi propio cuerpo.

Con la adrenalina agotada, la sentí: la batalla. Los ángeles y los demonios. Ya había visto a la Muerte y sobrevivido a las llamas dos veces. No hace falta leer la Biblia para saber que los elementos nos atormentan y nos salvan. Fuego, ira; agua, redención. ¿Qué giro argumental había provocado ese incendio no fortuito? Lo descubriría, o moriría intentándolo. La perspicacia y la terquedad eran mis dones divinos, herramientas que Ellos sabían que podía usar. Sí, mi Dios es un Ellos, demasiado poderoso para una sola persona o género, o para cualquier categoría que los simples mortales puedan llegar a entender jamás. Aquel día, Dios y el Espíritu Santo me habían abierto la puerta, y corrí hacia las llamas para ayudar a los chicos. Estábamos en mitad del fuego, prisioneros de sus garras rojo púrpura, las paredes rítmicas de un órgano palpitante. Pero mientras seguía tendida en aquella camilla, medio ciega, medio viva, me resultaba igualmente obvio que ninguna persona, santo o salmo me salvaría. Tendría que hacerlo yo misma.

2

El crepúsculo se transformó en noche mientras esperaba en la parte trasera de la ambulancia abierta. El médico me había regañado por haberle quitado el cristal de la pierna a Jamie, y me advirtió que no lo volviese a hacer. Me repitió varias veces que me calmara mientras comprobaba mis constantes vitales, pero yo seguía incorporada sobre la sábana blanqueada con lejía de la camilla para observar las llamas.

El fuego es tenaz. Y no le cuesta nada avanzar. Lo bien unido y remachado que está nuestro mundo, y lo rápido que puede incendiarse todo.

Los bomberos atacaron el ala este con sus mangueras sinuosas. El agua hizo retroceder las llamas. Parpadeé, escudriñando el oscuro patio en busca del Espíritu Santo, pero apenas podía ver. Me escocía el ojo, como si me hubieran picado hormigas rojas.

Tras abrirse paso entre la multitud desde nuestro convento, situado enfrente, mis hermanas formaron una media luna en el saliente de la ambulancia.

Con sus velos, sor Honor, sor Augustine y sor Thérèse podrían haber sido figuras de un daguerrotipo del siglo pasado. Eran las únicas monjas de Nueva Orleans que vestían los hábitos tradicionales, largas túnicas negras como tiendas de campaña. Cruces doradas. La equipación completa.

Sor Augustine levantó los brazos hacia el cielo asfixiante.

—Señor, ten piedad.

Frases que la gente dice todos los días con ironía o humor, pero que para nosotras son tan reales como la sangre. Tan reales como el conjuro de una bruja. La voz de nuestra superiora sonaba serena, y aunque sus ojos azules eran claros, tuvo que reajustarse el hábito, recuperar la compostura. Secarse las gotas de sudor.

Incluso una santa puede venirse abajo. No es que sor Augustine fuera una santa, pero era tan comedida que a veces me olvidaba de que era mortal.

—Santo, Santo, Santo es el Señor —recitó sor T con su voz musical—, que nos guía.

Tenía la piel olivácea y el rostro respetable de mi tía Joanie, un rostro en el que una confía porque es simple. Su espalda encorvada indicaba que la mujer se acercaba a los ochenta años. Pero era más dura de lo que parecía. Sor T podía mover piedras grandes en el jardín y levantar un bidón de agua de lluvia ella sola.

—Jack ha muerto —anuncié, tan impasible como si dijera la hora.

Sor T colocó sus pequeñas manos sobre el corazón y me miró con los ojos de una gata madre que sufre por sus crías.

—Ha salvado a Jamie, hermana. Y el alma del hermano Jack ha hallado un hogar eterno.

Sí. Jack se había ido, pero estaba a salvo. Era libre.

Siempre y cuando no hubiera provocado el maldito incendio. Si lo había hecho, su eterno hogar ardería para toda la eternidad.

Sor Honor se había estado tapando la boca con las manos regordetas, hasta que dijo:

—¿Cómo pudo dejar a Lamont dentro? —Negó con la cabeza y se pasó la lengua por los dientes.

—Calle —suplicó sor T—. ¿Cómo podía llevar dos chicos a la vez? —Se santiguó.

Una oleada de culpa hizo que el pecho y la cara me ardieran todavía más.

Mi corazón pareció dejar de latir por un segundo. «Moose, estoy teniendo un ataque al corazón».

«No, no es verdad», imaginé que me corregía Moose. Podía oír y ver a mi hermano instruyéndome, una reinona cuando quería, pero siempre con los ojos amables de un cachorro husky, y yo apreciando cada sílaba a medida que las pronunciaba. «Lo que estás experimentando es un ataque de ansiedad».

Riveaux y un médico se abrieron paso como pudieron entre el apretado corrillo de mis hermanas. El médico tenía las manos frías y un hoyuelo del tamaño de una gominola. Me irrigó los ojos y me puso un parche en el ojo quemado.

—Me gusta ese parche en el ojo. Solo le falta gritar: «¡Al abordaje» —dijo Riveaux. Era una mujer casada con su trabajo, a juzgar por sus vaqueros anticuados de tiro alto, las puntas abiertas de su pelo y una blusa sin forma tan anodina como el bar de un aeropuerto. Unas marcas de sudor empapaban sus axilas. Las gafas de montura metálica eran demasiado grandes para su cara estrecha. Encendió una linterna para verme mejor.

¿Quién era esa mujer? Sus chistes cutres. Sus vaqueros cutres. ¿Por qué no me dejaba en paz?

Vecinos, estudiantes y periodistas se apiñaban en la calle, entre la iglesia y el colegio. Una reportera pasó en una motocicleta y empezó a filmar antes de quitarse el casco. Las matas de rododendro rojo cabeceaban con la percusión de la multitud. Vi al pesado de Ryan Brown haciendo fotos con su teléfono, cerca de la zona acordonada en el patio, hasta que los policías le hicieron recular. Las hermanas rompieron su formación junto a la ambulancia y se desplazaron en una bandada negra, con hostilidad de cuervos, para abalanzarse sobre Ryan Brown y conducirlo al otro lado de la calle y ponerse a rezar.

Dentro de la ambulancia, en la radio de Riveaux seguían siseando las voces. Códigos criptográficos, conversaciones cruzadas.

Había pasado media hora desde que había sacado a Jamie. Toda la segunda planta del ala este estaba inundada. La epiléptica luz estroboscópica de las luces de emergencia lastimaba mi ojo sin parche.

El médico del hoyuelo me examinaba en la camilla. Estaba demasiado débil para apartarlo.

—Oximetría de pulso, buena. —El médico me tomó la tensión y me auscultó—. Presión sanguínea, noventa-sesenta. Al límite de lo normal.

El patio bullía con el ajetreo de un hospital de campaña. Otro coche de policía aparcó cerca de una furgoneta roja destartalada, que más tarde supe que pertenecía a Riveaux. El parachoques estaba medio caído.

Aspiré el aire suave del respirador, arrancándome la mascarilla cada treinta segundos para toser. Necesitaba escupir —el hollín me cubría los dientes—, pero tenía la boca demasiado seca y la lengua como gravilla. Era una sensación que conocía muy bien: el trauma de haber llenado mi cuerpo de veneno y empujado cada centímetro de mí hasta su límite absoluto. Moose solía decir que la gente como nosotros empieza a fumar para tener una excusa que le permita respirar hondo. En eso también tenía razón.

—Pégame en el estómago —me había dicho Moose hacía años, después de la agresión—. Pégame tan fuerte como puedas.

—No voy a pegarle a mi hermanito.

—Hazlo. —Me cogió la mano derecha y la cerró en un puño. Yo no estaba acostumbrada a notar los callos de sus manos, habitualmente finas. Sus dedos solían ser más elegantes que los míos, llenos de cicatrices.

—No.

—Necesito hacerme más fuerte. Pégame.

—No.

—Que me pegues. —Moose cerró los ojos—. Hazlo.

Y lo hice. Mi hermano me pidió que le diera un puñetazo —que le hiciera daño— para ayudarle a curarse, así que le hundí el puño derecho en el vientre y sentí cómo su carne blanda cedía. Gimió cuando entré en contacto con ella. El extraño elixir de herir a alguien: que se te dé bien hacer que algo duela.

—¿Algún miembro del personal, incluida usted o algún alumno, tiene antecedentes por arresto o incendio provocado? —La voz de Riveaux atravesó mi niebla interna.

Habían estado a punto de arrestarme en Brooklyn más de una vez. Pero gracias a mi viejo, que era policía, nunca lo habían hecho. Omití esos datos.

—¡Prince Dempsey! —Sor Honor se materializó e intervino. Señaló a Riveaux—. Se escribe P-R-I-N-C-E D-E...

—Hum... —dijo Riveaux, dando por terminada la lección de ortografía—. ¿Cuál es la historia de Prince Dempsey?

–Un alumno problemático –dije–. Tiene mucha labia, pero no es más que un vándalo de medio pelo.

–¡Eso no lo demos por hecho, sor Holiday! –La furia exagerada, la teatralidad de sus palabras, todo lo que salía de la boca de sor Honor parecía proceder de la Biblia o de un soneto shakesperiano. Sin embargo, tenía razón. Prince Dempsey era imprevisible.

–No sé –dije, y lo dije honestamente–. Prince rescata perros –añadí–, pero es terrible con la gente.

Sor Honor se encogió de hombros y jugueteó con su velo mientras el sudor le caía por las arrugas de la frente.

–Bueno, Prince Dempsey provocó dos incendios el año pasado, aquí mismo, en nuestras instalaciones. –Tenía el ritmo entrecortado de alguien que intenta mantener la compostura y sofocar las lágrimas antes de que vuelvan a brotar.

–Un pirómano. Interesante. –Riveaux garabateó con gesto taquigráfico, volvió a mirar mis tatuajes y se apartó de mí para hablar por la radio. Más códigos, palabras relacionadas con el fuego. Terminología que yo no entendía.

Lo que sí entendí fue el lenguaje corporal y la forma en que Riveaux y sor Honor me miraban, casi como si sospecharan que yo tenía algo que ver con el incendio. O con la brutal caída de Jack.

Tendría que resolver ese rompecabezas yo misma, aunque solo fuera para demostrar que todos estaban equivocados.

Riveaux se movía entre la ambulancia y el extremo del edificio en llamas. Cada vez que volvía al vehículo, parecía más convencida. De qué, eso yo lo ignoraba.

Las tres hermanas habían sobrepasado ya la edad de la jubilación, pero ahora, fuera de su círculo de oración, ninguna de ellas pedía una silla ni que le hicieran sitio en la ambulancia para sentarse.

Las mejillas de sor Honor se hundieron mientras miraba el edificio incendiado.

—Contempla nuestros pesares, Dios todopoderoso. —Unas cavernosas arrugas rodeaban sus ojos. Vi cómo las lágrimas inundaban su rostro—. Sor Holiday —ladró—, ¿qué está mirando, en el nombre de nuestro Señor? Deje de burlarse de mi dolor.

«¿Por qué me desprecia tanto?», pensé. La sensación física de desdén por sor Honor —¿o era miedo?— me recorrió en cascada el pecho y la cabeza.

«Perdóname, Señor. Intento ser mejor».

Conmigo en la camilla y mis hermanas en la acera, era como si me encontrara en un escenario. Sor Augustine sonreía. Estar cerca de ella era un consuelo físico, el péndulo que marca el ritmo. Suspiró profundamente.

—El Señor es nuestro Pastor. No nos pasará nada.

—¡Ya ha pasado! ¡Jack está muerto! —gritó sor Honor—. Está tirado en el suelo como si fuera basura. Y sor Holiday disfruta del caos. —Se santiguó en curvas confusas en lugar de con la estricta longitud y latitud de la cruz.

Sor Augustine levantó las manos en posición de oración y fijó su mirada en mi ojo bueno.

—Perdone a sor Honor, está muy disgustada. Todas lo estamos.

—Intenté ayudar.

—¿Ayudar? —Sor Honor resopló y se volvió hacia sor T—. La única persona a la que ayuda sor Holiday es a sí misma.

—¿Qué podía hacer? —Sor T desestimó la acusación de sor Honor—. No la atosigue.

—¡Vaya, ahora resulta que a sor Holiday no se la puede atosigar! —La voz de sor Honor se endureció—. Ni siquiera debería estar aquí. La tengo calada. A mí no me engaña.

Sor Honor era tan implacable y desagradable como un huracán en pleno festival de jazz, pero no se metía con todo el mundo. Solo conmigo. Solía intentar ganármela haciendo tareas extra: sacar cucarachas de su habitación reprimiendo una arcada cada vez que lo hacía; lavar su ropa interior mientras rezaba para que no fuera tan asquerosa como me temía y añadiendo una cucharada extra de lejía; prodigando elogios a su forma de cantar, incluso cuando desafinaba. En otra época, seducir a algún personaje arisco había sido un reto divertido para mí. Una adicción. Esa habilidad no me la llevé a Nueva Orleans. Sor Honor echaba por tierra todos mis intentos.

Giró sobre sus talones, con el centro de gravedad tan bajo como un pingüino. Cogió las manos de sor Augustine y rezaron de nuevo.

Quería arrancarme la máscara de oxígeno y salir corriendo. Pero desaparecer nunca arreglaba nada. Eso sí lo sabía.

Riveaux, sudorosa de ir y volver corriendo desde el ala llena de humo, se sentó a mi lado en la ambulancia, con el pliegue delantero de sus horribles vaqueros abultado como una bragueta.

—Agárrese. Nos vamos.

—¿Cómo? —Pensé: ¿por qué la investigadora de incendios iba a abandonar la escena de un incendio activo?

—Al hospital —respondió Riveaux—. Voy a interrogar a los chavales y a usted le harán radiografías y un chequeo.

—Puede hacerme un chequeo usted misma. Deme una pastilla. Quiero irme a casa.

—No. —Cruzó las piernas por los tobillos—. No depende de usted. No podemos arriesgarnos. —Mientras miraba el edificio en llamas, asintió—. Terrible. Terrible. —Su mirada fija y la forma en que hablaba consigo misma hacían de la presencia de Riveaux algo intenso pero balsámico como un aguacero. Era menuda, un metro sesenta como mucho, pero su seguridad en sí misma, su actitud de «a la mierda», la hacían parecer más alta. Apoyó la barbilla en los nudillos mientras me miraba fijamente—. ¿Las monjas viven en el convento?

Asentí con la cabeza, cosa que me mareó. Hacía un año que no me sentía tan cerca de estar borracha. Una parte de mí se mantenía dentro de la toxina, y me hacía revivir el giro siniestro, la huida familiar. Montada en el toro mecánico hasta que te tiraban al suelo.

—¿Se encontraba dentro del colegio cuando comenzó el incendio? —La forma en que inclinó la cabeza me hizo pensar que estaba escuchando atentamente.

—No —respondí.

—¿Dónde estaba?

Levanté la barbilla para indicar el callejón del teatro.

—En ese callejón, fumando.

—¿Una monja fumando? Vaya, vaya, vaya. ¿Vio a alguien más en el callejón? —insistió.

«Pues un cuerpo en llamas que caía del cielo, imbécil», pensé, pero no lo dije. Me había quedado sin aliento, así que negué con la cabeza. Menos mal, porque quería que se fuera. Me estaba empezando a asfixiar.

—No. —Sentí que la palabra salía de mi boca, pero no pude oírme. Como si mis oídos se hubieran desenchufado de mi cerebro. Recité en silencio: «Ave María, llena eres de gracia. Por favor, aleja a esta mujer de mí».

−¿A qué se dedica en el colegio?

−Doy clases.

−¿De qué? −Riveaux se secó la frente con un pañuelo deshilachado, que le dejó motas blancas. Se apretó la coleta.

−De guitarra.

−¿También canta? Al estilo de sor Mary Clarence. Clásico. −Sonrió ante su teatrillo barato−. ¿También vuela? *¿La monja voladora?* ¿O con ese piño de oro preferiría *La monja Terminator?* −Se rio entre dientes.

Veía estelas de luz color rosa cada vez que Riveaux gesticulaba con la cabeza. Moví los dedos de los pies para asegurarme de que seguían sujetos. Sentía los pelos de la nariz quemados. Me quité la mascarilla y el parche.

−Jack ha muerto −dije tosiendo−, ¿y aún se permite bromas?

−Lo sé, lo sé. −Se crujió el cuello.

¿Por qué seguía en la ambulancia conmigo? No era médico.

−Cuando ves lo que yo veo cada día, tienes que reírte. ¿Sabe lo que quiero decir?

A diferencia de la insufrible verborrea cantarina de mis alumnos, las frases de Riveaux remachaban cada final, haciendo que sus preguntas parecieran declaraciones. Se pasó las manos por los muslos de los vaqueros para limpiarse el sudor de las palmas.

La ambulancia pegó una sacudida. El freno de mano se soltó. Cuanto antes me examinaran en el hospital, antes podría volver a casa, al trabajo. Quitarme esa maldita máscara de oxígeno. Estaba acostumbrada a las máscaras. Las había usado toda mi vida. Pero no podía coger aire lo bastante rápido ni lo bastante profundo, era como si me hubieran perforado por dentro y el agujero se estuviera ensanchando.

—El colegio estaba cerrado con llave, signo de interrogación. —Riveaux pronunció las palabras «signo de interrogación» en voz alta, lo que transformó su pregunta en una extraña afirmación.

—Sí. Lo abrí con mi llave.

Riveaux se palpó el pecho, el lado derecho y luego el izquierdo, pero, aparte del carnet y la placa, los bolsillos de su camisa estaban vacíos. Pasó a los vaqueros, demasiado anchos para su esbelta figura, con las piernas como mangos de escoba. Se palpó los bolsillos hasta que encontró su paquete de cigarrillos.

—Los estudiantes se quedan los fines de semana, signo de interrogación.

Inspiré, desconcertada por su extraña manera de hablar.

—Normalmente no. Procuran estar fuera cada segundo que pueden.

El paramédico que iba junto a Riveaux respondía al nombre de Mickey. Se colocó delante de mí. Era otra vez el tipo del hoyuelo en la barbilla. Ojos azules como torrentes de zafiros. Llevaba tatuado *Semper Fi* en el antebrazo. Un marine.

Lo último que supe de mi hermano es que estuvo dos veces de médico en Afganistán. Tal vez tres.

Moose y yo éramos muy parecidos y, a la vez, asombrosamente diferentes. Los dos teníamos «la mirada de los Walsh», unos ojos azules con los párpados muy abiertos que hacían que amigos y extraños nos preguntaran si íbamos colocados. Y probablemente lo íbamos. Él tenía la mirada suave y húmeda de un ciervo, pero yo era más bien un zorro salvaje. Qué

43

maneras tan absurdas teníamos de demostrar nuestra valía, Moose y yo. Queríamos mostrarle al mundo que podíamos soportarlo todo. ¿Resurrección? Venga. En el escenario, cuando el mago corta a una persona en dos, es un truco impresionante y el público enloquece, pero ¿cuál es el coste? ¿Se puede volver a unir a las personas?

El humo se disipó por un momento, revelando el guiño de la luna blanca, como una calavera, a través de la ventanilla de la ambulancia.

Salimos lentamente del patio, pero nos detuvimos de nuevo en Prytania Street.

Al parecer, mi vida ya no corría peligro, como demostraba nuestra lentitud.

El ala este había ardido. Jack Corolla estaba muerto. ¿Por qué?

Y más importante: ¿quién estaba detrás?

Riveaux creía que el incendio había sido provocado. Alguien lo había provocado.

Yo no era tan culta como las demás monjas (la universidad es una estafa piramidal y seguir órdenes nunca ha sido precisamente mi fuerte), pero solía leer novelas policiacas para evadirme de la vida, así que sé un par de cosas sobre misterios. Las antiguas eran mis favoritas. Los libros clásicos de detectives son ñoños, ridículos y completamente fascinantes, igual que las canciones de karaoke que lo petan. «Los problemas son mi profesión», decía Philip Marlowe, el mejor de los detectives privados. Sus obsesiones y su pesimismo, su gusto por la aniquilación, lo convertían en el más real para mí. Es curioso cómo las novelas nos permiten vernos a nosotros mismos, como cuando uno se asombra al reconocer su reflejo en una vidriera. Y yo no era ingenua. Como mujer queer y hermana de la Sangre Sublime, miraba más allá de lo inmediatamente obvio. Ockham era un fraile –eso que tiene a su favor–, pero la historia de la navaja de Ockham era algo ridículo. Las respuestas anidan en la contradicción. Las primeras impresiones suelen ser erróneas.

Muy erróneas.

Cualquier ciudad, cualquier complejo educativo, necesitaba un detective. Yo lo era, para bien o para mal. Durante mi primer año en el convento había resuelto una serie de misterios de poca monta: El caso del rosario desaparecido (estaba en el frigorífico) y El caso de las gafas sin montura (las gafas de lectura de sor T, arrebatadas por Vudú, la gata del jardín, que las había escondido debajo del banco, donde dormía la siesta). El caso de la fe perdida fue un asunto más importante.

La ambulancia apenas se movía. A Riveaux se le cayó el cuaderno y farfulló para sí mientras lo recogía del suelo. Tenía la frente resbaladiza y las gafas se le deslizaban por la nariz.

–¿Cómo pudieron entrar los chicos en el colegio si estaba cerrado? –preguntó.

Las terroríficas imágenes de los chicos –el baño de sangre de Jamie, Lamont llorando, suplicándome que me quedara– hicieron que me estremeciera. Pero activé mis habilidades de detective queer. Dos adolescentes solos. Ambos atletas. Ambos atractivos. La mano de Lamont en el hombro de Jamie. Ambos monaguillos de familias religiosas y muy practicantes, chalados que creen que rezar ahuyenta al gay que llevamos dentro. Fuera de hora de clase. Demasiado jóvenes para ir a un bar.

Me quité el respirador.

–Con la motivación adecuada, los chicos siempre se salen con la suya. Quizá habían ido a estudiar, pero lo más probable es que hubieran ido a enrollarse.

Riveaux se quitó las gafas y se secó el sudor de las comisuras de los ojos.

—Amor de juventud —dijo—. Pelando la pava en el colegio, precisamente.

—Tal vez no había otro lugar donde pudieran estar solos.

Me miró de reojo.

—¿Cree que Jamie y Lamont provocaron el incendio?

Me encogí de hombros. Hasta que estuviera segura de que podía confiar en Riveaux, no pensaba descubrir mis cartas: me conformaría con archivar los detalles en mi mente. El cuerpo en llamas de Jack surcando el aire como Ícaro y luego asándose en la hierba. Había encontrado a Jamie y Lamont en el aula del segundo piso. Si Jack los había descubierto en flagrante delito, podían haberlo empujado por la ventana para que sus padres no se enteraran. Altamente improbable, pero no podía descartar nada.

—Alguien llamó al 911 e informó del incendio —dijo Riveaux, haciendo caso omiso de mi silencio—. El buen samaritano no dejó ningún nombre. ¿Fue usted?

—No. Las monjas no tienen móvil.

Se crujió los nudillos de una forma que parecía reconfortarla en la misma medida en que le hacía daño, como suele pasar con los hábitos, tics que se vuelven tan familiares que ya no los cuestionamos.

—Hum...

—¿No me cree?

—Acabo de conocerla. —Riveaux sacó un cigarrillo del paquete y se lo llevó a la boca. Estábamos dentro de una ambulancia, así que apoyar un cigarrillo apagado entre sus labios secos parecía formar parte de su actuación. No muy diferente de Ryan Brown o Prince Dempsey.

46

O de mí.

—El fuego es una ciencia muy específica, una ciencia distinta y artística —dijo con el cigarrillo aún en la boca y algo parecido a la fascinación crepitando en su voz—. Una cadena de reacciones. —Extendió las manos con las palmas hacia arriba.

—Enviadas por el diablo.

—Tiene suerte, hermana.

Parpadeé con los ojos llorosos.

—No me siento afortunada.

—No se preocupe. Está en buenas manos. —Tocó su placa del Departamento de Bomberos—. Soy la primera mujer negra investigadora de incendios de Nueva Orleans, así que ya sabe que soy cincuenta y cinco veces mejor que esos tipos blancos.

—Yo soy la primera monja punk.

Uno de los ojos color violeta de Riveaux se cerró mientras reprimía la risa.

Dijo que se necesitarían varias horas para asegurarse de que no había ninguna brasa encendida que pudiera volver a provocar otro infierno. Para entonces serían las tres de la madrugada.

Mientras me llevaban al hospital, con las entrañas ardiendo y los músculos doloridos, imaginé que las hermanas habían abandonado la caótica calle y entrado llorando en el silencioso convento. A través del pequeño rectángulo de la ventanilla de la ambulancia, vi un dron de la policía revoloteando suavemente, como un ángel robótico. Debía de filmar la vista aérea de los daños. ¿Qué se sentía al flotar lo bastante alto sobre el caos para verlo sin sentir el calor?

Con qué facilidad devoraba el fuego la madera, con el ansia desmedida de una marea. El fuego es inmenso e inconmensurable; seguirá expandiéndose, reproduciéndose, hasta que el agua o el aire lo detengan. Si el Señor nos quiere, ¿por qué somos tan frágiles y el fuego tan grandioso? Es un debate inútil. Nosotros somos el fuego, y el fuego es nosotros. Nacimos con una carga eléctrica en nuestros corazones, la llama divina. Cuando morimos, volvemos a los elementos. Cenizas a las putas cenizas.

3

Recuerdo mi salida sin incidentes del hospital, pero no recuerdo quién me acompañó a casa. Mi siguiente recuerdo
claro es de las cuatro de la mañana, dándome una ducha helada en el cuarto de baño del convento. Las lámparas estaban
desnudas, solo tenían bombillas, pero el voltaje era bajo y es-
caso, lo que le daba a nuestro cuarto de baño monacal la ilu-
minación tenue de un congelador. No había obras de arte en
las paredes. Salí, temblando pero todavía sudando. Estaba demasiado débil para secarme el pelo con una toalla.

Pasé una hora sentada en mi dormitorio espartano, desnuda en la cama, con un crepitar en los pulmones. A pesar de
haber agotado hasta el último gramo de energía de mis miembros, no podía dormir. Los sonidos más insignificantes retum-
baban en mis oídos. Mi ojo izquierdo seguía palpitando con
el mismo dolor que si le aplicaran un escalpelo.

Necesitaba oír música, pero no podía despertar a nadie con
mi guitarra. Ni siquiera podía sostener el maldito instrumento. Hubiera dado casi cualquier cosa por mi equipo de música
y la cinta con mis canciones preferidas, retazos de mi antigua
vida que me había llevado de Brooklyn. Sor Augustine me

había confiscado el radiocasete y la cinta en mi primera noche en el convento, hacía un año. «Demasiado ruido». Se había precipitado hacia mi puerta, con sus manos frágiles apretadas contra los oídos, y había leído en voz alta el título garabateado de la cinta, «SOR HACHA», escrito con rotulador negro. «¿SOR HACHA es lo que consideraría usted "ironía"?», preguntó. Asentí con la cabeza. Era un recopilatorio de Bikini Kill, sobre todo, y ocho de los primeros temas de nuestro grupo. Nina lo había dejado encima de mi buzón el día que me fui. Para siempre. Nunca le di las gracias y solo lo escuché una vez, pero me perseguía.

Estuve dando vueltas en mi dura cama hasta las seis de la mañana, cuando empezó a llover a cántaros. Una y otra vez, recreé la imagen del cuerpo de Jack y oí cómo se estampaba contra el suelo con un pasmoso chasquido. El agua golpeaba el techo. El diluvio del arca de Noé. Como la magia invisible que gobierna esta ciudad salvaje, la lluvia une el cielo con el Hades. Y viceversa.

Tan rápido como había empezado, el aguacero cesó. Nuestro viejo y cascarrabias gallo enano, Gran Rojo, se asustó. El maldito animal se había quedado afónico. Nuestra gata, Vudú, maulló en el jardín. Vudú y Gran Rojo no eran amigos, pero no intentaban matarse. Eran mejores que la mayoría de la gente.

La almohada me quemaba la nuca. Las sábanas estaban rígidas y ásperas y se me clavaban como la paja que ponemos en el belén todas las Navidades. Necesitaba café. El olfato me decía que sor T había preparado una cafetera de su mezcla de raíz de achicoria. La primera vez que la probé, la profundidad terrosa de las avellanas tostadas fue una revelación. Pero me daba miedo todo lo caliente. También olía a que sor T acababa de hacer pan, y probablemente estaba untando una rebanada con mantequilla para mí en ese momento, pero yo no tenía ningunas ganas de desayunar.

Cuando conté todas mis prendas, como hacía cada mañana —el ritual me tranquilizaba, igual que tocar cada cuenta del rosario—, noté algo raro. Faltaba una de mis blusas negras. Cada hermana tenía cinco blusas negras de la cofradía. Conté dos en mi armario. La de anoche y la que tenía preparada para ese día sumaban cuatro. Busqué por todas partes en mi modesta habitación: debajo de la cama, en el cesto de la ropa sucia, en los cajones de la cómoda. Nada.

El domingo, quién sabe cuándo o cómo, una de mis blusas había desaparecido.

Alguien la había cogido de mi cuarto.

Sherlock decía: «Comienza la cacería». Pero un misterio es más como saltar de un coche en marcha. En cuanto te decides a hacerlo, ya no hay vuelta atrás. Y no hay que rendirse hasta que no se resuelve. Y yo no había hecho más que empezar.

A las siete de la mañana hacía calor, pero el cielo estaba sorprendentemente despejado. En Nueva Orleans, las mañanas eran engañosas. Transcurrían con calma, despacio, mientras el calor acumulaba su tremenda y húmeda fuerza. Las palmeras se inclinaban unas hacia otras. Canarios de un verde brillante intercambiaban sus palabras de pájaro en las ramas de los robles. Dejé que mi ojo bueno escrutara el exterior del ala quemada y luego observé las flores y los árboles que habían sobrevivido a la emboscada de los camiones de bomberos, el tráfico y la lluvia nocturna: los arbustos de olivo dulce, las plantas de monarda y flox azul que cuidaba Bernard Pham, nuestro otro conserje. Jack y Bernard siempre arreglaban juntos los problemas de fontanería o las luces del pasillo chapuceras, pero el paisajismo era el verdadero don de Bernard. Tenía talento para la jardinería y buen ojo para los detalles. Pasaba horas interminables bajo la tutela de sor T cultivando las flores del colegio, las plantas aromáticas y los frutales de nuestro jardín.

Dos mujeres pasaron en bicicleta mientras yo estaba parada frente a la escalinata de la iglesia. Iban en dirección contraria al tráfico, el pelo ondulado bailoteaba a ambos lados con el viento salvaje. Una pedaleaba con fuerza y la otra iba sentada en el manillar. Cualquier bache en la carretera habría hecho salir volando a la señorita Manillar: habría caído de bruces, en dirección a los coches que iban en sentido contrario. Gritaban al tiempo que la ciclista pedaleaba más deprisa, como si estuviera desentrañando el tiempo mismo, impulsándose mientras la pasajera levantaba las manos por encima de sus cabezas, protegiéndolas del sol despiadado. Muchísimas veces las mujeres se exigen esto unas a otras, adoptan posturas imposibles para equilibrarse, encuentran la armonía en la contorsión. Todo mi cuerpo se estremeció al respirar, como si me quemaran los pulmones. Una polilla halcón pasó zumbando.

Las Hermanas de la Sangre Sublime asistían a misa todas las mañanas. Ese lunes no fue diferente, excepto por el hecho de que Jack había muerto, parte del colegio había quedado casi reducido a cenizas, dos alumnos estaban gravemente heridos, yo tenía el ojo izquierdo hinchado, una de las blusas de mi uniforme había desaparecido y sentía el pecho aplastado. Nos sentamos juntas en el banco más cercano al altar. Sor T rezaba meciéndose, con el cuerpo poseído por la devoción. Sor Augustine tarareaba suavemente, frotándome los hombros y la parte superior de la espalda mientras yo tosía.

Nuestro sacerdote, el padre Reese, pronunció una homilía terriblemente poco inspirada «honrando» a Jack Corolla y ensalzando las gracias del arrepentimiento. De alguna manera, convirtió la muerte de Jack en otra razón para odiarnos a nosotras mismas. ¿Y la misericordia? ¿Y el consuelo? El castigo abunda tanto como los heteros, el perdón ya es más raro, como lo somos los queer. Aunque solo sea porque somos adictos a disculparnos.

—Justo lo que necesitamos ahora, las palabras tibias del padre Reese —susurró sor Honor a sor Augustine, carraspeando—. Qué vergonzoso por mi parte decirlo, pero no alabar al Señor sin reparos me parece inapropiado y de hecho peligroso, pues ya se nos ha infiltrado el Mal.

—Amén —respondió sor Augustine, sin dejar de frotarme la espalda.

La homilía del padre Reese fue patética. Al igual que sor Honor, me afligí por la congregación, deseosa de inspiración tras la muerte de Jack presa de las llamas. El consuelo de la palabra era lo que todos queríamos en la iglesia. Desfibrilarnos. Una sacudida a nuestros corazones. Que nos dijeran que no había nada malo en el dolor. Que la vida es jodida, pero merece la pena. Que el dolor es una parte crucial de la historia de todos, de cada nacimiento y renacimiento. Que no necesitamos responder a todas las preguntas. El misterio divino provocó mi conversión. Si funcionó conmigo, podría inspirar a cualquiera. Quizá el padre Reese estaba exhausto. Todos lo estábamos. Pero venga ya. Muchas veces había deseado ser yo o cualquiera de mis hermanas las que estuviéramos en el púlpito, compartiendo esa pasión que sentíamos todos los días. Incluso la problemática sor Honor podría hacernos sentir al Señor, o al menos asustarnos. Sentir algo era mejor que permanecer insensible.

—¿No es nuestra vocación, Señor, escuchar tu llamada, cómo Tú nos reclamas? —dijo el Padre Reese.

Suspiré con fuerza, lo que hizo que sor Augustine me soltara un codazo.

El padre Reese, muy poca cosa en aquel púlpito tan grande, acababa de volver de Houston, donde había viajado a promocionar su último libro. Era autor de una docena de títulos sobre el espíritu evolutivo del Concilio Vaticano II —veinte años de sus sermones pegados hasta conformar una suerte de memorias elípticas—, unas odas hinchadas a sus propios triunfos intelectuales. Tras la noticia del incendio, un miembro de la congregación había conducido durante la larga noche para traerlo de vuelta a Nueva Orleans, prácticamente cargándolo hasta la puerta de la iglesia, como un príncipe despreocupado rescatado del bosque. Veía moverse la boca del padre Reese, pero lo único que oía era el zumbido fantasmal de la alarma de incendios. El incienso quemaba el lateral del recipiente de bronce anclado en el altar, sin que Jamie ni Lamont estuvieran allí para sostenerlo.

Por lo general, me encantaba cantar en la iglesia: nuestros viejos rituales, el humo de las velas, la cera que goteaba. La parafernalia que habían tocado cientos de manos antes que las mías. Gran parte de la vida actual gira en torno a la última aplicación de móvil, la última tendencia, la manera más novedosa de controlar tu imagen. Es un blanco móvil, una portería en constante movimiento. En la iglesia, el poder está en lo antiguo. Lo más antiguo. El fuego, el agua. El llanto de un bebé o el gemido de dolor de un animal. El canto y la oración activan la misma frecuencia. El zumbido de la devoción. Pero no podía mantenerme erguida, y mucho menos cantar. El aire de la iglesia me aplastaba.

Bernard Pham se sentó detrás de nosotras y lloró durante toda la misa.

—¡Jack! —Alzó los puños en el aire, como si estuviera golpeando un techo invisible.

Bernard, como Jack y yo, era músico. A diferencia de mí, Bernard había ido a la universidad. Una lujosa universidad llamada Bard, que parecía inventada porque él se llamaba Bernard. Había aplazado indefinidamente los estudios de posgrado para tocar el bajo en Discord, una banda local de art punk formada principalmente por chavales vietnamita-americanos, parientes de los pescadores, médicos, panaderos y profesores que emigraron de Vietnam a Luisiana durante o después de la guerra. La madre de Bernard regentaba Phamtastic, la pastelería más popular de Metairie.

Después de la eucaristía, con la hostia de la comunión incapaz de disolverse en mi lengua seca, miré con mi ojo bueno los rostros de los santos. La vidriera, mi espejo trucado, a la vez transparente y opaco. Paneles, dolor. La Virgen María con el Niño Jesús en brazos y luego acunando el cuerpo herido de su hijo. La textura del cristal refractaba la luz de la mañana.

Después el resplandor curativo fue apagado por ellos: la Diócesis.

—Ya están aquí —dijeron a la vez sor Honor y sor T, sin aliento.

—Ya están aquí —se hizo eco sor Augustine, con un tono desafiante y humilde a la vez.

El obispo y sus dos vicarios —sus dos compinches— entraron en la iglesia. Yo llamaba al obispo el Padrino. El Vicario Primero era el Necrófago, por sus mejillas hundidas y sus dientes como lápidas. Al Vicario Segundo lo llamábamos el Barbas debido a su asqueroso vello facial, que parecía un enjambre de abejas mordisqueando su piel muerta.

Nos referíamos a esta impía trinidad como la Diócesis, aunque normalmente la palabra indicaba un distrito. Una región de intolerancia. Tenían un control absoluto sobre el presupuesto de Saint Sebastian, los menús de nuestros almuerzos escolares, el tipo de café que preparábamos en la sala de profesores y el color con que pintábamos los pasillos.

Ahora la Diócesis gestionaría al milímetro nuestra catástrofe.

Sor Honor rezó un avemaría mientras toda la primera fila se vaciaba para ofrecerle al trío los mejores asientos de la casa. Mis hermanas siempre cedían a nuestros feligreses el espacio más cercano al altar. La Diócesis se apropiaba de todo lo que era más sagrado.

Las clases se habían cancelado, pero la mitad del alumnado se presentó de todos modos, con pantalones de chándal y pijama en lugar de sus uniformes escolares, y la mochila con los libros colgada a la espalda. A veces las rutinas reconfortaban. A veces las rutinas sustituían al pensamiento.

La tormenta de primera hora de la mañana había formado pequeños charcos, que brillaron bajo la leve brisa hasta que el calor del día los secó. El hedor del ala este –linóleo carbonizado, cables chamuscados y ordenadores y escritorios quemados– casi me provocó arcadas. Pero necesitaba repasar la escena, centímetro a centímetro.

Una furgoneta de la televisión y todos los efectivos de la policía de Nueva Orleans se encontraban también en los alrededores. Hombres y mujeres de azul y negro, con las camisas tensas sobre los chalecos antibalas. Los oficiales parecían tan intimidantes como sus cartucheras.

El resto del personal de Saint Sebastian, Rosemary Flynn, nuestra profesora de ciencias, y John Vander Kitt, nuestro profesor de historia con gafas, habían llegado al complejo educativo. John era un sabelotodo, pero también un tipo verdaderamente amable. Un erudito de Dragones y Mazmorras. La adusta Rosemary Flynn hizo una mueca al ver a la policía, a los bomberos en las escaleras y a los equipos de noticias. Podría haber ganado varios premios por su virtud. Era más santa que cualquiera, incluso entre monjas de verdad. Rosemary tenía los brazos cruzados. Llevaba un pañuelo de encaje en la mano izquierda. Se mostraba más recatada que las hermanas. Irónico, porque según sus propias palabras era atea. Rosemary nunca maldecía ni cotilleaba en la sala de profesores, ni tenía ninguna salida de tono. Jamás llevaba accesorios ni adornos, excepto su pintalabios, del mismo rojo que la sangre de un animal, y un único collar de perlas. Su flequillo pelirrojo era severo, como todo en ella, y le llegaba a las cejas. El resto del pelo lo llevaba recogido en lo alto de la cabeza en un nudo dolorosamente tenso. La estética vintage de Rosemary me intrigaba y me confundía, pero comprendía su comportamiento extremo. Me atraía. Ella también llevaba uniforme, como el mono de trabajo de Bernard y Jack, como el negro genérico de las hermanas. Todos éramos criaturas a merced del público. Cuidábamos nuestro aspecto. Representábamos nuestros papeles en la obra, la historia, el teatro de la vida.

Rosemary, John y sor Thérèse, sor Augustine y sor Honor estaban apiñados a mi lado, junto a la cinta de un amarillo avispa.

—Ay, ay, ay, ay, ay —dijo John. Sus ojos brillaban a través de los gruesos cristales de sus gafas.

La investigadora Riveaux también había vuelto, llevaba la misma blusa gris y los lamentables vaqueros, y parecía agotada. El cuello le crujía mientras giraba la cabeza a derecha e izquierda para observar a la creciente multitud.

—¿Han venido todos los ciudadanos de Nueva Orleans?

—Yo doy clases aquí —dijo John con orgullo—. Soy John Vander Kitt. —Extendió la mano derecha rápidamente, con fuerza, pero Riveaux no se la estrechó. Con la mano izquierda, John agarró su termo de café.

Riveaux posó su mirada en cada uno de nosotros, deteniéndose en Rosemary Flynn, que retrocedió y la apartó.

—¿Han hecho todos su declaración? —preguntó Riveaux al grupo.

—A la policía, sí —contestó sor T.

—Yo no vi nada —dijo Rosemary Flynn—. No tengo nada que declarar.

Un rosario de madera envolvía la mano y la muñeca derecha de sor Augustine.

—Todavía estamos todos en shock —dijo.

John se tambaleaba, quizá por los vapores químicos.

Las copas de los musgosos árboles de Prytania Street aún parecían cargados de humo, aunque ya no quedaba nada. El fuego deja sus fantasmas: humo, ceniza, hollín. Un exterior tranquilo con un corazón combustible en su interior.

La investigadora Riveaux se acercó al corrillo de profesores y monjas.

—¿Quién estuvo en la reunión de anoche?

—Todos estábamos allí. —John Vander Kitt hablaba en voz bien alta.

—Excepto sor Holiday —puntualizó sor Honor.

—No le haga caso —dijo Bernard Pham.

Apareció a mi izquierda y me rodeó con el brazo. Intentó guiñarme el ojo con sigilo, tranquilizador, pero Bernard era incapaz de controlar su gestualidad, así que su guiño encubierto se convirtió en un espasmo ocular. Agradecí el afecto torpe de Bernard. «Querido Señor, permíteme ser tan cariñosa como Bernard».

La primera vez que vi a Bernard me abrazó como si fuera un viejo amigo al que hacía años no veía. Era sociable, a veces aburrido en el trabajo, pero siempre estaba contento de verme. Con sus tatuajes, su perilla y sus Converse gastadas, Bernard parecía un técnico de sonido de Brooklyn.

Al igual que Rosemary Flynn, llevaba el pelo largo recogido en un moño alto. El cabello de Rosemary era pelirrojo, pero el de Bernard era negro tinta.

—Nuestro comité se reúne de seis a siete de la tarde el último domingo de cada mes —dijo sor Augustine recolocándose el velo.

—Hum...

Habían llegado más personas a Saint Sebastian: estaban agrupadas en la calle, detrás de la cinta policial. Algunos estudiantes lloraban. Sus padres también.

Un hombre y una mujer de paisano con una placa de la policía de Nueva York en la chaqueta se acercaron lentamente a mí y a Riveaux. Me miraron de arriba abajo, observando mi pelo mal teñido, mi ropa negra, mi pañuelo al cuello y mis guantes. Saludaron con la cabeza.

—Riveaux, ¿cómo lo llevas? —preguntó la mujer. Sin apretón de manos—. Sargento Ruby Decker. —Me enseñó su placa—. Este buen chico de aquí es el detective Reginald Grogan.

Esbozó una sonrisa sin esfuerzo y se apartó de la cara una pelusa flotante de diente de león.

—Llámeme Reggie. —El detective Grogan tomó aire—. Somos de Homicidios.

—La mejor Brigada de Homicidios del estado de Luisiana —dijo Riveaux.

¿Homicidio? El posible homicidio de Jack Corolla. Aún no lo había asimilado. Jack había muerto. Apenas habíamos comenzado a conocernos de verdad. Al principio, me ponían de los nervios sus chistes manidos sobre la destreza sexual de Jesús y su «segundo advenimiento». Una vez le di un puñetazo en el brazo. Pero Jack se hacía el gracioso para llamar la atención, cualquier tipo de atención. Ahora Bernard estaría perdido sin él. Eran amigos, a los que un mundo indiferente y estereotipado había otorgado el papel de payasos. Los dos parecían entenderse. Y yo los entendía a ambos.

—¿Cuándo vio por primera vez al fallecido? —preguntó la sargento Decker.

—¿El fallecido? —repetí dudando.

—El cuerpo de Jack Corolla. —Decker estaba irritada—. ¿Quiere decirnos exactamente lo que vio? —Olía mucho a jabón. Limpia como los chorros del oro. Demasiado limpia. Como si estuviera tratando de arrancarse algo de la piel.

El detective Grogan intervino interrumpiendo a Decker:

—Las Hermanas de la Sangre Sublime son una orden devota —le dijo a su compañera—, y un poco... creativa. —Se dio unos golpecitos en las solapas de su chaqueta sport mientras sus ojos oscuros como el metal de una pistola se clavaban en el colegio devastado—. Yo estudié aquí en su día. —Se volvió hacia mí—: Muy inteligente lo del torniquete para Jamie. Los médicos nos lo dijeron. Tenemos muchas preguntas que hacerle, si está dispuesta a responderlas esta mañana.

Sor Honor debía de estar escuchando a hurtadillas porque soltó un bufido de desaprobación al oír el cumplido del torniquete. Sus mejillas se hundieron y el rostro se le congeló con el ceño fruncido, como una máscara de feria barata.

—¿Qué se sabe de los chicos? —pregunté a la Brigada de Homicidios.

—Unos minutos más y el humo los habría dejado inconscientes —añadió la sargento Decker—. Lamont está bien. Jamie ha necesitado cirugía y un injerto de piel.

—Ambos saldrán adelante, si Dios quiere, gracias a usted.

El detective Grogan puso sus manos sobre las mías. Había algo familiar en su abundante pelo rubio y su acento de Luisiana, lento y grave, como un tío bisabuelo que se pasa el día viendo béisbol en un televisor borroso sentado en una mecedora.

Oí una risa detrás de mí. Era Prince Dempsey, que hablaba solo, encendiendo y apagando su encendedor Zippo.

Rubio, de ojos azules y más bajito que la mayoría de los chicos de su curso, Prince era uno de los pocos alumnos de Saint Sebastian con tatuajes, una colección de pistolas y corazones en los antebrazos. Una combinación que asombraba en un abusón como Prince. Se había acercado desde la multitud reunida detrás de la cinta policial. Junto a él estaba su pitbull blanco, BonTon, sujeto con una correa roja. Prince era alumno de mi clase de música, y me esforzaba por no odiarle.

—He oído que anoche alguien hizo un quemo y me piro —dijo, y le hizo una señal a BonTon para que se sentara. El ojo derecho de la perra tenía el párpado cosido. O no había tenido ojo desde el principio, o se lo habían quitado. Ambas opciones parecían horribles.

—No es momento para sus irreverencias, señor Dempsey —dije, aunque el humor negro de Prince solía tocarme la fibra sensible.

Se oyó la voz de sor Honor:

—¡Prince tiene un mechero!

—Sor Honor, por favor —dije con calma, una octava más baja de lo habitual.

Pero Prince sí tenía un mechero. Prince siempre jugaba con aquel maldito mechero.

Ryan Brown estaba sacando fotos con su teléfono a la policía, a los padres y vecinos desolados y a mí.

—Señor Brown —dijo sor Augustine—, basta de tonterías. Ustedes, los alumnos —añadió mirando a Prince y Ryan—, son la promesa de Dios, así que muestren su gratitud. Tengan fe.

—Jack se cayó por la ventana —dijo Prince con una sonrisa irritante mientras se santiguaba al revés, con la correa de Bon-

Ton en la mano–, como un ángel del que Dios ya no quiere saber nada.

Empecé a toser de nuevo y sor Augustine se me acercó.

–¿Necesita volver al hospital, sor Holiday? ¿La radiografía ha revelado daños graves?

«No tienes ni idea de lo dañada que estoy», pensé, pero me abstuve de compartirlo.

–Estoy bien. –Reprimí la tos y me incliné en dirección a Prince, provocando un gruñido de la tuerta BonTon.

–¿Dónde estaba anoche a las ocho? –le pregunté a Prince.

–Mira qué bien. Sor Holiday quiere mi coartada. A las ocho de un domingo. Estaba paseando a mi chica, escapando de la zorra de mi madre.

–¿Quién puede corroborarlo? ¿Alguien le vio?

Prince se limpió la nariz.

–¿Cómo voy a saberlo?

Sor Augustine se volvió hacia al ala devastada, con sus brazos delgados alzados en oración.

–Haz que nos levantemos de los escombros con la fuerza de tus alas, Señor. Hermanas, uníos a mí.

Sor T y sor Honor se acercaron y entonaron al unísono:

–Fortaleceos en el Señor y en la fuerza de su poder. Revestíos de las armas de Dios para poder resistir las acechanzas del Diablo.

Efesios 6,10-12. Yo lo repetía cada mañana.

–Amén –dijo sor T, con su voz queda y fresca como una margarita.

–Amén –apostilló entre sollozos sor Honor.

–¿Por qué está todo el mundo tan destrozado? –preguntó Prince–. ¿Lo que queremos todos no es apagarnos en medio de un resplandor de gloria? –Prince dio un tirón de la correa de BonTon y escupió un poco de flema verde sobre la acera–. Cuando juegas con fuego siempre puede ocurrir un accidente. ¿Verdad, hermanita?

No dije nada, no iba a dejar que Prince me liara. Lo que hice fue hundir la lengua en mi diente de oro, esperando el sabor de la sangre. Miré a la perra, que miraba a Prince, que me miraba fijamente. Un triángulo de suspicacia y lealtad.

La obstinación de Prince era como observarse en un espejo, un espejo que yo quería destrozar.

4

En una semana normal, yo estaría enseñando la escala mixolidia a mi clase de tercera hora de Conjunto de guitarras 1. Pero ese día los alumnos encendían velas y ponían flores en la acera. La gente había dejado rosarios, incienso, notas y velas de oración —un altar improvisado en la calle— para Jack. Una foto suya con cara de cabreo, con una gorra blanca de ala plana en la que se leía LO PETO, yacía en el suelo junto a un ramo de flores y las velas. Debido al calor los claveles se habían marchitado. Pobre Jack. Mi camarada de las vidrieras. Padres y alumnos lloraban mientras otros se hacían selfis cerca de la cinta amarilla de la policía. Todo lágrimas y nervios y la indiferencia y el malestar adolescente.

La mayoría de nuestros alumnos tenían dinero, eran la prole de los ricos de toda la vida de Nueva Orleans, magnates, y, sin duda, algunos miembros del Ku Klux Klan. La supremacía blanca es como una raíz podrida: se oculta en lo más profundo, es insaciable y totalmente destructiva, y se disimula muy bien hasta que se deshace.

También dábamos clase a la otra cara de la moneda, a estudiantes como Prince Dempsey. Nuestros alumnos becados, al menos una docena, eran jóvenes en situación de riesgo de Luisiana, a los que el sistema o sus familias les habían fallado. Asistían gratis a nuestra escuela privada gracias a los chicos que pagaban la matrícula completa. Sin embargo, nuestras becas corrían el peligro de desaparecer. La Diócesis seguía amenazando con que tendríamos que «interrumpir el programa», lo que significaba que no habría nuevas becas. Pero sor Augustine nunca lo permitiría. Los chicos desfavorecidos eran los que más beneficio podían sacar de la educación de Saint Sebastian, pero eran los más propensos a abandonar los estudios prematuramente y a desviarse del buen camino si no contaban con la red de un fondo fiduciario que los rescatara. Estábamos cortados por el mismo patrón, porque yo también conocía la atracción del abismo. La gracia inestable se tambalea, pero sigue siendo un milagro. Merece la pena luchar por cada bendición.

—Jack... eh... ¿saltó? —le preguntó un alumno a otro, en voz demasiado baja para distinguir quién hablaba—. ¿El suicidio no era el peor pecado o algo así?

—Odio este colegio —dijo otro alumno—. Ojalá se quemara entero. Rezaré por eso.

—Necesitamos cámaras de seguridad —declaró un padre a la multitud.

—Hay que tomar las huellas dactilares al personal —dijo una madre con gabardina y sombrero, aunque hacía tanto calor que el sudor me goteaba por la cara.

—¡Eso es ilegal! —replicó otro padre.

El detective Grogan y la sargento Decker seguían vigilando el ala este, la que había ardido. Cerca de ellos estaba la investigadora Riveaux, que no llevaba nada en la mano excepto una taza de viaje. El teléfono estaba en su bolsillo trasero y la radio le colgaba del cinturón. Parecía una sombra en un pantano de cipreses. Un cigarrillo le asomaba detrás de la oreja izquierda y los ojos color violeta miraban amablemente. ¿Por qué se lo tomaba con tanta calma?

Teníamos que descartar a Jack como causante del incendio, reconstruir los movimientos de Jamie y Lamont.

Instintivamente, volví a escudriñar el suelo en busca de algo inusual. A menudo los detalles cruciales se ocultan a simple vista. Si dejas de mirar, si aflojas aunque sea un segundo, te pierdes lo que tienes delante de tus narices. Fue entonces cuando lo vi, en medio de la calle, más o menos donde la ambulancia había estacionado la noche anterior. Levanté mis brazos débiles para que el tráfico se detuviera y caminé hasta el centro de la calzada. Allí, aplastado como un animal atropellado, vi un único guante marrón. ULINE, se leía. Parecía un guante de jardinería, pero mucho más grueso. ¿Dónde estaba el otro? Con mis propias manos enguantadas, despegué el guante del pavimento y volví con el grupo de profesores y alumnos.

—¿Fue deliberado? —estaba preguntando un padre a un agente de policía.

—¡Díganos qué hace para proteger a nuestros hijos! —gritó una voz chillona desde el centro de la multitud.

—Es momento de permanecer unidos —dijo sor Augustine con su megáfono mientras la multitud se acercaba—. Nuestra fe colectiva está siendo desafiada, pero nos mantenemos firmes, reforzados por el amor divino. Recemos juntos. —Hizo la señal de la cruz y yo imité sus movimientos. La mano a la frente, al corazón, de izquierda a derecha. La cruz también era como una adivinanza. La línea horizontal representaba la acción. La línea vertical, la fe.

Desde mi posición invisible entre las hermanas, apreté el guante de Uline. Sin duda era una pista. Se le había caído a alguien en mitad de la carretera. Tenía que decírselo a Riveaux, pero la investigadora estaba al otro lado del grupo. Dentro del ala este –tenía que encontrar la forma de atravesar la línea de policías– podría buscar otras pistas, tal vez el otro guante.

–En estos tiempos de catástrofe –dijo sor Augustine a la multitud, mirando a cada persona a los ojos, bendiciéndola con las manos en alto–, el Señor nos enseña con toda claridad el camino que hemos de seguir. De este fuego renaceremos todos.

–¡Amén! –gritó alguien.

Me volví y vi que era Bernard, con las manos en posición de oración, palma con palma sobre su corazón. Bernard, como Rosemary, no era creyente, pero de todos modos buscaba el consuelo de la fe.

Una libélula revoloteaba cerca de la foto de Jack. Sus alas brillantes reflejaban el sol. Era fácil olvidar que una criatura bella también podía ser un depredador. Cada libélula tiene cuatro alas, como si fueran dos en una. Un doble de sí misma.

–Confiamos en la policía y en los investigadores. –Sor Augustine señaló a Grogan, Decker y Riveaux, que saludaron con la mano a la multitud–. Pero lo más importante es que nuestra fe en Jesucristo inspirará el perdón. Esta es la prueba a la que nos somete.

La mitad de los padres rezaban con sor Augustine. La otra mitad protestaba a gritos contra la vigilancia y los registros de taquillas.

El triunvirato de Riveaux, Grogan y Decker se acercó a mí entre la multitud.

—¡Riveaux! —la llamé, levantando el guante de Uline, pero ella estaba inmersa en una conversación y no contestó. Con mi pulgar sobre la letra N, se leía *U LIE*: «Mientes».

—Toma declaración a todas las personas de Saint Sebastian: profesores, personal, alumnos, a todos —le dijo el detective Grogan a Decker.

—Investiguemos a ese tal Prince Dempsey cuanto antes —dijo Riveaux—. Provocó dos incendios en las instalaciones, según —hojeó sus notas y añadió—: sor Honor.

—Entendido. Hablar con los doscientos sesenta alumnos nos llevará uno o dos días, como sabes —apuntó Decker con un deje de condescendencia.

—Riveaux —le dije—, necesito hablar con usted.

—Claro. Dentro de un minuto, hermana —contestó ella en tono despectivo.

Grogan masticaba un palillo, y cuando se lo sacó de la boca vi una diminuta rasgadura, como la lengua bífida de una serpiente.

—Lástima. Saint Sebastian es un pilar de la comunidad —dijo—. Es una Iglesia de verdad. No esa idiotez de la Iglesia presbiterana. Aunque sor Holiday no parece estar muy bien —añadió dirigiéndose a Riveaux y Decker, como si yo no estuviera delante de ellos.

—¿Quieres acompañarme mientras le tomo declaración? —le preguntó Decker a Riveaux.

—Anoche la interrogué en el lugar de los hechos —respondió Riveaux.

—Una declaración detallada —replicó Grogan—, pero no la canses.

—¿No es un encanto? —se burló Decker.

—Tan encantador como un mazo de demolición —se rio Riveaux.

—Señoras, hay para todos. —Grogan se palmeó el ancho pecho y esbozó una sonrisa. De perfil, su nariz era puntiaguda como la hoja de una lanza.

—Decker, ¿no se pondrá celosa tu mujer? —se burló Riveaux.

—¿Todavía no estáis «gayvorciados»? —le preguntó Grogan a Decker—. ¿Puedo decirlo así? Últimamente no consigo estar al día con lo que los gais y los transgénero quieren que digamos o dejemos de decir. Los hombres blancos heteros nos estamos convirtiendo en una especie en peligro de extinción. —Dobló el mondadientes mojado. Aunque estaba empapado, aún tenía suficiente madera seca para partirse.

—No lo bastante rápido. —Riveaux esbozó una sonrisa ufana.

Hablaban con tanta libertad delante de mí que debían de creer que estaba rezando. Y dejé que lo pensaran. Volví a persignarme. La gente ve a las monjas como clones sin nombre, como un ente colectivo más que como individuos. Era irónico, porque, despojadas de lujos como el teléfono móvil y las redes sociales, con una vida de servicio y oración, las monjas cultivan un rico mundo interior. Un verdadero diálogo interno. La mayoría de las místicas fueron monjas. Beatriz de Nazaret. Consolata Betrone. La hermana Helen Prejean era una mujer de armas tomar, mucho más que la mayoría de las autoproclamadas radicales que se quejan de la falta de ética que hay en las pajitas de plástico de un solo uso. Las monjas forjan conexiones genuinas, de alma a alma eterna. ¿Qué otra opción tenemos sino estar dolorosamente presentes?

Tampoco es que nadie me hubiese preguntado mi opinión.

—Investigadora Riveaux —repetí.

—¿Qué pasa, sor Dientecitos de Oro? —preguntó volviéndose hacia mí y dándose un golpecito en el colmillo.

Mi diente de oro, literalmente una elección hecha a la desesperada, parecía divertirla. Seguramente era señal de que su vida era aburrida.

—¿Una noche larga? Lleva la misma ropa —dije.

—Qué observadora.

—Más que usted, al parecer. He dado con esta pista. —Levanté el guante marrón de Uline que había encontrado en la calle—. Ya que nadie parece ocuparse de la escena del crimen, se me ha ocurrido echarle una mano.

—Es un guante ignífugo, hermana. —Cogió una bolsa de pruebas de plástico de un kit cercano y dejó caer el guante ayudándose de un bolígrafo—. Excelente hallazgo. ¿Dónde estaba?

—Justo ahí. —Señalé el centro de la calle que separaba la iglesia y el convento del colegio.

—Oye —dijo Bernard, que se había acercado desde el altar improvisado—. ¿Qué hace mi guante en tu bolsa?

—Estaba en la calle —dije.

—Hum... Es uno de mis guantes de trabajo.

—¿Cuándo fue la última vez que lo viste? —pregunté.

—Deje que yo haga las preguntas, hermana. —Riveaux entrecerró los ojos—. ¿Cuándo vio el guante por última vez?

—El viernes. Me los puse para sacar la basura y una tarántula muerta de la taquilla de un alumno. Nos avisaron de que había un arácnido exótico en el edificio.

—Pobrecita —dije, y me santigüé.

Riveaux dio un paso atrás y miró detenidamente a Bernard.

—¿Por qué lleva guantes ignífugos? ¿Quema basura o qué?

—No sabía que eran guantes de bombero. Hay como seis pares diferentes en el cobertizo. —Señaló el cobertizo, apenas lo bastante grande para que cupiera el cortacésped.

Riveaux se volvió rápidamente y jugueteó con su radio. Pulsó dos veces el botón equivocado antes de dar instrucciones crípticas.

—Esta ciudad está maldita —dijo Bernard, que llevaba una camiseta de The Cure debajo de su uniforme de vigilante. Parecía que no hubiera dormido en una semana, tenía los ojos color carbón abiertos como platos. Me abrazó, y sus largos brazos prácticamente me envolvieron dos veces. Rosemary ladeó la cabeza al reparar en su abrazo.

—Sor Holiday —susurró Bernard, con la boca cerca de mi oído—, tú eres la sabueso de nuestro colegio. Por favor, dinos qué está pasando.

El calor corporal de Bernard era excesivo. Intenté zafarme de su abrazo sudoroso, pero no me soltó. Olía a hierba recién cortada y a ginebra.

—No puedo respirar —dije.

—Lo siento. —Aflojó los brazos y corrió a encender una de las velas del altar que se había apagado con una ráfaga de viento—. No soy nadie sin Jackie. Jack el Manitas. Jack el Destornillador.

Me arrodillé para encender dos velas y enviar dos plegarias al éter.

—Yo también he perdido a gente que quería —le dije a Bernard—. Es un peso insoportable. Es desgarrador y no hay manera de aceptarlo. Pero encontramos maneras de sobrevivir. Rezo por ti y por Jack. Por todos nosotros.

72

Justo entonces, Bernard se despegó de mí. Un agente de policía que estaba detrás de él reorientó su cuerpo hacia la calle, manejándolo como si fuera un maniquí.

—¿Ese guante es suyo? —preguntó el policía con la cabeza cómicamente amenazante, en forma de bala de cañón. Hizo un gesto en dirección a la bolsa de pruebas que Riveaux sostenía entre las manos.

—Lo es. —Bernard clavó su mirada vidriosa en Riveaux—. Ya se lo he dicho.

—Venga con nosotros.

—¿Por qué?

Sin tiempo de responder, el agente empujó a Bernard hacia un coche de policía, metiéndolo a la fuerza en el asiento trasero.

—¡Eh! ¡No le haga daño! —grité en vano.

Riveaux se apresuró a entregar a los policías la bolsa de pruebas y luego regresó junto al grupo. La puerta se cerró con un fuerte portazo. Una jugada de auténtico gilipollas: llevar a Bernard a la comisaría para interrogarle, con todo el mundo mirando. Que empiece a correr el rumor.

—No me puedo creer que se hayan llevado a Bernard a la fuerza —dije—. Ha admitido de forma voluntaria que el guante era suyo.

«Pero a veces los mejores criminales juegan esa mano», pensé. Planean y planean, mueven cada peón hasta que el rey está acorralado.

—Van a interrogar a todos los trabajadores del colegio —dijo sor Honor—, no solo a sus «amiguitos». Hablarán conmigo, con cada miembro del personal y con cada profesor.

Rosemary Flynn llamó mi atención de nuevo. No estaba rezando. No me sorprendió, ya que nunca la había visto rezar.

Lo que hacía era mirar el altar improvisado en memoria de Jack y mover la cabeza con desaprobación. Acomodó las velas en una hilera apretada, de menor a mayor altura, y arrancó un clavel marchito.

El sol era atómico, difundía un calor metálico. El aire implacable traía el olor de los árboles. Me coloqué detrás de Rosemary y la saludé. Mi voz debió de asustarla porque pegó un brinco. Se dio la vuelta y parpadeó.

—Tiene un aspecto horroroso.

—Siempre dice lo más acertado.

—Descanse un poco antes de que se caiga redonda.

—Se han llevado a Bernard a la comisaría —dije.

—Ya lo he visto —respondió Rosemary extrañada—. Yo... —Se interrumpió, sin saber qué decir a continuación o cómo decirlo.

Dos tórtolas en duelo arrullaban en alguna rama alta. Vi que unos policías fotografiaban la zona de la calle donde había encontrado el guante.

El detective Grogan y la sargento Decker se acercaron a mí después de intercambiar unas palabras con el agente que había llevado a Bernard al centro de la ciudad.

—Tenemos más preguntas que hacerle —dijo Decker—. Necesitamos una declaración completa para que conste.

—¿Se encuentra bien? —Grogan puso su gran mano derecha en mi hombro—. Le dieron en el ojo, ¿eh, hermana?

Asentí con la cabeza y dije:

—Estoy bien. Me pusieron colirio en el hospital.

La ropa de Grogan estaba impecable. Camisa blanca almidonada, corbata de un negro mate, pantalones sin una arruga, zapatos negros lustrados como un espejo. Era un modelo de pulcritud. El único elemento desaliñado era el tabaco de mascar que había aparecido en su boca. Tenía la mejilla abultada como si estuviera ahogando una carcajada. Lanzó un escupitajo marrón hollín en un vaso de papel.

—¿Otra vez con esa basura? —preguntó Decker, molesta—. Creía que habías dejado esa porquería.

—De ninguna manera —respondió Grogan—, me mantiene concentrado.

—Deja de mascar tabaco antes de que yo te deje a ti —dijo Decker—. Te desintegrará las encías.

Grogan se rio entre dientes y dijo:

—Vaya, vaya, sargento. Te preocupas por mi bienestar.

—Esa mierda es la saliva del diablo —murmuró Decker. Proyectó su frustración hacia mí—. ¿Dónde, exactamente, vio por primera vez el cuerpo de Jack? —Sus grandes gafas de sol deportivas me devolvieron mi imagen fantasma. Bolsas bajo los ojos, como si llevara maquillaje gótico.

—Delante del colegio. Lo vi caer cuando yo salía corriendo del callejón.

—¿Qué callejón? —preguntó Grogan, vertiendo más líquido en su taza de café reutilizada.

—Junto al teatro de variedades.

—¿No vio a nadie en esas ventanas de ahí arriba, alguien que pudiera haberle empujado? —La piel de la sargento Decker no tenía defectos. Sin arrugas visibles. Tal vez no se reía muy a menudo.

—No.

—¿Vio a alguien más dentro del edificio en ese momento? ¿Otros alumnos, como ese tal Prince Dempsey que mencionó sor Honor?

—Aparte de Lamont y Jamie, no vi a ningún alumno. Me desmayé al salir, así que pude haberme perdido algo.

Había intentado seguir a aquella extraña sombra en el ala en llamas, pero no se lo dije a la Brigada de Homicidios. ¿Cómo podía explicarlo? Parecía el Espíritu Santo. Como si debiera estar allí. Para guiarme. Para liberarnos.

Otro agente del Departamento de Policía se acercó y le susurró algo a la oreja tostada por el sol de Grogan.

—Tenemos que atender un asunto urgente. Volveremos para hacerle más preguntas. Manténgase hidratada.

—No salga de la ciudad —intervino la sargento Decker.

Rosemary suspiró. Había estado escuchando mi conversación con la Brigada de Homicidios. «Aléjate», pensé. Yo era la única que podía escuchar a escondidas.

—¿Necesita algo? —le pregunté a Rosemary después de que Decker y Grogan se alejaran.

—Se le ven los tatuajes —dijo señalando mi pañuelo, que se había soltado un poco.

Yo apreté el nudo.

Rosemary no sabía cómo comportarse conmigo, como si no le cayera bien o pensara que era un desastre, cosa que era cierta. El cliché de la profesora de ciencias contra la profesora de música. A Rosemary Flynn no había por dónde cogerla: estaba vitalmente presente en un momento, entrometiéndose e inmiscuyéndose en todo, y luego desaparecía rápidamente, como una gota de sangre brillante que se disuelve en el agua.

Sor Augustine se unió a nosotras. Dejando aparte el carmín rojo de Rosemary, las mujeres se parecían, incluso podrían haber sido madre e hija. Ambas eran altas y pálidas, ambas estaban convencidas de que las «viejas costumbres» eran superiores, desde las divisiones largas hasta la caligrafía esmerada. Donde divergían era en sus vocaciones vitales: Rosemary viraba hacia la ciencia, sor Augustine hacia la Iglesia.

—Sor Augustine —susurró Rosemary—, ¿la Diócesis nos cerrará el colegio? ¿Nos obligará a cancelar las clases? —Sus ojos grises parecían firmemente incrustados en su rostro, su boca cerrada tenía la forma de un corazón.

—Perseveraremos. Jamás renunciaremos a nuestra misión ni a nuestros alumnos.. Dios nunca nos da más de lo que podemos abarcar, y sus caminos son inescrutables. —La gravedad de nuestra directora, nuestra madre superiora, ablandó el cuerpo habitualmente crispado de Rosemary.

Sor Augustine abrazó a Rosemary y, con una suave palmada en el brazo, le indicó que consolara a algunos padres de alumnos. Luego me miró con sus ojos verdes claros.

—Debemos ser fuertes, sor Holiday, por la comunidad, por nosotras mismas y por el Señor. Como dice la Santa Regla: «Para ser buenas maestras, las hermanas se esforzarán por mantener la calma, recordando a menudo la presencia de Dios».

Sor Honor agitó sus anchos brazos. Había vuelto a aparecer después de rezar con unos padres desasosegados al otro lado de la calle, aunque yo no era capaz de imaginar cómo iba a poder consolarlos. Dirigió sus ojos enrojecidos hacia mí, como dos láseres furiosos.

—Mírelos. —Sor Honor señaló a la multitud de vecinos, estudiantes y padres que se paseaban cerca de la cinta policial, haciendo fotos y llorando—. Carroñeros. Nunca los vemos en la misa del domingo. Nunca nos ayudan con la venta de pasteles. Pero se produce un incendio, Jack muere y no podemos mantenerlos alejados de las cámaras. –Frunció el ceño–. Hay gente que vive para llamar la atención.

Sor Augustine tendió la mano a sor Honor.

–Sé que está conmocionada, pero nuestra comunidad querrá formular algunas preguntas. Seremos usted y yo y nuestras hermanas, y el amor vivificante de Jesucristo nuestro Señor, los que les reconfortaremos.

Los ojos de sor Honor se iluminaron y dijo:

–Llevaremos a nuestros vecinos, a nuestra ciudad, de vuelta a la Palabra.

–Lo importante no es lo que miras, sino lo que ves. –Sor Augustine contempló el colegio carbonizado–. Veo supervivencia. Veo renovación.

–Gracias por procurar que nuestro ánimo no decaiga –salmodió sor T con su tono suave, como un rayo de sol que se asoma entre una maraña de nubes de vientre granate–. Incluso huele a renacimiento, sor Augustine, como a árboles nuevos, hojas nuevas y caléndula.

Sor Augustine sonrió y abrazó con fuerza a sor T.

–Todo su trabajo en nuestro huerto y en la cárcel la ha vuelto sabia. Es un ejemplo para nosotras.

Bernard parecía encantado con volver al colegio. Yo seguía fuera, chorreante de sudor después de haber ido a la ferretería y a dos farmacias cercanas para ver si alguien había comprado sustancias inflamables o había roto alguna cámara de seguridad. Nada.

–¡La maldita policía me ha interrogado sobre el incendio y mi coartada! –Bernard estaba furioso–. Me han hecho cientos de preguntas. ¡Jack era mi amigo! Habría dado mi vida por mi hermano.

—Esos memos tendrán que tomarnos declaración a todos. —Escupí. Me quedaban restos de hollín, aunque me había lavado los dientes dos veces—. ¿Qué dijeron cuando te soltaron?

—Que mi coartada era sólida.

—Bien. Pero alguien nos ha puesto en el punto de mira. Esto tiene mala pinta. Voy a llegar al fondo del asunto.

—Te apuesto cincuenta pavos a que ha sido Prince Dempsey —me dijo bajando la voz—. Le encanta hacerse el duro, ¿verdad? Ese Prince, con su pitbull y sus cadenas de oro falso.

—Siempre está al acecho, demostrando a todos que él manda —dije—, pero tenemos que vigilar a todo el mundo. Por cierto, ¿cuál es tu coartada? —Me arrodillé para examinar un trozo de papel verde en el suelo, pero enseguida me di cuenta de que era una hoja marchita de uno de los ramos del altar improvisado—. ¿Qué les has dicho?

—La verdad —contestó Bernard—. Anoche estuve en mi garaje, ensayando con mi banda. Jasper, Chuck y Dee pueden dar fe de ello. —Sorprendido por mis preguntas, se cubrió el pecho y se encorvó ligeramente, como si se estuviera protegiendo contra un viento cruzado.

—Tú y yo somos sinceros —dije, tomando nota mental de preguntarle por su coartada más tarde, para ver si su historia había cambiado. Nadie era de fiar. Ni siquiera yo—. Necesitamos más pruebas. Pruebas contundentes. Los incendios dejan pistas. No se provocan solos.

—En mis tiempos yo provoqué unos cuantos incendios —dijo Bernard ladeando la cabeza para mirarme. Estaba orientado en dirección al colegio–. Pero no para hacerle daño a nadie. Quería ver cómo funcionaban. No hay dos fuegos que se muevan igual, da lo mismo cómo intentes controlarlos.

Una nube en forma de espiral tapaba el sol. La Diócesis había regresado y estaban en pie junto al altar, henchidos como si fueran los dueños de la acera, de nuestro colegio, de la ciudad. Rezumaban el olor pútrido de la autoridad de la vieja escuela. Al obispo y sus ministros las monjas les importábamos una mierda. Les importaba un bledo nuestro colegio, nuestros alumnos, lo mucho que trabajábamos por los chicos, por fomentar conexiones más profundas con ellos mismos y con Dios. El cuello grueso del Padrino se hinchó mientras rezaba cualquier chorrada sobre Su Gracia. Cuando el Barbas sonrió, se me heló la sangre. Sus ojos eran negros como ataúdes, su boca rebosaba de pequeños dientes de zarigüeya. Sus días estaban contados, Dios mediante. El patriarcado y todo el «bien» que le ha hecho al mundo. El cambio ya estaba tardando.

Cuando sor Augustine salió para saludar a los hombres y guiarlos al interior del edificio para una reunión, como una niñera que atiende a niños odiosos, Bernard también se marchó.

Sor T y sor Honor se volvieron la una hacia la otra.

—Era mucho más fácil cuando ella estaba al mando —dijo sor Honor con el celo y la convicción de un chismoso adolescente—. ¿Recuerda cuando nosotras tomábamos las decisiones y sor Augustine no necesitaba autorización hasta para el menor detalle? Entonces teníamos mucha más libertad.

Sor T se santiguó dos veces y respondió:

—Amén, hermana. Oh, ya lo creo. Me acuerdo. Hace solo cinco años del cambio, pero parece toda una vida. —Luego añadió con afectación o desesperanza—: A los hombres les cuesta renunciar al poder, ¿verdad?

5

La noche del lunes llegó en medio del caos. Una tormenta se agitó sobre el Mississippi, pero no llegó a tocar tierra. No podía quedarme sentada en mi habitación sin hacer nada. Me escocían los ojos y aún me dolía el pecho, pero necesitaba buscar pistas y dar sentido a las que ya había encontrado.

Todo el profesorado y las hermanas de Saint Sebastian –además de Bernard, Jack, Jamie y Lamont– tenían acceso al edificio. Prince sabía colarse en cualquier parte. Su coartada de Timmy y Lassie era tan floja como el aguachirle del vino consagrado. Pero su objetivo, por lo que pude ver, era molestarme. Lamont y Jamie podrían haber provocado el incendio para mantener en secreto su relación. Incluso podrían haber empujado a Jack a su horrible muerte. La gente hace cualquier cosa cuando se ve acorralada.

Me paseé despacio por el colegio, la iglesia y el convento. La Diócesis se había ido, el espantoso trío había vuelto a su vulgar rectoría del centro de la ciudad. Había sido humillante ver a mis hermanas correr tras ellos. «Sí, obispo». «Sí, vicario». A la mierda. Era especialmente desagradable que sor Augustine tuviera que seguirles su cansino juego.

Mi mirada se movía explorando la acera. Escudriñé cada centímetro del suelo. Pero la calle estaba llena de escombros del incendio. Y llena de costurones, como todo lo demás en aquella ciudad maltratada por las tormentas. Todo parecía sospechoso.

La primera vez que llegué a Nueva Orleans me sorprendió su ambiente tropical. Las palmeras, su gran personalidad. Los árboles de la ciudad, siempre verdes, mantenían un orden, o una apariencia de orden, mientras que los árboles de hoja caduca de Prospect Park, en Nueva York, eran nudosos y de un humor cambiante: se pasaban la mitad del año en una orgía de color y follaje, y la otra mitad desnudos. Las palmeras del golfo de México se mantenían erguidas y rara vez perdían las hojas, a menos que las tormentas las sacudieran o las arrancaran de raíz. Eran como discípulos siempre presentes.

Tres coches de policía estaban parados delante del ala este. En cada coche había dos agentes, tan quietos que parecían dormidos. De repente, alguien enfundado en un sombrero negro se volvió hacia mí. Era la sargento Decker. Seguí caminando. Cada paso que daba parecía acompañado de un eco, como si me estuvieran siguiendo y mi imagen apareciera en pantallas que no podía ver. Dos, tres, cuatro imágenes de mí.

El cielo se arremolinaba. Nubes onduladas azul marino se cernían sobre la ciudad, amenazando con un aguacero. Vi que un coche aminoraba la velocidad delante del ala este para curiosear. Habían pasado menos de veinticuatro horas desde que el fuego se había extinguido por completo. Su miasma seguía siendo repugnante. En la hierba había madera húmeda, yeso y papel quemado. Había más velas en el altar improvisado de Jack: algunas grandes y multicolores, otras más pequeñas y blancas. Sus mechas chisporroteaban en el viento repentino. Había mucho que oler, mucho que ver, pero necesitaba un método. Orden en la búsqueda.

Tras investigar el ala este, me dirigí al ala oeste del colegio para inspeccionar las aulas, el gimnasio y la cafetería.

—¿Su identificación? —preguntó el agente de policía situado frente a la puerta principal del ala oeste.

Mostré mi carnet de docente de Saint Sebastian, que llevaba atado con un cordón sobre mi cruz de oro. El policía ladeó la cabeza mientras leía mi nombre, acto seguido escudriñó mi cara, mi velo y mis guantes.

—«Sor Holiday, Música». Vaya. ¿Es usted monja?

Con aire impasible, asentí.

—«Sister Christian» es mi canción de karaoke favorita. No la conoce porque las monjas no escuchan este tipo de música, ¿verdad? Además, parece demasiado joven para ser monja. ¿Cuántos años tiene, veinte?

—Treinta y tres, la edad de nuestro Señor cuando se sacrificó por sus pecados.

—No tengo pecados. —Se rio—. No hay nadie más puro que yo. ¿Qué necesita de ahí dentro? Tenemos orden de mantener el colegio vacío.

—Exámenes urgentes que recoger y calificar para mis alumnos —mentí.

—Dos minutos.

—Dios le bendiga —le dije, hablando también para mí misma y evitando así darle un puñetazo en los dientes.

Recorrí la primera planta del ala oeste; asomé la cabeza en todas las aulas. Nada parecía fuera de lo normal, pero reinaba un ambiente extraño.

Arriba, en la puerta de mi aula de música, me fijé en lo espaciosa que era: el lugar ideal para mis torpes músicos en ciernes y sus enormes mochilas, fundas de guitarra y atriles. A menudo recolocábamos las sillas formando un gran círculo o grupos más pequeños. En un rincón de la clase habían colocado mi escritorio, donde también trabajaba en mi investigación. Todos los detectives duros, incluso Mike Hammer, ese capullo, tenían un despacho. Pero yo había colgado un póster —el Círculo de Quintas— sobre mi tablón de pruebas para que nadie se enterara.

Al minuto de estar en el aula, me di cuenta de que me habían movido la papelera de sitio. A menudo hacía la comedia de romper el trabajo de teoría musical que alguien había copiado y tirarlo delante de los alumnos, así que sabía dónde estaba la papelera. La acerqué a mi escritorio y metí las manos enguantadas en la papelera. Entre los papeles, los pañuelos usados —nauseabundos— y los envoltorios de chicles, la encontré.

Una blusa negra con la manga derecha quemada. Más que quemada, parecía haberse derretido. Poliéster barato, exactamente como el que llevaba en ese momento. Era una prenda de las Hermanas de la Sangre Sublime. Todas vestíamos blusas negras idénticas, prendas estándar de la cofradía católica del centro. Cada hermana tenía cinco blusas, suficientes para mantenerlas limpias y en rotación, pero por debajo del umbral del exceso.

Tenía que ser mi blusa negra perdida. ¿Por qué estaba en mi papelera? ¿Quién querría inculparme? Sor Honor y Rosemary Flynn no tenían ningún problema en dejar patente su indignación por mi llegada a su centro, algo que nunca se habían esperado. Pero ¿alguna de las dos podía llegar tan lejos?

Tenía que contarles inmediatamente a la investigadora Riveaux y al detective Grogan lo de la blusa.

La campana de la iglesia sonó seis veces. Las seis de la tarde. La misa empezaría pronto. Salí del colegio y me dirigí a la escalinata de la iglesia con la blusa quemada bajo el brazo.

Tenía la frente empapada de sudor. Vi a Bernard al otro lado de la calle, saliendo del cobertizo. Aún había mucha luz, la luz viscosa de principios de septiembre en la costa del Golfo. ¿Por qué Bernard trabajaba hasta tan tarde? ¿Para reparar los desperfectos causados por los vehículos de emergencia? O quizá intentaba encontrar el otro guante de Uline.

Bernard levantó la vista y se fijó en mí.

—¡Eh! —Su voz llegó hasta Prytania Street—. ¡Hermana! ¿Qué hay?

Como estaba demasiado débil para gritar, le hice señas a Bernard para que se acercara. Cruzó corriendo la calle y subió de dos en dos los escalones de la iglesia.

—¿Qué tal? —me saludó.

—¿Por qué sigues trabajando?

Su mirada se desvió cuando tres personas entraron en la iglesia detrás de nosotros.

—La visita a la comisaría me asustó de cojones. Tengo que estar ocupado o me volveré loco.

—Lo mismo me pasa a mí. Y necesito contarte... —Levanté la blusa que llevaba en la mano, pero la misa estaba empezando y no podía perdérmela—. ¿Después del culto?

—Claro. No voy a ir a ninguna parte. —Asintió y, mirando a derecha e izquierda, cruzó la calle y volvió al cobertizo. Bernard nunca estaba quieto, siempre en movimiento.

La misa de vísperas me tranquilizaba, sobre todo cuando tenía la cabeza a mil o me encontraba en horas bajas. Los servicios que se oficiaban en nuestra iglesia solían estar poco concurridos, y la mayoría de los bancos permanecían vacíos. Las iglesias católicas de todo el país perdían feligreses cada día, y la de Saint Sebastian no era una excepción. Cuando era niña, todos mis conocidos iban a misa. En mi único año de noviciado, era raro ver a más de dos o tres feligreses en el oficio. Pero esa tarde había docenas de personas rezando: se unían a mí, a mis tres hermanas y al padre Reese, que tenía, a pesar de su edad paleolítica, voz de DJ radiofónico. Ojalá dijera algo inspirador con ella. Mi débil reflejo en el vitral, la primera estación del vía crucis, me seguía mientras me agarraba al respaldo de cada banco de madera de camino a la comunión.

Después del servicio, cerca de la salida de la iglesia, al mojarme las manos en agua bendita fría, tropecé con mis propios pies y estuve a punto de romperme la crisma contra la pila de mármol. Sentía las piernas duras, como si mi cuerpo no fuera mío.

—No ha sido nada —dijo sor Augustine mientras me ayudaba a levantarme. Su voz era suave, pero por la forma en que me miraba, era evidente que estaba preocupada—. ¿Pedimos que la enfermera Connors venga a hacernos una visita?

—No. Estoy bien, solo cansada.

—Bueno, nos vendrá bien un corte de pelo antes del funeral de Jack.

Sonrió y me puso su cálida mano en la nuca. A sor Augustine se le daban bien las tijeras y me cortaba el pelo en el jardín de Saint Sebastian mientras Vudú me rodeaba el tobillo con su cola negra. Me sorprendía lo rápido que me crecía el pelo, con unas empecinadas raíces negras que enseguida asomaban bajo el pelo blanco decolorado. Sor Augustine me permitía teñírmelo con el frasco gigante de agua oxigenada del convento.

Yo había insistido hasta que ella había acabado cediendo. Una pizca de vanidad a la que no podía renunciar.

Levanté la blusa que había encontrado en la basura.

—Hermana, he encontrado algo en mi clase.

—No se preocupe por la colada esta noche, hermana. Por favor, no se agote.

—Pero, hermana...

—¡Sor Augustine! —Un grupo de feligreses preocupados la acorralaron. Salió con ellos tranquilamente, donde ya no pude oírlos.

Bernard estaba en la puerta de la iglesia.

—¿Hay alguna noticia?

—He encontrado una blusa negra con una manga derretida en mi papelera.

—¿Qué?

—Todas las hermanas tienen cinco blusas negras idénticas, y a mí me faltaba una de las mías.

—¿Y la blusa estaba en tu papelera?

—Alguien está tratando de inculparme —dije.

—¡Yo no! —exclamó Bernard estupefacto.

—No te estoy acusando. Pero alguien está tratando de tenderme una trampa, y ha dejado una camisa quemada en la papelera de mi clase.

—Hoy hemos visto a Prince. —Bernard se pellizcó la perilla—. A lo mejor es él. Estaba chuleándose delante del ala oeste. ¿Y si entró de alguna manera, sin que la policía se diera cuenta?

—Prince es un sospechoso evidente, pero no podemos centrarnos solo en él o se nos escapará algo. Comprobaré su coartada.

Salí a la calle para buscar a sor Augustine, porque quería terminar de contarle lo de la blusa quemada, pero no la vi por ninguna parte. Estaba agotada, y me dirigí al convento. Un viento abrasador soplaba de un lado a otro de la calle, después arriba y abajo.

En mi dormitorio, volví a contar dos blusas en mi armario. Tendría que decírselo a la hermana a primera hora de la mañana. Y a Riveaux. Y también a la policía.

Los jefazos ya pensaban que yo tenía algo que ver con el incendio, y ahora alguien me tendía una trampa para que me comiera el marrón. Quienquiera que fuese había cometido un grave error. Al subestimarme, había mostrado sus cartas. Tenía que ser alguien arrogante. Casi tanto como yo. Yo era un desastre, sin duda, pero nadie debería haber dudado nunca de mi compromiso. Cuando algo se me metía entre ceja y ceja —un plan, una idea o una persona—, lo tenías claro. Era como un perro con un hueso. Prefería ahogarme que soltarlo.

6

La mañana del martes fue dura. Apenas había dormido: en mi mente se repetía la espeluznante imagen de la caída de Jack y el cuerpo herido de Jamie y Lamont arrastrándose. Recé en mi cama dura, enumeré los libros de la Biblia y conté desde cien hacia atrás, pero nada me calmó.

Al amanecer, sor Augustine estaba en el altar que se había formado en la acera. Rezaba con los ojos cerrados. Me uní a ella un momento. «Ave María, llena eres de gracia».

Un coche de policía pasó lentamente a nuestro lado. Sor Augustine abrió los ojos, como si saliera de un trance.

—No adivinará lo que encontré ayer. —Le enseñé la blusa quemada—. Estaba en mi papelera, en mi aula de música. Tiene una manga quemada. Seguro que está relacionado con el incendio.

—Hija mía, es un descubrimiento espantoso —dijo sor Augustine, con un tono melódico. Tenía el don de la calma, de permanecer firme en medio de la tormenta.

—Lo sé, yo...

—¿Tuvo usted algo que ver con el incendio, hermana? —preguntó ladeando la cabeza y, sin perder la ecuanimidad añadió—: Si necesita confesar...

—Joder, no. Quiero decir... Lo siento. —El sudor se me deslizaba bajo las cejas. Apreté los puños hasta dibujarme medias lunas en las palmas. Odiaba meter la pata delante de sor Augustine.

—¿Le ha comentado a la policía lo de la blusa?

—Todavía no. No quería que pensaran que tengo algo que ver. Ya sospechan de mí, lo noto. Ya ha visto cómo han tratado a Bernard.

—Debemos decírselo a las autoridades enseguida. No hay tiempo que perder. Busquemos a la investigadora Riveaux.

Fuimos prácticamente del brazo en busca de Riveaux. Era maravilloso caminar con tanta determinación y propósito junto a sor Augustine. El viento soplaba alrededor y yo sentía el pulso del mundo, del que formaba parte. Había crecido siendo lesbiana, «tolerada» por mis padres, siempre temiendo que Moose se derrumbara, asustada por el mal genio de papá y el papel de mártir melodramática que siempre interpretaba mamá, antes de que me echaran de nuestro apartamento... Todo ello me había hecho desear formar parte de un tipo diferente de familia, una comunidad diseñada por mí misma. Apreciaba ser una monja, pertenecer a nuestra orden. Al principio había sido un fastidio. Recibí un diluvio de comentarios sarcásticos durante mis primeros días de enseñanza. Me mordía la lengua con sor Honor. Pero las semanas pasaron. Con mis guantes negros y mi pañuelo, con mi uniforme negro genérico, acabé convirtiéndome en una más.

Recorrimos las instalaciones, pero no vimos a Riveaux.

—Deme un momento —dijo sor Augustine. Se dirigió a su despacho para llamar a la policía; su velo negro flotaba sobre su espalda como un sortilegio de protección.

El cielo eran manchas azules y blancas enhebradas por las inflexiones del canto de los pájaros. Loros, petirrojos y torcaces plateadas entonaban sus códigos secretos.

Las alas este y oeste de nuestro edificio estaban separadas por el ala central, lo bastante alejadas una de otra para que la policía y los bomberos autorizaran reanudar las clases ese día, pero solo en el ala oeste. Mi ojo seguía inyectado en sangre, mi cuerpo aún muy sensible, pero, como Bernard, no podía quedarme sentada de brazos cruzados. Me habría explotado la cabeza. Si conseguía acceder a la escena del crimen y a todos los informes y fotos forenses, podría resolver el caso. En la policía eran todos unos inútiles. Odiaba el odio que me inspiraban, pero el tiempo corría. Había pistas que encontrar, rincones por donde buscar, gente a la que sonsacar información.

Sor Augustine reapareció, y me dijo:

—Alabado sea el Señor, sor Holiday, he llamado a los investigadores y están en camino.

Me acompañó al colegio. Las puertas cortafuegos habían contenido casi todo el humo, pero dentro del ala oeste los vapores acres de los ordenadores quemados y el plástico derretido me desgarraban la garganta.

Como no podían utilizar un lado entero de nuestro colegio en forma de U, los profesores de Saint Sebastian tuvieron que ir todos al ala oeste. Combinamos a nuestros alumnos en aulas compartidas. A pesar de mis protestas, sor Honor, jefa del Comité Escolar para los Valores Cristianos y responsable de mantener el decoro, declaró que Rosemary y yo teníamos que compartir mi aula. El incendio había destruido la de ciencias de Rosemary Flynn. Al parecer, todas las ventanas habían estallado. La sala de música era el espacio más grande que quedaba y el más fácil de reconfigurar, porque las sillas y mesas podían moverse. Solo mi escritorio, en la parte delantera del aula, estaba fijo. Era una monstruosidad de madera maciza. Ese rincón se había convertido en mi despacho de investigadora privada, donde guardaba mis notas sobre el incendio, una lista de sospechosos (todo el mundo) y otra de pistas. De momento solo tenía dos: la blusa quemada y el guante de Uline de la calzada.

Metí la blusa quemada en el escritorio y me preparé para la clase mientras los alumnos entraban en el aula. Rosemary y sus alumnos ocupaban la otra mitad de la sala. Refunfuñé e intenté no prestarles atención, pero cada sonido del otro lado del aula me irritaba.

«Ave María, por favor, dame fuerzas».

Los policías observaron mis movimientos al pasar por delante de la puerta abierta de la clase. Abracé mi guitarra, y allá donde me giraba notaba miradas puestas en mí. ¿O era el calor difuso de las llamas, que no podía quitarme de encima? El fuego fantasma me hacía cosquillas en los lóbulos de las orejas. Mi púa de guitarra, un amuleto de la suerte, me ardía en el bolsillo trasero.

Comenzó la clase y mis alumnos se turnaron para practicar los solos. En el otro extremo del aula, bajo un crucifijo gigante colgado de la pared, estaba Rosemary Flynn. Exageraba cada «c» en su monótona clase sobre la fricción fluida.

—He oído que sor Holiday le cortó la pierna a Jamie —dijo entusiasmado uno de los alumnos de ciencias, lo bastante alto para que toda la clase lo oyera.

—¡A Bernard Pham lo han acusado de provocar el incendio! —apuntó otro estudiante. La fábrica de rumores estaba a pleno rendimiento–. ¡Hicieron falta seis agentes para contener a Bernard de lo drogado que iba!

–¡Basta! –exclamamos Rosemary y yo al unísono. La primera (y probablemente última) vez que estaríamos de acuerdo en algo.

–A Bernard Pham no lo han acusado ni lo van a acusar de ningún delito –le dije a la masa de estudiantes atónitos, y me di cuenta de que una alumna me estaba grabando con su teléfono.

Antes de que pudiera regañarlos por usar el móvil en clase –un intento tan infructuoso como pedirle a los pájaros que no canten–, la potente voz de sor Augustine sonó a través del sistema de megafonía.

«Queridos alumnos, bienvenidos de nuevo al colegio después de esta indescriptible tragedia. Vuestros valientes compañeros de clase, Jamie y Lamont, se están curando, alabado sea Dios. Pasarán un tiempo indeterminado sin asistir a clase mientras se recuperan. Rezaremos por nuestro conserje, Jack Corolla, que en paz descanse, fallecido en el incendio. Rezaremos por nuestra resiliencia. Rezaremos». Sor Augustine concluyó su discurso y apagó la megafonía con la chispa eléctrica del feedback del micrófono.

Prince Dempsey levantó la mano. No hice caso. La bajó y se aclaró la garganta. Abrió su mechero Zippo y se quemó parte del vello del brazo y un trozo de costra que se había arrancado del codo.

–Guarde ese mechero. –Toqué un acorde de mi mayor, dejando que resonara la vibración–. Fleur, un mi quinta. Ryan, usted también. –Fleur tomó aire y Ryan Brown se mordió el labio mientras los alumnos reajustaban sus manos izquierdas en las cuerdas.

Mi Conjunto de guitarra 1 era un curso de introducción, pero definitivamente no era básico. Perfeccionábamos el movimiento independiente de los dedos, las tríadas, los acordes de cejilla y las escalas pentatónicas. Abordábamos el rasgueo, el ritmo adecuado y el tono. Las técnicas de improvisación eran la clave para que fuera divertido y los alumnos no odiaran la clase, ni a mí, ni la práctica. Al menos la mayoría. Los chicos salían de mi clase habiendo ganado confianza. Empecé con los Ramones y llegamos hasta Vivaldi. Algo de los Beatles para foguearse. Jimi Hendrix para el placer del funk. Django Reinhardt para el punteo.

Era una clase reducida. Sin Jamie y Lamont, había solo seis estudiantes. Sam, un nadador competitivo que fumigaba nuestra aula con aroma a cloro. Fleur, que tenía quince años pero parecía rondar los cincuenta, con el pelo tan cuidadosamente peinado y unos modales tan correctos que podía imaginarla siendo una buena cocinera. Rebecca, una alumna alta y atlética de segundo año, que parecía amar a Cristo de verdad. Lo que la delataba era que cerraba los ojos con mucha fuerza durante la oración del Señor. Ryan Brown, el pesado, empeñado en ir a la moda, aunque en invierno siempre llevaba una boina con pompón y nunca se quitaba el pin de «Mejor hijo del mundo» que su madre sobreprotectora le había puesto en la solapa de la chaqueta de su uniforme. Luego estaba Skye, la reina del drama, capitana del equipo de Oratoria y Debate, que siempre cantaba afinando muy bien, aunque, agitada de forma constante por su TDA, era todo un reto conseguir que practicara durante mucho tiempo seguido. Y Prince Dempsey, delincuente juvenil. Las quejas contra mí podrían haber sido de chicos de otras clases, pero me pregunté si Prince Dempsey no podría haber utilizado una letra diferente a la suya para escribirlas. Era algo que yo habría hecho para fastidiar a un profesor al que detestara. La venganza es una forma estúpida de sentir que tienes el control. Como todas las drogas, no dura, pero es divertida en el momento.

—¿Cuál es la forma más dolorosa de morir? —preguntó Prince con una sonrisa.

BonTon se sentó acurrucada junto a su escritorio. Su collar era una cadena de ferretería de eslabones muy gruesos que Prince probablemente había robado. La perra tuerta le seguía a todas partes. BonTon tenía autorización para ejercer de animal de servicio por el trastorno de estrés postraumático y la diabetes de tipo 1 de Prince. La perra estaba entrenada para detectar niveles altos o bajos de azúcar en sangre oliendo la saliva de su dueño. Dejé de tocar y parpadeé despacio. Los alumnos me miraron, esperando a que dijera algo.

—Sigan todos. No hagan caso al señor Dempsey.

Prince volvió a sonreír.

—Oiga, le he preguntado: «¿Cuál es la forma más dolorosa de morir?». ¿Quemarse vivo, caer al vacío o morir apuñalado? —Los ojos de Prince, del azul de una llama de propano, estaban fijos en mí.

—¿Cuál es la forma más dolorosa de morir? —repetí la pregunta de Prince—. Ser su profesora de música.

Los alumnos se rieron. BonTon levantó su nariz rosa chicle hacia Prince, bostezó y volvió a formar una espiral blanca en el suelo. Abracé de nuevo mi guitarra. Echaba de menos mi eléctrica. Su crepitación. Pero mi Yamaha acústica era el instrumento más abrazable y temperamental del mundo. Deseé que me devolviera el abrazo.

Rosemary se mantenía clavada en su lado del aula. Parecía una estatua, tan incuestionable como un mandamiento. O estaba tan concentrada en su clase que no había oído el alboroto en mi rincón, o fingía no darse cuenta.

Saqué la púa del bolsillo de mis pantalones negros. Prince Dempsey me silbó. Aquel pelo rubio sucio, aquella cara llena de marcas y aquella eterna sonrisa. Un bocazas que nunca hacía los deberes, que acosaba regularmente al pequeño Club LGBTQ de la escuela. En ese momento se estaba cauterizando otro trozo de piel y lanzando un trozo de costra del codo en el centro del círculo.

Cuando el trimestre anterior habían trasladado a Prince a mi clase de música de tercera hora, comprendí que Dios me estaba poniendo a prueba.

—Lo que sentimos por dentro es lo que damos al mundo —me dijo sor T antes de que empezara el trimestre.

Sor T tenía razón. Conocía el numerito de fortachón de Prince. Armadura en lugar de dolor. Pero no podía dejar que eso me reventara las clases. Sor Honor y Bernard estaban convencidos de que Prince se hallaba detrás de los incendios. Necesitaba estudiarlo más de cerca.

Los alumnos practicaron sus ejercicios de independencia de dedos en la escala de sol. Mis dedos necesitaban moverse, así que me incliné sobre mi guitarra y toqué un arreglo del Círculo de Quintas. La música era otro recipiente para la oración. Con la guitarra metida en el cuerpo, mis dedos se convirtieron en mi cerebro. Soy de lo más torpe, salvo cuando se trata de sexo, peleas o tocar la guitarra. Solo puedo centrarme únicamente en una cosa. Bailo fatal y no soy capaz de practicar ninguna postura de yoga, pero ayudar a otros a aprender a tocar un instrumento es uno de los dones que puedo ofrecer.

—Muy bien, todos —ordené mientras me recolocaba la guitarra, de modo que el mástil prácticamente me tocaba la barbilla—. Mi mayor, la mayor. Cuatro por cuatro. Bien.

Rebecca, Fleur, Sam y Skye hicieron muy bien los cambios, en sincronía, ejecutando los distintos acordes y los rasgueos justo a tiempo. Ryan Brown era más torpe. Prince ni siquiera había sacado su guitarra de la funda, uno de los baqueteados instrumentos de los que se alquilaban en la escuela.

Skye cantó operísticamente «I Wanna Be Sedated». Sam y Ryan Brown tarareaban con timidez, sin atreverse aún a compartir sus voces.

Al entrar en el aula, sor Honor se atragantó al oír la letra, pero no hizo ningún comentario. Ni siquiera la aguafiestas de sor Honor podía negar mis capacidades pedagógicas. Apenas habían pasado dos semanas desde el comienzo del curso y mis alumnos ya tocaban una canción entera. Aunque fuera una melodía fácil con un ritmo constante. Cuando se trataba de enseñar, yo era tan seria como un infarto, y el profesorado lo sabía. Sor Honor le entregó una pila de papeles a Rosemary Flynn. Mientras tocaba, sentí sus miradas penetrantes: en ese momento parecía que me estuvieran incriminando alegremente en el incendio provocado y en el asesinato.

Observé las caras de los alumnos mientras llevaba el ritmo de la canción de los Ramones y corregía a Rebecca y Fleur algunos acordes descuidados y débiles. Miré el reloj: necesitaba algo que este no podía darme, tiempo para mí, para reunir las pistas y ver cómo encajaba todo.

La diferencia entre otros detectives y yo no es que sea monja. No tiene nada que ver conmigo. Se trata de mantener el equilibrio, de luchar por el bien común.

¿Y qué mayor bien que Dios?

7

Rosemary Flynn decidió repentinamente llevar a su clase de excursión esa misma tarde al Planetario de Nueva Orleans. Me sentí muy aliviada. Necesitaba mi aula. El incendio debía de haber aumentado la ansiedad de Rosemary. Tenía los hombros tensos, pegados a las orejas. Se mostraba tan superior, tan controladora, con semejante energía caótica bajo su apariencia fría, que resultaba difícil relajarse en su presencia.

Faltaba menos de una hora para que acabaran las clases y la policía había ido sacando a los alumnos, uno a uno, al pasillo y al despacho de sor Augustine para interrogarlos. Imaginé la blusa quemada convertida en ceniza dentro de mi escritorio. Cuando miré por la ventana, vi a los padres que habían aparcado fuera del colegio, con cara de preocupación. BonTon ladró de repente.

—Chist, Bonnie. —Prince calmó a la perra—. No pasa nada, guapa.

Vi a la sargento Decker en la puerta. El detective Grogan estaba detrás de ella.

—¿Tiene un minuto? —La sargento Decker abrió su cuaderno de espiral.

—Claro. Estoy pasando el rato en el camerino con todos mis fans adorables. No, no tengo un minuto.

—Parece ocupada con todos sus juguetes —dijo Decker. Cogió una cejilla y la hizo girar alrededor de su dedo.

—Estoy dando clase, como puede ver.

El detective Grogan se pasó la mano por su mata de pelo color miel. La sargento Decker mordisqueó un chicle. Era bajita y fuerte. No había nada destacable en ella, salvo sus largas trenzas sujetas en la base del cráneo con cuentas de color púrpura, dorado y verde, los colores del carnaval.

—Sor Augustine dijo que tenía algo que contarnos. Necesitamos algunos detalles más sobre el ala este.

—¿Ahora? ¿Aquí?

—Ahora —respondió Decker—. A no ser que prefiera venir al centro.

—Oooh —canturreó la teatral Skye.

—Sor Holiday tiene problemas —entonó Ryan Brown.

—Cállese, señor Brown —dije, lo que inspiró un guiño reflejo en Rebecca—. Cinco minutos, amigos. Traten de no incendiar el resto del colegio. Rebecca y Fleur, quedan ustedes al mando. Si alguien saca un teléfono, díganmelo.

Las chicas asintieron. Rebecca y Fleur eran mis mejores alumnas, las únicas estudiantes fiables en ausencia de Jamie y Lamont. Sam no era desagradable, pero tampoco un alumno muy prometedor. Le obsesionaba la natación y nada más. Ryan me resultaba difícil de predecir, pero era demasiado blando para ser una amenaza real. Había pocos chicos en los que se pudiera confiar. «Envenenamiento por testosterona», le gustaba decir a Moose sobre los chicos y sus fanfarronadas. Cada vez que mi hermano soltaba esta expresión me imaginaba un veneno como de dibujos animados fluyendo por las venas de los chicos.

Tenía el pañuelo asombrosamente empapado de sudor. Me ajusté los guantes y salí al pasillo con la Brigada de Homicidios.

—Vale, ¿qué?

—Mientras llevaba a Jamie por las escaleras, ¿oyó algo?

—La alarma de incendios. Lamont lloraba a moco tendido. Aparte de eso, nada.

—¿No vio nada delante de la entrada principal del colegio antes de perder el conocimiento?

—No.

—¿Cuánto tiempo estuvo fuera de combate? —preguntó Grogan.

—¿Cómo voy a saberlo? —Me incliné hacia delante—. Estaba inconsciente.

—Pare el carro, hermana —dijo la sargento Decker con una sonrisa burlona, como si fuera una expresión graciosa y original que se hubiera inventado ella misma.

Me serené y dije:

—Ustedes son los detectives. Estudien las fotos de la escena del crimen. O mejor aún, enséñenme las fotos.

—Pare el carro —repitió la sargento Decker—. Colabore con nosotros, hermana. ¿Vio algo cerca del cuerpo de Jack Corolla? ¿Un teléfono? ¿Una cartera?

—No, yo...

—¿Vio al otro conserje? —Los ojos de Decker parpadearon nerviosos—. ¿A ese tal... Bernard Pham?

—No. No vi a Bernard. Aparte de Lamont y Jamie no había nadie en el colegio. Lo que quería decirles es que antes de morir Jack Corolla dijo que algo malo iba a pasar. Tal vez fue premeditado, y el objetivo del incendio era callar a Jack. Siempre estaba obsesionado con sus premoniciones.

Me reservé para mí lo de la blusa.

Y para el Espíritu Santo.

Los policías no se fiaban de mí, y yo, por supuesto, no me fiaba de ellos. Ya le había entregado el guante, y prefería darle la blusa a Riveaux, a ver qué hacía con ella.

—Ajá. —Grogan me examinó de pies a cabeza—. Premoniciones. —Decker se rio.

Incluso con la pañuelo y los guantes, me sentía desnuda.

—Hablemos de Jamie y Lamont. Ya son PDI —dijo Decker—. Eso significa «personas de interés», es decir, potenciales sospechosos.

—¡Sé lo que significa! —Me irritaba la actitud de Decker—. Sospechar de todo el mundo tiene su sentido —repliqué de inmediato—, pero esos chicos son un encanto. No le harían daño a nadie.

¿Debería haber compartido mis sospechas sobre Jamie y Lamont y su posible versión gay de Romeo y Julieta? Tal vez. Pero no lo haría hasta que me aseguraran que la policía no les tendería una emboscada a mis chicos. Tenía que protegerlos. Los brutos racistas y homófobos como Grogan probablemente sueñan despiertos con chicos como Lamont, negros y gais. Golpear a Jamie habría sido un extra.

—Hum..., está bien —comentó Decker—. Ahora hablemos de Prince Dempsey. Es un alumno con unos cuantos antecedentes penales. Y ya ha provocado dos incendios. Así que estamos pensando...

—¿Cuál es el móvil? —lo interrumpí. Prince Dempsey era

un claro sospechoso, por supuesto, pero mi extraña paranoia me había entrenado para buscar en lugares inesperados.

—Lo estamos investigando —dijo Grogan.

—¿Han comprobado la coartada de Prince, lo de que estaba paseando a la perra?

—Su perra no habla —bromeó Grogan.

—La hemos comprobado —dijo Decker—, y ningún vecino se fijó en él. Además, conoce bien este edificio y puede moverse con facilidad.

—Yo también. —Me crucé de brazos.

—Oh, estamos al tanto. —La sargento Decker sonrió al detective Grogan.

—Y además, eso no es un móvil —dije, poniéndome un poco de puntillas.

—De acuerdo, hermana —dijo Decker—. Avísenos cuando atrape al culpable. Pero recuerde que Nueva Orleans no es Cabot Cove, el pueblo de *Se ha escrito un crimen*.

«Resolveré el caso antes que vosotros dos», pensé mientras me persignaba. La flexión y el baile de mis músculos me tranquilizaron. Era un ritual fluido que te enraizaba en el suelo. «En el nombre del Padre, del Hijo y del Espíritu Santo». ¿Había algo malo en sentirme presente dentro de cada nombre, uno y el mismo? ¿No somos todos llamas sagradas en el misterioso fuego de la vida?

Grogan se colocó delante de Decker y volvió a ponerme la mano en el hombro. Mi viejo era policía, y nunca tocaba a un civil a menos que tuviera la rodilla en su espalda si se había resistido al arresto. Para ser un tipo tan grande, la mano de Grogan era refinada.

—Gracias, hermana, por preocuparse y compartir sus ideas.

No se preocupe. Estamos analizando el caso desde todos los ángulos.

Decker volvió a mirar su cuaderno. Leí al revés una lista de nombres: Bernard Pham, John Vander Kitt, Rosemary Flynn, el padre Reese, sor Augustine, sor Honor, sor Thérèse, sor Holiday (subrayado dos veces, para mi disgusto), Jamie LaRose, Lamont Fournet y Prince Dempsey (rodeado por un círculo).

Decker se pellizcó la nariz y cerró el cuaderno.

—¿Nos vamos? —le preguntó a Grogan.

—Muy bien, en marcha —contestó este mientras se rascaba la entrepierna de forma obscena, por reflejo o quizá para señalar su papel de simio supremo. El dúo se dio la vuelta y se alejó por el pasillo.

—Rebecca, ese tempo —dije al volver a clase. Estaba nerviosa, pero con la guitarra en la mano recuperé la concentración—. Más cerca del traste.

Les mostré cómo arquear las muñecas y rasguear utilizando los pulgares a modo de pinceles. Quería apagar mi cerebro y dejar que mis manos se movieran. Mi cuerpo era más feliz cuando tocaba. No me escondía detrás de mi instrumento, sino que cuando lo sostenía afloraba mi yo más auténtico. Incluso con vampiros de energía como Prince Dempsey de por medio, enseñar música nunca me había parecido una pérdida de tiempo. Mis alumnos necesitaban aprender la técnica lo bastante bien para empezar a cultivar sus propia sensibilidad musical. Para dejar que su cuerpo tomara el control durante una actuación. Memoria muscular. Tocar la guitarra, ya fuera para hacer un *lick* o simplemente para practicar, era la mejor manera de desconectar y desahogarse. Pero en lugar de imitar mis movimientos, los alumnos me miraban las manos y Sam entrecerraba sus grandes ojos verde cloro. Los tatuajes de mis nudillos eran difíciles de leer cuando movía los dedos, pero los chicos ya sabían lo que ponía: *lost* (mano derecha), *soul* (mano izquierda). Seguían mirándome.

Hacía tiempo que me había acostumbrado a mis tatuajes, pero había uno que siempre me venía a la memoria. Era el tatuaje que compartía con mi hermano. Durante nuestra infancia en Brooklyn todo el mundo creía que éramos mellizos. Yo le llamaba Moose y él me llamaba Goose. Leíamos los mismos libros (Nancy Drew, Sherlock Holmes), hacíamos los mismos puzles, jugábamos al mismo juego de mesa de detectives (el Cluedo). Teníamos nuestro propio idioma. Los dieciocho meses que nos llevábamos no suponían ningún obstáculo. Yo vivía demasiado en mi mundo (demasiado ello, según Moose, poco superego). Entre nosotros existía la rivalidad estándar. Nos parecíamos a pesar de que mi pelo era negro como el carbón —las pasaba canutas para teñirlo de rubio— y el suyo era castaño. Nuestros ojos eran el único rasgo completamente idéntico.

Mi hermano me necesitaba. Después de salir del armario en su primer año de instituto le acosaban constantemente. Cuando yo tenía dieciséis años y él quince, tres miembros del equipo de fútbol universitario lo atacaron salvajemente en el vestuario. Necesitó cuatro puntos de sutura en la cabeza y más en otros sitios. Él formaba parte del equipo de atletismo, pero compartía vestuario con aquellos neandertales del fútbol. Después de propinarle puñetazos y patadas en la cabeza y el estómago, bloquearon las puertas y tres de ellos lo violaron. Yo nunca había oído hablar de algo así. No sabía que se pudiera violar a los chicos.

Qué ingenua era entonces. A partir de entonces me prometí a mí misma no dar nunca por sentado el insaciable ansia de control de los hombres. A partir de ese momento no se me escaparía nada.

Después de la agresión, mamá y yo nos pasamos dos días en el hospital con Moose. Papá venía por las mañanas antes de su turno en el trabajo. Recuerdo el tacto del pelo suave de Moose cuando le acariciaba la cabeza.

—Dime quién ha sido.

—No insistas, Holly —dijo mamá—. No quiere presentar cargos. Déjalo descansar.

Los ojos de Moose se cerraron y sus largas pestañas proyectaron sombras sobre su rostro hundido y lleno de cicatrices. Quince años y ya lo habían destrozado.

—Pagarán por esto —dije, sin hacerle caso a mamá.

Las ruedas de la cama chirriaron cuando Moose se apartó de mí.

—Hay quince tíos en ese equipo. Solo di «sí» o «no» cuando los enumere.

—¡Holiday, déjalo! —Papá había entrado en la habitación tan silenciosamente que no me había dado cuenta de que estaba allí—. Gabriel no va a presentar cargos.

—El instituto no actuará a menos que Moose confiese quién ha sido. Está aterrorizado. Tenemos que ayudarle.

—Escucha a tu padre. —Mamá era incapaz de mirarme.

—Mamá, Moose tiene la mandíbula destrozada. Esos cabrones lo van a pagar.

—Solo Dios puede juzgar a los pecadores.

—Dios necesita mi ayuda para conseguir llevar a esos animales a juicio.

—Déjalo, Goose. —Moose lloraba sobre su almohada.

Mamá negó con la cabeza y dijo:

—Solo Dios puede decidir su destino. Perdónalos, Holiday. Solo el que está roto puede romper a otros. —Palabras de las que se haría eco sor Augustine años después—. Solo los traumatizados pueden traumatizar a los demás. Concéntrate en tu hermano. No lo conviertas en algo personal. No todo gira en torno a ti. —Mientras se inclinaba para tocar el hombro de Moose, las lágrimas le rodaban por la cara, goteando por el gancho de su larga nariz.

De todos modos, llevé a cabo mi propia investigación. Pregunté en el instituto si alguien sabía algo. Todo el mundo conocía parte de la historia, por supuesto, pero nadie hablaba. Me apunté a las pruebas de atletismo, me aprendí los horarios de las actividades deportivas y seguí de cerca a los quince miembros del equipo. Me hice la tonta. Me hice pasar por hetero. Me los gané a todos. Hice cuanto fue necesario para acercarme a ellos. En el lapso de tres semanas, me enrollé con cuatro de los miembros del equipo para intentar sonsacarles información. Los muy pringados no se enteraron de que yo era la hermana de Moose, pero mi plan no funcionaba. Se la chupé a un tipo en el vestuario después de un partido. Me había anestesiado las encías y los labios con coca, pero lo más difícil fue disimular mi asco. En una fiesta en una casa de Greenpoint, eché alcohol etílico en las bebidas de otros cuatro para emborracharlos. El alcohol no es un suero de la verdad, pero quería desinhibirlos. Finalmente, funcionó. Todd McGregor, tan borracho que no podía ni abrir los ojos, confesó. «¿Y qué? Fui yo, sí». Murmuró en la grabadora de mi teléfono móvil. «Esos maricones... es lo que quieren todos. Todos quieren que se la claven. Le hice un favor». Se pasó la lengua por los labios como si estuvieran cubiertos de glaseado. Unas finas líneas de baba le goteaban de la comisura de la boca. «Tarde o temprano tenía que pasar. Al menos todos la teníamos grande. Probablemente le encantó. Porque tengo una buena polla. Podría ser modelo de ropa interior. ¿Quieres verla?». Nombró a otros dos chicos y empezó a bajarse la bragueta antes de desmayarse. Escribí con espray la palabra VIOLADORES en las taquillas de los tres agresores. ¿Y Todd McGregor? Lo dejé en la fiesta de la casa, atado con el cinturón y la corbata, tumbado boca abajo en su propio vómito.

¿Suena cruel? En serio, me estaba conteniendo. Quería ser una Judit total en modo Holofernes. Seguir al equipo fue fácil. Engañarlos era divertido. Castigarlos, delicioso. Fue entonces cuando empezó todo. Cuando supe que ser detective era otro regalo que podía ofrecer a Dios. Impartir justicia en un mundo roto. Aunque fuera durante un instante fugaz.

Envié a mi padre por correo electrónico la grabación de la confesión de Todd McGregor borracho, pero la borró sin escucharla. Dijo que una confesión coaccionada nunca sería admitida en un tribunal.

—Por última vez, Holly, piensa en la familia. —Negó con la cabeza—. Parece que fue tu hermano quien dio el primer paso. ¿Se insinuó sin querer? Ya sabes cómo son los chicos. Los hombres de verdad... —Papá se interrumpió, tal vez consciente de la magnitud de todo por primera vez. La magnitud de la agresión y su reacción ante ella, un tornado que nos destrozaría a todos y remodelaría el paisaje de nuestra familia para siempre. Pero no se bajó del burro—. Gabriel debería haber sabido mejor lo que hacía.

—No estarás diciendo que Moose se merecía esto.

—Pasa página. Estoy demasiado implicado en esto. Hoy en día la policía no puede dar un paso en falso. Ya lo sabes. Lo siento mucho, Holl. Ayudaremos a Gabriel a recuperarse como una familia. Los chicos pueden ser crueles, pero...

—¿«Crueles»? ¿No estás viendo lo que le hicieron a Moose? Míralo. Lo viola...

—Basta. —Me tapó la boca con la mano antes de que yo pudiera pronunciar la palabra entera—. Basta. Confía en mí. Haré lo correcto. Lo arreglaremos. —Papá me abrazó, su mejilla suave contra mi frente. Los policías de Brooklyn eran más duros que los filetes que mi madre carbonizaba regularmente, y papá tenía una reputación que mantener.

Después de la agresión, Moose tenía miedo de volver al instituto. Empezamos a faltar a clase juntos, luego lo dejó y se sacó la secundaria en una escuela nocturna. Su luz dejó de brillar. No podía dormir una noche sin somníferos o hierba. Incluso estar sentado sin hacer nada lo alteraba. Antes de la agresión, nos hacíamos reír tanto con nuestros chistes privados que nos ahogábamos. O haciendo el payaso en el minigolf. Moose y Goose. Nos lanzábamos bolas de nieve a la cabeza. Pero rápidamente nos enseñamos uno a otro a no necesitar nada, a discriminar, a sublimar. Los recuerdos eran como artefactos explosivos improvisados: aprendimos dónde pisar. Él pensaba que yo solo le veía como Moose, el niño roto, cuando se suponía que era Gabriel, el protector. No se equivocaba. No podía evitar querer abrazarle, invertir el reloj de arena.

Pensé que le animaría que nos hiciéramos un tatuaje juntos. Nos decidimos por el Árbol de la Vida. Un recordatorio de nuestras raíces, de cómo él y yo estaríamos siempre conectados.

Unidos por cosas que podíamos ver y otras que no. Mi árbol me cubría la mayor parte de la espalda. Quería que fuera grande, que se viera bien, que fuera lo bastante llamativo para tapar el sol y proyectar su propia luz en este mundo aterrador. El árbol de Moose era más pequeño. Dijo que quería dejar espacio para que creciera. Esperó en el vestíbulo mientras yo me tumbaba boca abajo en la mesa del tatuador. Mis huesos vibraban con el zumbido de la pistola de tinta de Aimee, que se pasó cantando las cuatro horas que duró el proceso. Me gustaba cómo su aliento se posaba en mi cuello mientras trabajaba. Me agarraba el hombro con fuerza para mantener mi cuerpo perfectamente inmóvil mientras su aguja grababa raíces, ramas y vetas de corteza increíblemente sutiles. Los árboles eran uno de los muchos milagros de Dios. Meridianos de energía, vida, sombra, protección. Aunque últimamente mi Árbol de la Vida permanecía oculto. Un yo enterrado debajo de otro.

La risa de Prince me sacó de mi ensoñación. Se había quitado más costras y miraba por la ventana.

—Señor Dempsey, mirar por la ventana no le va a ofrecer respuestas a los acuciantes misterios de la vida. No levante los ojos de la partitura, si es capaz de controlarlos.

—Deje de ser tan cabrona, si puede. —Se rascó la nuca. Aunque estaba a un palmo de distancia, podía oler su mal aliento, como a azufre y cigarrillos baratos.

Prince echó un vistazo al aula, rastreando el tipo de reacción que provocaba en los demás alumnos. Para él, todo era cuestión de atención. Quizá prender fuego al colegio le había generado la mala reputación que ansiaba. Quería tirar a Prince de la silla y agarrarlo por el cuello. En lugar de eso, usé el pie para deslizar la funda de su guitarra detrás de su silla, fuera del círculo de estudiantes. Acto seguido ejecuté un ejercicio complejo —un arpegio, un acorde roto en el que los chicos tenían que tocar las notas una a una y no de forma simultánea— para que tuvieran que mirar fijamente las seis cuerdas de su guitarra.

Sin que los alumnos me vieran, aunque fuera solo durante un minuto, conseguí abrir la funda de Prince sin hacerme notar. Detrás de él, con BonTon aún dormitando, busqué dentro para encontrar pruebas, cualquier cosa que pudiera demostrar que Prince era inocente o culpable. Pasé las manos por los bolsillos de satén de la funda. Nada. Busqué un falso fondo. Por un momento me preocupó que algún alumno se diera la vuelta y me preguntara qué estaba haciendo. Pero, como de costumbre, estaban tan ensimismados que podrían haber llovido saltamontes y no se habrían dado cuenta. Lo único que encontré fue una bolsa de plástico con hermosos cogollos de marihuana de un azul grisáceo en un compartimento lateral. Me la guardé para mí y para Bernard.

Bernard lo apreciaría. Su picardía punk y su gran y caótico corazón eran anclas para mí, y me alegraba poder ofrecerle una plataforma de despegue, una nota de euforia. Había vivido una vida paralela a la mía en algunos aspectos: sus padres, decentes y trabajadores, no le habían comprendido nunca, al parecer desde que nació, y habían intentado convencerle de que no se conocía a sí mismo. Su padre, un pescador del golfo de México, estaba convencido de que el arte no era más que entregarse a la disipación. No era pecado, pero estaba muy lejos de la salvación.

Prince apoyó las botas en la funda de su guitarra, que yo había vuelto a colocar delante de él sin que ni él ni nadie se dieran cuenta. Otra vez invisible. Una monja y un detective

113

tienen mucho en común. Ambos se camuflan ante todo el mundo. Y, venga, inténtalo, pero no podrás agotarnos. Somos pacientes y tercos como la sangre.

Ryan Brown chilló cuando se le cayó el teléfono. Debía de estar intentando enviar un mensaje de texto a escondidas. O grabando la clase. Fisgoneando. La noche del incendio también había estado sacando fotos.

—El teléfono, por favor. —Extendí la mano y Ryan Brown colocó su smartphone en mi palma—. Gracias. Se lo devolveré después de clase. —Lo guardé en el bolsillo trasero de mi pantalón negro y a continuación toqué tres acordes, haciendo flotar mi mano izquierda arriba y abajo por el mástil de la guitarra—. Y señor Brown, no diga insolencias.

—¡Yo no he dicho nada!

—Pero le gustaría, ¿no? —Asentí lentamente, y Ryan me imitó—. Perdónenme —dije unos decibelios más alto para que me oyera toda la clase—, estoy viendo al detective Grogan, que vuelve hacia aquí.

Pero era mentira, no lo veía. Salí al pasillo vacío con el smartphone. Qué luminoso y brillante era. Echaba de menos el móvil: la cura para el aburrimiento. Busqué la carpeta de fotos. Había imágenes de porros y chavales jugando a la videoconsola, algunas fotos mías del domingo por la noche en la ambulancia (con un aspecto absolutamente lamentable) y algunas del colegio en llamas. Nada que no hubiera visto. El gran bullicio de los estudiantes se filtró en el vestíbulo. Apagué el teléfono de Ryan Brown y volví dentro.

BonTon se levantó y estiró su cuerpo musculoso. Rebecca estaba llorando. Su figura larguirucha se arrugó como un viejo espantapájaros.

—¿Y ahora qué pasa?

—Prince me ha arrancado un mechón de pelo —dijo, con la voz entrecortada.

La clase olía a pelo chamuscado.

—Señor Dempsey. —Cerré los ojos—. ¿De verdad ha arrancado un mechón de pelo a Rebecca y lo ha quemado?

—Esta zorra está loca —dijo—. Se lo está inventando.

—Lo hace todo el rato, desde que prendió fuego al baño —dijo Ryan, en tono sombrío.

—¿Dónde está la prueba? —Prince Dempsey sonrió y levantó las manos.

Su Zippo estaba sobre el pupitre.

—Rebecca, por favor, acepte mis disculpas por esta agresión. —Me giré para mirar a Prince—. Cuidado. —Alargué el brazo para agarrar el mechero, pero él movió la mano demasiado rápido.

«Dele espacio a Prince para aprender y cometer errores, para crecer», me había dicho sor Augustine después de que él provocara los incendios del baño, ocho meses antes. «Prince y su madre pasaron veinticuatro horas atrapados en el tejado de su apartamento tras el Katrina», explicó.

«Como mucha otra gente», dije recolocándome el pañuelo.

Sor Augustine se animó: «Ser duro es fácil. Lo difícil es la compasión». Nuestra superiora siempre evangelizaba con una sonrisa. «Tenga paciencia. Vea las cosas con más perspectiva. Cada hermana tiene un papel vital que desempeñar a la hora de transmitir la Palabra. Puede que su contribución sea la más importante de todas, sor Holiday».

—Deja de comportarte como un maricón, Ryan. —La voz de Prince me devolvió a la realidad.

—Prince Dempsey, cierre esa boca de paleto antes de que se la cierre yo.

La cara de Prince enrojeció mientras se encogía en su silla.

Yo había ido demasiado lejos, pero no ya no podía remediarlo.

El timbre marcó el final de la clase, pero Prince siguió inmóvil, con BonTon a sus pies.

«Señor, perdóname. Concédeme la fuerza para comprender». Junté las escápulas. Prince era un niño —a pesar de su mal genio y sus bravuconadas—, un niño traumatizado y perdido, enfadado porque la vida era injusta. Enfadado porque el mundo le quitaba más de lo que le daba.

8

Después de la clase tenía que ir al centro con mi guitarra para reunirme con sor T e ir juntas a nuestro turno en el módulo de maternidad de la cárcel. Era mi dedicación a la comunidad, cinco horas de servicio a la semana.

Antes de irme, me fijé en Prince y BonTon, que paseaban por delante del colegio. Los dos coches de policía que llevaban allí aparcados todo el día ahora no se veían por ninguna parte.

El calor emanaba del mirto color púrpura. Una mariposa negra revoloteaba entre la bruma. Prince y BonTon rodearon el altar de velas de Jack. Prince, que estaba de espaldas a mí y debía de creer que se encontraba solo, o no le importaba, se colocó justo enfrente de una de las velas de oración. Con una mano sujetó la correa de BonTon y la otra la colocó delante de él. Se oyó el ruido de una salpicadura. Dos velas se apagaron.

El chico estaba meando en el altar en memoria a Jack. Tal vez la irreverencia y la furia eran motivo suficiente.

El coche de policía regresó y Prince y BonTon se alejaron a paso de tortuga.

La rabia se apoderó de mí, pero no dije nada. No le detuve. Me quedé en la calle, memorizando los detalles de la escena.

A las monjas no se les permitía comprar ni un paquete de chicles y mucho menos una cámara de alta resolución. Mi memoria era una de mis bazas más útiles. Algunos codifican los recuerdos pronunciando nombres, detalles, fechas y horas en voz alta, como un conjuro. Yo recitaba los detalles en silencio, para mi oído mental. Podía pasarme una o dos horas evocando los intrincados afluentes de grietas del espejo del cuarto de baño de un antro que solo había visitado una vez.

Todo el mundo lo consideraba obsesivo. Excepto Nina. Pero Nina me había calado. «El impuesto Holiday», lo llamaba, el precio que tenía que pagar por acercarse a mí.

Nina Elliott. Tocábamos en la misma banda. Además, con ella perdí la virginidad, si se puede decir así, porque en realidad se la entregué libremente. Con entusiasmo.

En las clases de educación sexual no se hablaba precisamente de la mecánica del sexo lésbico ni de lo que significaba la palabra «queer», así que, por aquel entonces, no sabía muy bien lo que hacía. Nina era hija de un inversor en Bolsa heterodoxo y virtuoso en el mundo del *cool jazz*, que a mí me parecía más pretencioso que *cool*. Ella tenía ese aspecto sexy de una chica *Playboy* de los años setenta, con la piel bronceada y un aire de estrella de cine, y llevaba tops ajustados de rayas y un infierno en cada uno de sus ojos, de dos colores distintos. Uno verde. El otro, similar al marrón sepia de una fotografía antigua.

—Típico de las bisexuales —le dije—, ni tus ojos se deciden.

—Lo dices porque estás celosa —respondió Nina, y parpadeó dos veces. Claro que estaba celosa.

Empezamos a tontear cuando teníamos diecisiete años. Era la persona más inteligente y atractiva que había conocido, con un cuerpo que me volvía loca. Tenía el culo tan prieto que una moneda de diez centavos podría rebotar. Su cerebro también me excitaba. Escucharla hablar poéticamente de biblioteconomía. Quince años después, cuando dejé el desastre que había causado para irme a Nueva Orleans, seguíamos liadas.

Si Nina o yo habíamos bebido demasiado y nos mandábamos un mensaje, acabábamos en la cama, incluso después de que ella se casara con Nicholas.

«Nina y Nicholas: la pareja perfecta», rezaba la inscripción del sobre con la invitación a la boda que quemé en el fregadero.

Su matrimonio me destruyó, y aunque nunca lo admití delante de Nina, ella lo sabía. No respondí a la invitación de la boda. Me salté la cena previa. Me presenté al banquete, en algún salón de bodas de Long Island City, con un impresionante vestido azul y estratosféricamente borracha. Después de verles bailar «I Swear», me tomé tres bourbons solos. Bendita sea la barra libre. Luego me encargué de derribar su pérgola nupcial, y las flores —bocas de dragón y *alliums* ornamentales— salieron volando a patadas. Qué bien me sentí al interrumpirlos aunque fuera momentáneamente. Al aplastar sus rosas. Al pisotear la grandeza creada por N + N hasta que me clavé un clavo oxidado y un tipo calvo llamado el tío Kevin me sacó de allí. Pasé el resto de la noche en el hospital Mount Sinai esperando a que me pusieran la vacuna contra el tétanos. Qué era el amor sino una infección. Como el veneno extraído del colmillo de una serpiente de cascabel, un poco puede curarte, pero una mordida profunda te para el corazón.

Nicholas Nieman Jordan tenía nombre de secuestrador en serie y narcisismo por un tubo. Nina lo conoció mientras estudiaba en París. Era su profesor de pintura aquel semestre, un experto en arte que daba la impresión de odiar el arte por la forma en que lo ridiculizaba. A Nina parecía gustarle su bravuconería. El antídoto a sus insípidos padres. El caché del americano en París. Todo era una broma para Nicholas Secuestrador Jordan: el mundo académico, la conversación educada, el matrimonio. A mí no me engañaba con su encanto, pero él consiguió retener a Nina más que yo. Cuando se casaron, Nina incluso renunció a su apellido y adoptó el de él.

Durante todos esos largos años de enredos, por mucho que Nina y yo dijéramos que nos íbamos a mantener a una distancia prudencial, sabíamos que estábamos condenadas al fracaso. Ella me quería y yo a ella también, pero no confiábamos en nosotras mismas. Creíamos que nunca podría haber un «nosotras». El sexismo y la homofobia que metabolizábamos se nos habían hundido hasta el tuétano. ¿Qué esperaba yo, apareciendo en la boda de Nina? ¿Que cambiara de opinión en el acto y dijera: «Me quedo con Holiday», se arrodillara y me entregara el anillo, como en las estúpidas películas que me hacían llorar en los aviones? (Culparía de mis lágrimas al hecho de estar borracha y deshidratada). Me horrorizaba el camino que había elegido Nina. Pero miradme ahora, sor Holiday, una Novia de Cristo, sin apellido alguno.

Nina y yo teníamos tres cosas en común: la música, follar y marcharnos. Esa sensación de que una puerta se cerraba detrás de nosotras. Quizá fuera amor verdadero: entregarnos nuestros cuerpos, gozar la una de la otra, estar tan sincronizadas que no había necesidad de hablar ni quejarnos ni etiquetar nuestra relación. Dejarla hecha un ovillo en el suelo hasta que estuviéramos listas para ponérnosla de nuevo.

Cuando estaba con ella me sentía viva. Era algo casi frenético, tan rebosante de vida que mi sangre intentaba desgarrarme la piel. El deseo es como los acúfenos del corazón: vibra como un ala fina debajo de cualquier otro sonido. Estaba enfadada porque Nina nunca sería mía. Enfadada porque nunca nos habíamos dado una oportunidad de verdad. Sus ojos de distinto color. Su piel, cálida al tacto, siempre suave y firme, como una piedra cociéndose al sol. Me odiaba por querer poseerla. Me odiaba por aprender a amar el dolor. ¿Existe una tortura más elegante que perseguir lo que nunca atraparás? Un amor que se mantiene puro negándolo, confinándolo detrás de un cristal. Por siempre un deseo, una obsesión. Tal vez era la prueba que me imponía Dios, las verdades que tenía que descubrir de mí misma.

Ese martes fue otra prueba. Me dirigí a la cárcel con mi guitarra durante las horas más calurosas de la tarde, y mientras me ahogaba en sudor me topé con una banda de música que iba seguida por un montón de gente que ocupaba toda la calle. Mujeres con trompetas y vestidos blancos tocaban y cantaban mientras desfilaban. No hacía falta una fiesta especial. Cada día había un desfile. Despertarse era motivo de celebración desenfrenada. Hasta las marionetas parecían borrachas en Nueva Orleans, subidas de tono y burlescas. En mi mente se arremolinaban los horripilantes y milagrosos descubrimientos que había hecho en mi año de monja mientras limpiaba o atendía a los demás: una bolsa llena de dinero que brillaba escondida detrás de una pared falsa de la iglesia (se la entregué al padre Reese); un gato momificado en el sótano del convento (lo enterré en el jardín); una bolsa de canicas y una botella vacía de absenta en un respiradero del colegio (le di las canicas a Ryan Brown mientras le decía: «Creo que en lugar de tornillos te faltan canicas»). Personas de todas las edades bailaban detrás de la música, portando el retrato de alguna persona mayor, honrando la vida de sus padres, primos, vecinos, amigos, jefes, semejantes. Todos los pecadores y curanderos juntos, borrachos de cerveza caliente, vistiendo atuendos funerarios color marfil, rezando por la redención, llorando por el renacimiento. Como yo. Al menos yo tenía un plan. En realidad, el plan era de Dios. Pero siempre podía contar conmigo.

Un instrumento sagrado, eso era yo. La mercenaria de Dios en una ciudad al rojo vivo donde el aire era tan espeso y sofocante como una resaca de whisky martilleándote sin parar la cabeza. No es que haya tenido resaca recientemente. Pero hay fiebres que el cuerpo no quiere olvidar, por mucho que lo intentes. Por mucho que sudes. Cuando san Agustín miró fijamente el infierno, no suplicó pidiendo agua, sino llamas: «Dadme el fuego».

Después de caminar cinco kilómetros, recociéndome bajo un calor asfixiante, con el brazo entumecido de cargar con la guitarra, me alegré al divisar a sor T en la entrada de la cárcel. Sonrió al verme. Su exagerada dentadura salida le daba un aspecto caricaturesco, como una abuela conejo, un espectáculo surrealista bajo el alambre de espino que recubría el tejado de la prisión. Siempre adelantándose a los acontecimientos, vino a mi encuentro con un vaso de agua helada en el que la condensación perlaba los lados. Sin darle las gracias, cogí el vaso, eché la cabeza atrás y me lo bebí de un trago. La mitad del agua se me escurrió de la boca y me salpicó las mejillas y la barbilla, hasta filtrarse en mi pañuelo empapado. Mastiqué los cubitos de hielo con los dientes como una nutria en un acuario. El sudor se me acumulaba en la parte baja de la espalda, en las raíces del Árbol de la Vida.

Pasamos por el detector de metales, firmamos en el libro de registro y seguimos a Janelle, la funcionaria de prisiones, hasta un espacio no más grande que mi aula de música en Saint Sebastian, donde se encontraba el módulo de maternidad de la cárcel. En él se ofrecía alojamiento y atención antes del parto a las reclusas embarazadas, y contaba con una sala de lactancia donde las madres acudían de forma intermitente, extrayéndose leche tres o cuatro veces al día. Sor T y yo guardábamos la leche en el frigorífico —con los nombres y las fechas escritos con rotulador negro en los biberones— hasta que llegaba el momento de bendecirla y enviarla con los funcionarios. Un cargamento precioso.

Estaba orgullosa de nuestro trabajo en el módulo, creado por sor Augustine y sor Thérèse después del Katrina, en 2005, y bendecido por la Diócesis antes de que el obispo y los vicarios nos apretaran las tuercas, obligando a sor Augustine a justificar cada nueva solicitud, cada cambio de horario y, según sor T, cada rollo de papel higiénico. Pero los motivos que hacían necesario ese módulo eran desgarradores. Esas mujeres, muchas de ellas supervivientes de abusos, habían entrado en prisión embarazadas. Las condenas oscilaban entre ocho y dieciséis meses. Cargos por drogas y robo. Seguro que mis transgresiones eran peores. Esas mujeres necesitaban ayuda, no estar encarceladas ni que el sistema las maltratara más. Las funcionaras de prisiones solían hacer más mal que bien.

«La gente dañada daña a la gente», nos había dicho mamá a Moose y a mí. «Y la gente curada cura a la gente».

La falta de contacto entre las nuevas madres y sus recién nacidos era terrible. Las madres encarceladas solo podían tener a sus hijos en brazos veinticuatro horas después de dar a luz en el hospital. Algunos partos eran vaginales, pero la mayoría eran cesáreas. Más rápidas, más fáciles de programar. Veinticuatro horas después de haber creado el «vínculo», a las madres las obligaban a volver a la cárcel y se llevaban a sus bebés, a los que enviaban con parientes o familias de acogida. O a centros de cuidados especiales. Familias destrozadas desde el principio.

Linda nos confió a mí y a sor T que pensar en el momento del parto le provocaba pánico. Había entrado en la cárcel embarazada de su hija y le aterrorizaba perderla. En el útero, podía sentirla, alimentarla, aprender sus manías y costumbres. Cuando su hija saliera de su cuerpo, al exterior, Linda seguiría allí dentro, encerrada. Esa ausencia tan cruel sería como una segunda condena.

Las mujeres encontraban pequeños consuelos en el módulo de maternidad: consuelo mutuo, conmigo y con sor T. Leíamos las Escrituras y los horóscopos. Cantábamos, rezábamos y llorábamos. Algunos días, las mujeres querían que las escuchara. ¿El death metal os parece intenso? Probad a oír los gritos y sollozos primitivos de mujeres que suspiraban por amamantar a sus bebés, por tenerlos cerca, por respirarlos. El módulo era un espacio en el que las mujeres podían llorar y alegrarse, bajo la atenta mirada de la funcionaria Janelle y dos cámaras de seguridad. Cuántas veces quise trepar y romper las lentes de las cámaras. Pero intentaba mantener cierto nivel de respetabilidad. Difícil en un lugar tan deshumanizado.

Mamá habría estado orgullosa.

A veces cedía mi guitarra a las mujeres y me mantenía al margen mientras ellas intentaban tocar unas notas.

—¿Parezco guay? —preguntó Yasmine.

—Flipante —dijo Linda.

—De verdad que te queda bien —dijo sor T, sonriendo como una cremallera rota.

Para mí, tocar música era como estar en el útero. Totalmente absorbente. Quería que las mujeres embarazadas y las que estaban dando el pecho tuvieran esa oportunidad, si también lo deseaban.

Ser madre se me había pasado por la cabeza una o dos veces. Nina y yo incluso habíamos hablado de ello. ¿Cómo no íbamos a hacerlo? Es el truco de magia definitivo. Las mujeres somos las primeras impresoras en 3D. Fabricación acumulativa. Un cuerpo —o dos, en el caso de los gemelos de Renée— extraído de otro.

Aquel martes por la tarde, Renée estaba sacando leche para sus hijos. Yasmine, Peggy, Linda y Mel, todas en diferentes etapas, estaban sentadas alrededor, hablando, cotilleando, contándose historias. A veces me sentía como en los viejos tiempos, en Brooklyn, con mi banda. Solo que sin el drama y las drogas.

Estas mujeres eran una belleza. Las cicatrices y las historias. Todas las máscaras que llevaban.

Aunque no podemos escondernos de Dios.

No había ventanas en el módulo. No veías el espectáculo de luz de los grandes vitrales. Ni plantas relajantes ni osos de peluche azules. Ni almohadas mullidas. Pero las mujeres decían que era el único lugar tranquilo en aquella cárcel donde se apretaban como sardinas en lata.

Aquel día, Mel y Linda dormitaban de lado vestidas con sus uniformes blancos, formando una media luna sobre los finos colchones color canela, color papel viejo. Yasmine estaba sentada en su cama estrecha, acariciándose su creciente barriga. Mientras Peggy leía, pude ver su muñequera naranja, marcada con su número de reclusa. Las paredes lúgubres, el zumbido del sacaleches y el aire inmóvil espesaban el sopor del módulo.

—¿No son perfectos? —Sor T señaló la foto de los gemelos prematuros de Renée compartiendo incubadora.

Asentí con la cabeza y añadí:

—Dos pequeñines muy duros esos dos. Van a dar el doble de guerra.

Pero la foto de los gemelos me asustó. Eran demasiado pequeños. Los cables se enredaban sobre sus cuerpos imposibles en una incubadora de la UCI neonatal.

Mis ojos recorrieron las paredes de hormigón. Renée se sacaba leche en un rincón, sentada en una mecedora gris. Era incapaz de imaginar lo que debía de haber sentido al ver a sus frágiles hijos, nacidos tan pronto, sin poder tenerlos en brazos.

—Los milagros están en todas partes. —Sor T parecía asombrada por sus propias palabras—. Dios nos ha colmado de bendiciones —le dijo a Renée, y quizá también a mí—. Puede que sea difícil de ver ahora mismo, pero la mano divina de Dios está actuando.

Llevaba una pila de libros infantiles para que las madres escribieran mensajes a sus hijos fuera de la cárcel. Los mandaríamos con el siguiente envío de leche materna.

Janelle, la funcionaria, nos seguía de cerca mientras nos movíamos por la sala.

—Jack Corolla fue recibido en el Reino de Dios. —Sor T hizo una pausa y se persignó—. Esa misma noche Renée dio a luz dos nuevas vidas. —Su sonrisa y sus ojos amables caldearon el espacio enmohecido—. La vida es un círculo infinito —dijo—.

«Sale el sol y se pone el sol, y se apresura a volver al lugar de donde se levanta». Eclesiastés 1, 5.

Imaginé la fuerza vital de Jack dividiéndose en dos, infundiendo una capacidad de lucha extra a esos diminutos gemelos.

—¿Puede bendecir la leche? —me preguntó Renée. Tenía una cara ovalada y unos ojos de lo más adorables.

Me quité los guantes y apoyé la mano en el hombro de Renée. Dejó de mecerse en la silla y respiró hondo al sentir mi tacto. Rezamos a Dios para que ella y sus hijos tuvieran salud. Después de bendecir la leche, me acerqué a Janelle y saqué mi guitarra de su funda. Mel, que cumplía una condena de un año, gritó desde su cama:

—Sor Holiday, ¿podría tocar «You Are My Sunshine»? Es la favorita de mi Jenny.

Con un niño en el exterior y el segundo en camino, Mel guardaba una foto de Jenny, su pequeño elfo de ojos brillantes, en su almohada beis.

Sor T cantaba con su voz de pito mientras yo tocaba. Mel tarareaba con los ojos cerrados y yo me preguntaba si estaría rezando, comunicándose con Jenny o simplemente transportándose a algún lugar fuera de aquellas paredes.

Repasé los grandes éxitos del módulo —«Somewhere over the Rainbow», «On Eagle's Wings», «Turn! Turn! Turn!»— y después me entraron ganas de cambiar de estilo.

—¿Qué tal mi himno favorito, «Ring of Fire»?

Renée y Mel se rieron. Mel se incorporó.

—Me encanta Johnny Cash. Esa canción me da ganas de ser mala... Si se me permite decirlo.

Janelle se encogió de hombros y se enderezó en su abollada silla plegable.

—Puedes decirlo —contesté, y empecé a rasguear las cuerdas—. Hablando de fuego... ¿alguna de vosotras sabe algo de incendios provocados?

Si tenían la más mínima idea, me ayudarían a ver el incendio del ala este desde otro ángulo. Pero formular esa pregunta me hizo sentir un poco miserable.

La habitación se quedó en silencio hasta que Yasmine habló:

—Hace años, en Texarkana, mi ex cumplió condena por provocar un incendio. —Su sombra de ojos verde estaba impecable. Era evidente que cuidaba los detalles—. Mi primer marido —continuó—, Eric. Prendió fuego a su barbacoa para cobrar el dinero del seguro. Luego se pasó la semana siguiente sentado delante de la escena del crimen, sin perder detalle de los tejemanejes de la policía. Los pirómanos hacen eso, ya sabe.

—¿El qué?

—Volver a la escena del crimen —dijo Yasmine—. Les encanta contemplar su obra. Les excita. Las cámaras pillaron a Eric descargando dos frigoríficos y un ahumador el día antes de que todo se incendiara. Maldito idiota. Los maridos son buenos para una cosa, e incluso no siempre cumplen con esa única cosa, ya sabéis a lo que me refiero. ¡Oh, lo siento, hermana! Yo...

—Sé a qué te refieres —le dije guiñándole un ojo.

Las chicas parecían apreciar mi manera de ser poco convencional. Comentaban mi pelo rubio oxigenado y la tinta de mis nudillos cuando tocaba «Let It Be». Era la monja más joven de la orden: cuarenta años menos que la siguiente. En mi antigua vida, uno de mis superpoderes queer era hacer que las mujeres hetero se sintieran lo suficientemente relajadas para compartir sus secretos más oscuros conmigo. Escuchar con atención era una habilidad tanto de los impíos como de los santos, desde manipuladores como Svengali hasta el papa. Pero yo nunca las traicionaría.

Sor T, intuitiva hasta la médula, siempre observando en silencio, me pilló ensimismada.

—Sor Holiday, señoras, recemos. —Terminó de secar un biberón con una toalla raída, lo colocó sobre la mesita y silbó mientras se secaba las manos. Sor T siempre silbaba. La música y el silencio eran formas de compartir y asimilar la Palabra de Dios.

La Palabra siempre me ha hipnotizado, pero casi todos los sacerdotes me aburrían. Por eso empecé a acudir directamente a la Biblia, aunque no entendiera el texto. Cuando era pequeña, el padre Graff pronunciaba la misma homilía monótona sobre el perdón tan a menudo que Moose y yo hacíamos duelos de miradas para no quedarnos dormidos. Mamá estaba en contra de las grandes iglesias de mármol y exigía que nuestra parroquia fuera la de San Pedro, la iglesia católica más pequeña y antigua del barrio de Bay Ridge. En nuestra destartalada iglesia hacía frío y siempre corría un viento húmedo e implacable. Con la hostia consagrada derritiéndose en mi lengua, me ponía a escuchar a Dios con la cara entre las manos. Silenciaba al padre Graff y sintonizaba conmigo misma. Incluso sor Regina comentaba mi devoción. Recuerdo que Moose se esforzaba por reprimir la risa.

—Eres competitiva hasta rezando —decía dándome un codazo.

Me quité los guantes por segunda vez y tomé las cálidas manos de Linda entre las mías. Con los ojos cerrados, le dije:

—«Por lo tanto, por el bien de Cristo, me regocijo en debilidades, insultos, necesidades, persecución, angustia», dijo Pablo en Corintios 12,10. «Porque cuando soy débil, soy fuerte».

—Claro que sí —dijo Linda.

9

Mientras sor T y yo volvíamos a casa desde la cárcel yo desfallecía de hambre y sed. Pasamos por Josie's, un bar de mala muerte con letreros de neón en las ventanas y una fachada cubierta de mosaicos. Me imaginé a mí misma allí, bebiendo whisky barato con una cerveza Abita helada.

A tres manzanas del convento, nos detuvimos un instante. Apoyé la guitarra en el suelo y sacudí el brazo mientras escuchábamos a una banda de música improvisada vestida de verde y dorado. Sus instrumentos temblaban de forma espectacular mientras los músicos soplaban los instrumentos de viento y se convulsionaban con el sonido: la música prácticamente incineraba la madreselva roja de la acera. Sor T bailaba al compás. Incluso las buganvillas parecían inclinarse, hechizadas con la música. El jazz lo es todo en Nueva Orleans. No es ese estilo acartonado en el que la gente se sienta muy modosita o está detrás de un escenario. El jazz de Nueva Orleans da vueltas y hace eses. Un mapa tan retorcido como ese solo puede ser real. Hay que ver cómo rasguean el banjo, le dan a la tabla de lavar, golpean las teclas del piano, castigan las trompetas, los trombones y quién sabe qué más. Y todo se fusiona en una melodía y la gente no se cansa.

Llegamos al convento, exhaustas y empapadas en sudor, pero en lugar de continuar hasta la cocina para cenar, en medio de la cacofonía de los platos que entrechocaban y la mirada férrea y crítica de sor Honor, me despedí de sor T y deambulé por el patio.

Yasmine había dicho: «Los pirómanos vuelven a la escena del crimen. Les excita». Tal vez podría atrapar al maldito –o malditos– culpable en el acto. Había que encontrar más pistas.

Oí arrullar una paloma. Sentí una presencia que se acercaba, como si me siguieran. Una rana toro llamó desde el este. Otra respondió desde el oeste. Recé una oración de agradecimiento por los pequeños seres que nunca veía y que me hacían saber que no estaba sola.

En el patio, el jazmín se agitaba en la brisa. Un ciempiés agitó sus patas peludas delante de mis pies y luego desapareció en una grieta de la acera de pizarra. El banco de madera había empezado a astillarse por la persistente humedad. El calor es siempre oprimente, exige y exige. Aplasté un mosquito que se había posado en mis pantalones negros. Los mosquitos de Nueva Orleans eran capaces de corroer el metal.

Estudié los bordillos y los desagües pluviales y rebusqué entre los arbustos, donde vi envoltorios de caramelos, una bolsa vacía de M&M's y una máscara de carnaval. Miré debajo de los bancos de piedra. Nada. En la esquina de Prytania con First Street había una papelera a punto de rebosar. Me aseguré de que no había nadie a la vista y me acerqué a la basura humeante. Había una botella llena de pis. Una bolsa de patatas fritas Zapp's sabor cangrejo. Pizza congelada. Cajetillas de cigarrillos vacías. Nada parecía fuera de lo normal, pero sabía que no era así. Mi primera reacción era de recelo.

Los pájaros nocturnos trinaban. Vudú enrolló su elegante cola negra alrededor de mi pantorrilla. Me miró con picardía a los ojos. Un halcón de ciudad flotó entre la luz cambiante antes de zambullirse en la hierba alta, con la vista clavada en una presa. Una vez sorprendí a Nina mirándome de ese modo, como un depredador que observa la carne en movimiento antes de desgarrarla. Se me revolvió la sangre al recordarlo.

Cuando nos abrazamos, cuando encajamos en otros cuerpos se produce una plenitud sublime. Comemos el cuerpo de Cristo. Bebemos su sangre. Tantos años después, el sabor de Nina seguía impregnando mi boca: una mezcla de champán, sudor, grafito lamido de un pulgar.

«Nicholas es mi marido», me dijo Nina una vez, «pero te quiero a ti».

De repente, una manada de estudiantes se dirigió hacia la puerta principal del ala central del colegio, ataviados con máscaras y coronas. Eran media docena de chicos, transformados por el maquillaje y los disfraces extravagantes. En el tumulto de aquella horrible semana, me había olvidado del baile estudiantil, el baile de finales de verano de los alumnos de los colegios católicos de nuestra zona. Un minicarnaval sin alcohol.

Sor Augustine había prometido impedir que decayeran los ánimos, a pesar de la presencia de los bomberos y la policía, de los interrogatorios a los estudiantes y el personal, y de las protestas de los padres. A pesar de la muerte de Jack. La Diócesis, que había estado dando vueltas como un buitre desde el lunes, accedió a regañadientes, haciéndonos perder tiempo y energía. El Padrino y su cabeza en forma de zepelín tomaban la mayoría de las decisiones sobre el plan de estudios, las admisiones y los cierres del colegio, con el Necrófago y el Barbas haciéndole de coro. El baile debía celebrarse porque los alumnos necesitaban la expresión creativa, había suplicado sor Augustine.

El baile tendría lugar en el auditorio; John Vander Kitt y cinco padres vigilarían a los chavales. Los alumnos rara vez llegaban a tiempo a clase, pero cuando se trataba de juerga, todos eran los primeros. Un grupo que se acercaba soltó una estridente carcajada. Tanto chicos como chicas llevaban pelucas rizadas y largas cuentas verdes. Pero ni rastro de Prince Dempsey. El tipo duro de Saint Sebastian estaba notablemente ausente.

Una alumna llevaba un vestido de terciopelo y medias de rejilla. Gasa. Seda. Satén. Otra llevaba una máscara de pájaro, corsé y zapatillas rojo rubí. Y otra iba vestida como una aristócrata de la corte de Versalles: peluca rosa y base de maquillaje blanca.

Desde lejos, observé a mis alumnos haciendo el tonto con sus disfraces, presas del subidón narcótico de ser otra persona por una noche. Más estudiantes se reunieron en el patio donde dos días antes yo había acabado tendida sobre una camilla, respondiendo a las preguntas de la investigadora Riveaux. No podía decir quiénes eran los chicos enmascarados, pero resultaba fácil reconocer a Ryan Brown, con mallas verdes y una chaqueta larga de frac. En la cabeza llevaba unos enormes cuernos blancos de ciervo de papel maché.

Ryan se alejó del grupo y se acercó a mí y a Vudú, que ahora dormía la siesta detrás de un banco.

—¡Sor Holiday, esta noche es el baile!

—En efecto.

—¿Por qué no lleva disfraz? —preguntó.

—Sí que lo llevo.

134

—Si usted lo dice...

Era incapaz de imaginármelo bailando con aquel atuendo, pero a él no parecía importarle. A nadie le importaba demasiado nada en esa ciudad, aparte de vivir bien. En las infrecuentes cartas que escribía a Moose, que rara vez respondía con algo más que un «Cuídate», y a mi padre, que nunca respondía, intentaba describir las peculiaridades de mi nueva ciudad. Árboles centenarios siempre en flor. Ciertos barrios en constante peligro de inundación catastrófica. Nueva Orleans era una ciudad que podía presumir de muchas cosas, sobre todo de los castigos recibidos. Como la fibra de vidrio, tan fina, la ciudad no parecía de este mundo, extravagante y ajena, y uno no podía evitar tocarla. Pero cuando la agarrabas con fuerza, te destrozaba con sus dientes invisibles.

Como si fuera una señal, sonó la alarma de incendios. El aire vibró con fuerza, como metal corrugado. Gases. El humo me arañó la garganta. ¡Otra vez no!

—¡Hermana! —gritó Bernard desde una ventana de la cafetería del colegio. Agitó las manos como un loco—. ¡Quédese ahí! Dígale a los estudiantes que den media vuelta!

—¿Qué coño pasa, Bernard?

—¡Hay un incendio en la cafetería!

—¿Qué?

—Yo me encargo. Ya he llamado al 911. —Bernard jadeaba—. Están en camino. ¡Quédese ahí!

Bernard desapareció por la ventana. Los alumnos corrían en círculo, confusos.

—¡Atrás! —les grité. A Fleur se le cayó la peluca en plena carrera. Ryan Brown se agarraba la cornamenta mientras galopaba.

Guie a la manada de alumnos disfrazados hasta la calle. Con los chicos a una distancia segura, fui hasta la entrada de la cafetería. Tenía que asegurarme de que Bernard no terminaba como Jack.

Bernard apareció en la puerta con un extintor en la mano. Por la puerta empezó a salir humo.

—¡Fuera! —Al gritar, escupió—. ¡No entre!

—Bernard. —Lo empujé—. Tengo que hacerlo.

Entré corriendo en la cafetería. Tenía que haber alguna pista. Pruebas. O incluso el propio pirómano, escondido, observando, embriagado por su obra de arte.

No se veían las llamas. Ese incendio no era nada comparado con el infierno del ala este. Pero el humo me quemaba los ojos y me ahogaba de la misma forma.

«Ave María. Espíritu Santo, dame un respiro, joder».

A los pies de la alta escalera, que conectaba la cafetería, situada en el sótano, con el vestíbulo central del colegio, vi una manta blanca y negra hecha un gurruño en el suelo.

Pero no era una manta.

Era sor T, boca abajo, junto al primer peldaño de las empinadas escaleras.

—¡Sor T! —Corrí hacia ella—. ¡No! ¡Hermana!

Se le había caído el velo y había perdido un zapato. Se le veía el calcetín negro casi agujereado en el dedo gordo. Le acerqué los dedos al cuello. No tenía pulso. Se había torcido el tobillo izquierdo y lo tenía doblado hacia atrás en un ángulo imposible. Estaba inmóvil, tan quieta como el suelo que tenía debajo.

Los ojos se me salieron de las órbitas. Me arrodillé junto a sor T; puse la mano en su hombro, recé, maldije a Dios. ¿Por qué, joder?

«¿Cómo has permitido que pasara esto?

»Dios misericordioso, deshazlo. Que el tiempo retroceda.

»Por esto todo el mundo pasa de ti.

»Si eres todopoderoso, deshaz esto, joder».

Miré a mi alrededor, aturdida, buscando algo, lo que fuera, que me ayudara a comprender lo que había pasado. Divisé una forma familiar cerca del maltrecho cuerpo de sor T. Mi púa de guitarra. Debía de haberse salido del bolsillo del hábito. O alguien la había colocado allí. La cogí. Si sor T tenía mi púa, a lo mejor había intentado incriminarme. ¿Habría provocado el incendio y luego se había caído por las escaleras? Pero el fuego estaba en la parte de abajo, y ella en los escalones, boca abajo. No olía sustancias inflamables. Y me quería. Yo lo notaba.

Menos de un avemaría después, llegaron los paramédicos y una cara con hoyuelos que reconocí de la noche del domingo.

—¿Cuál es la situación? —preguntó Hoyuelos.

—Sor Thérèse... no se mueve.

—Salga.

Con un movimiento rápido, me quitó de en medio y empezó a examinarla. Antes de cruzar las puertas de la cafetería, le oí decir por radio: «Cuello roto, sin pulso».

Cuando salí de nuevo al aire nocturno, había llegado el camión de bomberos número 62, una ballena roja cuadrada y enorme, junto con otro vehículo.

Riveaux apareció en mi campo de visión. Su cabeza y su cuerpo estaban desincronizados y se tambaleaban en distintas direcciones, como un muñeco.

Las sirenas aullaban. El corazón me percutía en el pecho, un metrónomo ajustado a un tempo imposible.

—¡Riveaux! —la llamé.

Pasó a mi lado trotando, sudando bajo su camisa de manga corta, y desapareció en la cafetería.

—Riveaux —repetí mientras ella se esfumaba entre el humo. Cuando volvió a salir un minuto después, estaba maldiciendo por la radio. La gente se agolpó en la calle, igual que habían hecho el domingo por la noche para ver cómo las llamas devoraban el ala este como si fuera el mismísimo infierno. Una jabalina de humo atravesó el vestíbulo de la cafetería. ¿Qué esperaban ver, otro espectáculo grotesco? Llegaron padres frenéticos a recoger a sus hijos. Alguien había tumbado de una patada dos velas de oración del altar conmemorativo de Jack, haciendo añicos el cristal.

Aparecieron el detective Grogan y la sargento Decker y entraron en la cafetería, donde los bomberos estaban controlando las llamas. En el patio, el cuello y la barbilla de Riveaux goteaban sudor. Olía a cenicero y a cáscaras de naranja arrugándose al sol. Se ajustó las gafas de montura metálica. La seguí mientras caminaba hacia la puerta de la cafetería.

—¡Quédese fuera! —Le echó decibelios, pero su voz era quebradiza, precaria—. Otro *déjà vu*. ¿Por qué sigo encontrándome con usted en todas las escenas del crimen? Dónde estaba, signo de interrogación.

—Hace diez minutos que volví a la escuela con sor T.

—Ha visto a alguien más por los alrededores, signo de interrogación.

—Bernard nos avisó desde la cafetería...

—¿Estaba dentro? —me interrumpió Riveaux.

—¡Sí! Gritaba «¡Fuego!» cuando llegaron los alumnos.

—¿Esos chavales tan raros? —Señaló la cornamenta de Ryan Brown.

—Estábamos todos en el patio cuando sonó la alarma. El baile iba a empezar ahora.

—Vaya, qué bien, una fiesta. —Riveaux entró corriendo en la cafetería como un robot, con una articulación mínima en brazos y piernas. Parecía agotada o harta. O ambas cosas.

Cuando me di la vuelta, aparecieron sor Honor y sor Augustine.

—¿Ha muerto, verdad? —pregunté enfadada—. ¿Sor T?

Las manos de sor Augustine se apretaron con fuerza en señal de oración.

—Los agentes dicen que los paramédicos han hecho todo lo posible —explicó, con gesto de dolor y los ojos enrojecidos. Había estado llorando.

Estar en compañía de sor Augustine y sor Honor era horrible. Sentí un vacío.

Todo era desorden en nuestra orden.

Sor Augustine era nuestra madre superiora, nuestra roca, pero sor T era la alegría que nos animaba. Las pequeñas chispas de consuelo que necesitaba para seguir adelante. Los higos maduros que dejaba en mi escritorio. Las pequeñas ofrendas que dejaba para Dios en el altar y las notas de aliento que escribía en mi pizarra, a veces en forma de haiku. Las manos que me habían enseñado a bendecir la leche.

Sor Honor negó con la cabeza.

—Padre nuestro, que estás en los cielos. —Las lágrimas rodaron por sus mejillas. Estaba tan desencajada que ni siquiera podía echarme la culpa a mí—. Perdona nuestras ofensas —continuó entre lágrimas y mocos espesos— como nosotros perdonamos a los que nos ofenden; y no nos dejes caer en la tentación, mas líbranos del mal.

Me abstuve de unirme a la oración. Rara vez rezaba el padrenuestro. Aunque me encantaba su cadencia, solo pedía perdón a María, solo a las mujeres.

Quince minutos más tarde, el incendio de la cafetería estaba extinguido, pero el humo ocre seguía filtrándose por las ventanas y las puertas. Riveaux se dirigió a la entrada de la cafetería, intercambió unas palabras con un bombero y me hizo señas para que me acercara. Me alejé de sor Augustine y sor Honor, absortas en la oración. Sor Honor tenía las manos sobre las rodillas, la túnica tensa sobre su cuerpo encorvado. Imaginé que levantaba mi zapato negro lo suficiente para darle una patada en el culo y verla caer. Enseguida recé para borrar ese pensamiento de mi mente.

—El motor de arranque ha sido el queroseno. —Riveaux miró a izquierda y derecha y bajó la voz—. Rociado en un rollo gigante de servilletas sobre la encimera de la despensa.

—Tengo que verlo.

—Buen intento, hermana. Ni hablar.

—¿Cómo ha quedado la cafetería? —pregunté, desesperada por entrar.

—Solo daños superficiales. La barra chamuscada. La tostadora quemada.

—Desde aquí huele mal.

—Nuestro equipo desodorizará el edificio con un tratamiento de ozono. —Se quitó las gafas y se frotó las sienes húmedas—. Si el fuego se hubiera declarado cerca de una de esas freidoras, con toda esa grasa, toda la habitación habría ardido. Ha sido algo limitado. Contenido. Alguien está tratando de decirnos algo.

—¿«Atrápame si puedes», quizá?

—Es alguien arrogante. La cafetería estará funcionando dentro de una semana, pero tenemos un pirómano aquí. Hay que cerrar el colegio.

—¿Por qué? Acaba de decir que ha sido un incendio sin importancia.

—Al estar en una planta baja y central, el humo se ha extendido a las otras alas. Hay que tratar el aire de todo el colegio. Es una cuestión de seguridad. Y los estudiantes necesitan un lugar donde comer.

—Pueden comer fuera.

—¿Con este calor? —Riveaux ladeó la cabeza—. No estará usted provocando estos incendios, ¿verdad?

—¿Yo? Soy la única que busca pistas.

Riveaux soltó un bufido burlón.

—O cubre sus huellas.

Bernard apareció con un gran vendaje en la frente.

—¡Bernard! —grité—. ¿Qué has visto ahí abajo? ¿Has oído algo? ¿Has visto a alguien?

—No. Nada de nada. Estaba trayendo la fregona cuando olí el humo.

Riveaux me puso las manos sobre los hombros como un entrenador durante una charla de motivación y me redireccionó hacia el convento.

—Váyase a casa, hermana. Deje esto a los profesionales.

—Tengo información para usted.

—¿Qué información?

—Ayer por la mañana encontré una blusa negra con una manga quemada.

—¿Dónde está?

—En mi clase. En el cajón inferior izquierdo de mi escritorio. Y falta una de las mías. —Saqué mi púa roja de guitarra—. Y esto estaba cerca del cuerpo de sor T. Alguien está tratando de incriminarme.

—¿Se llevó pruebas de la escena? ¿Dos veces? —Frunció el ceño mientras cogía la púa con un pañuelo de papel y la metía en una bolsa de plástico. La cerró herméticamente y metió la bolsa de pruebas en otra bolsa.

—Se la estoy dando.

—No puede... —Riveaux se interrumpió—. Váyase a casa —prosiguió—. Déjenos esto a nosotros. Registraré la púa como prueba y me llevaré la blusa. Examinaremos ambas cosas en busca de ADN, si es que no las ha contaminado.

—Llevo guantes. —Levanté las manos, pero Riveaux no se inmutó. Ver mi púa de guitarra en su bolsa de pruebas fue como recibir una descarga eléctrica. Se me encogió el estómago—. Alguien está tratando de colgarme el muerto.

—¿Quién?

—¿Sor Honor? ¿Rosemary Flynn? ¿Prince Dempsey? No lo sé, pero voy a averiguarlo.

—Tal vez sea su amigo Bernard. —Los ojos color violeta de Riveaux tenían un movimiento suave, como la superficie de un lago al atardecer.

—Nos ha avisado del incendio. ¿Qué rey de los pirómanos se pone a gritar en pleno incendio?

—La gente tiene razones para todo.

—La coartada de Bernard para el incendio del domingo es sólida —dije.

Riveaux me interrumpió.

—Es posible que usted ya haya comprometido pruebas clave. Dedíquese a lo suyo, hermana.

Se subió a su furgoneta de mierda y se marchó a toda velocidad.

Riveaux había dicho: «Déjenoslo a nosotros», pero Jack estaba muerto. Sor T también. Tal vez los habían asesinado. Quienquiera que estuviera accionando las palancas del terror no había hecho más que empezar. Bernard era tan encantador como el líder de una secta, pero resultaba inofensivo. Le había visto el miedo cerval en la cara cuando nos advirtió de que nos mantuviéramos alejados de la cafetería. Demasiado emocional, carecía de ese cálculo cerebral del asesino. Iba por la vida con el corazón siempre por delante. Un poco solitario, un inadaptado. Caminaba con una llave en la mano, esperando encontrar la cerradura adecuada. Como todos nosotros.

Entré en la iglesia y me desplomé en el banco, luego hundí la cara entre las manos y lloré. El reclinatorio rebotó con fuerza cuando le di una patada. Las lágrimas manaban como de una bomba de riego mientras rezaba por sor T y Jack. Por mí misma. Estaba dedicando mi vida a un Dios que permitía que eso sucediera. Que siguiera pasando. A la mierda.

«Oculto en la tormenta, me respondiste en el trueno», Salmo 81.

¿Era Dios la voz en el trueno y la tormenta al mismo tiempo?

La luz y la oscuridad son pilares opuestos que flanquean la puerta de la redención.

Llegas a una solución cuando pasas entre ellos, restableciendo el orden. Como resolver un caso.

Hay que dar un paso adelante, salir de ti misma. Pero estaba defraudando a los demás, también en mi nueva vida, como había hecho antes. Había saboteado a mi familia, a mi banda, mi relación con Nina y a mí misma, llevándonos al borde de algo extraordinario solo para tirarlo por la borda.

Nuestro grupo podía haber llegado a alguna parte. Nina, Hannah, yo y Sonrisas (nuestra cantante se había ganado ese apodo porque nunca sonreía). Las cuatro mujeres de Original Sin. El nombre del grupo lo había elegido yo. Había escrito las canciones y compuesto la música. Sonrisas había dado en el clavo con su personaje de mujer dura y sexy, y gracias a ella me convertí en la guitarra solista. Nos dejamos las cuerdas vocales. Nos dejamos el cuerpo actuando, teloneando a bandas mucho peores para foguearnos. Cada local era más putrefacto que el anterior. Agujas y bolsitas de hierba de diez dólares en el suelo pegajoso. Vasos de plástico bajo los pies. Carteles como fantasmas colgando de las paredes.

«Holiday Walsh a la guitarra solista». Sonrisas se permitía una sutilísima mueca de suficiencia cada vez que me presentaba en el escenario, que solía estar en el rincón de un bar de mala muerte.

En la hermandad de la banda, en el éxtasis depravado de nuestras actuaciones, experimentaba un sentimiento de pertenencia que nunca había sentido.

Quizá por eso lo torpedeé todo.

Un día de invierno, después de una actuación en Brick, salimos de nuestro éxtasis y nos vimos en el camerino, un cuartucho diminuto color verde vómito que olía a cloaca.

Nina tomó aire después de beberse de un trago una botella de agua.

—¿Qué hace Hannah sentada en el regazo del tío de sonido?

—Está colocada hasta las cejas. —Sonrisas frunció el ceño.

—No me digas que has sido tú. —Nina me miró: el desdén inundaba sus ojos bicolores.

Me quité los tapones de los oídos. El sudor rodó por mis canales auditivos.

—Solo un poco. —Le había puesto a Hannah una raya de coca—. No soy su madre. Puede hacer lo que quiera.

—Holiday, acabas conmigo. —Nina me arrojó su cigarrillo encendido y yo me agaché para esquivarlo.

Tuve que concentrarme en la cara desencajada de Sonrisas para poder verla con claridad. Yo también llevaba un buen globo. Llevaba semanas metiéndome a saco. Meses. Las drogas me adormecían lo suficiente para calmar mi agitado cerebro.

—Chicas, dejad de pelear... —Hannah estaba demasiado colocada para terminar la frase. El chaval de sonido, Robbie, recolocó el elegante cuerpo de ella sobre su regazo y se sentó muy tieso, orgulloso, como un Papá Noel voraz.

Robbie y los demás ingenieros de sonido de Brooklyn —una especie sospechosa que vestía pantalones pitillo— la llamaban Hannah la Cachonda, pero nunca se enrollaba con ninguno. Excepto esa noche, tan colocada que temblaba como un viejo satélite mientras pasaba sus largas uñas rosas y blancas de manicura francesa por el pelo grasiento de Robbie.

—¿No te encanta su pelo? —dijo Hannah paseando la mirada errática por la sucia habitación—. ¡Parece Jesús! —La camisa de franela de Robbie estaba llena de quemaduras de cigarrillo.

—Pues no. —Hice la señal de la cruz—. Este tipo no se parece en nada a Jesús.

—¿Cómo sabes qué pinta tenía Jesús? —Nina hablaba por hablar mientras volvía a aplicarse el delineador de ojos que se le había borrado con el sudor durante la actuación—. Si es que

Jesús existió. Escúchate, Holl, haciendo demagogia con Jesús. El cristianismo es una secta.

—Jesús fue una persona real. —Yo tenía la boca seca de tanto cantar a grito pelado y fumar sin parar toda la noche—. Jesús era un alma hermosa y gentil de pelo largo y grandes sueños que se mudó a la gran ciudad con grandes planes, como Patti Smith.

—¿Y si Jesús y los santos eran, por ejemplo, alienígenas del espacio exterior? —Robbie apenas conseguía mantener los ojos abiertos—. Me refiero a que en todas las imágenes los ángeles bajan en rayos tractores. Esa mierda es alienígena.

Apagué el cigarrillo en el marco de la puerta.

—La religión es como el arte, cada uno hace su propia interpretación.

—Hum..., hola, Diez Mandamientos —respondió Nina—. Diez leyes sobre cómo vivir, qué hacer, cómo pensar. No hay mucho margen para la interpretación. Hola, Juana de Arco, quemada en la hoguera. Bienvenidos a la fiesta, cruces en llamas del KKK. Hola, Iglesia Baptista de Westboro. La religión es el mal. No puedo creer que estemos teniendo esta conversación otra vez.

Yo no lo iba a dejar pasar.

—Una cruz es un símbolo. No fue diseñada para que la quemasen. Los locos que deforman la religión y la mutilan en función de su propio egoísmo son quienes...

Sonrisas me interrumpió.

—Lo entendemos, lo entendemos. Eres una devota desastrosa, Holiday Walsh, pero te quiero igual. No se te ocurra llegar tarde mañana, de-nin-gu-na-ma-ne-ra. ¿Lo juras por Dios?

—Lo prometo.

—Repite conmigo: «Mañana no llegaré tarde».

—Mañana no llegaré tarde —susurré.

—Bien. —Sonrisas me besó la mejilla sudorosa—. ¡¡¡Hannah!!! —gritó en dirección a Hannah, pero Hannah estaba en otro planeta—. Llévate a Hannah y que no le pase nada. Llévala a casa pronto, sola —dijo gesticulando—. Johnny no nos dará una segunda oportunidad.

Al día siguiente debíamos reunirnos en el estudio de Johnny Love para grabar nuestro primer disco largo, *Red Delicious*. Sacrificios, salvación y rollo queer en las letras de cada canción. Siempre me ha parecido que ser lesbiana es inherentemente punk rock. Descubres tu homosexualidad a medida que la vives. Lo mismo con el punk. Y las epifanías religiosas.

—No llegues tarde —repitió Nina mientras recogía sus cosas—. Te llevaré yo misma hasta allí si es necesario.

—Lo que haga falta para acabar en tus brazos. —Sonreí.

—Eres imposible. —Al salir Nina tiró un cigarrillo por encima de su hombro y la colilla aterrizó con determinación en el suelo de cemento.

Típico de Original Sin. Actuábamos bien en el escenario y casi nos desmoronábamos entre bastidores. Pegábamos con cinta adhesiva las fundas de los instrumentos, nuestra cordura y nuestras relaciones. Pero tuvimos la oportunidad de abrirnos camino con ese disco.

En lugar de guardarlo todo, llevarme a Hannah y coger el metro de vuelta a casa, me pasé las ocho horas siguientes en el camerino de Brick's, lamiendo y esnifando drogas de la punta de una llave y bebiendo Wild Turkey con Hannah y su Jesús de pelo grasiento.

—Parpadea —le dije a Hannah.

—Vale. —Hannah parpadeó.

—Parpadear es raro cuando te paras a pensarlo. Es más difícil que respirar. —Me bebí media botella de agua de un trago. Me temblaban las rodillas. No podía quedarme quieta. La coca corría por mis venas.

—No hay nada más fácil que respirar —dijo Robbie.

«Mentir es más fácil que respirar», pensé. Yo mentía con mucha facilidad. Y a menudo. El engaño era más fácil, más seguro, que compartir mis propios sentimientos y pensamientos. Mentir me mantenía a flote. La coca también ayudaba.

Ya había amanecido. Ninguno de nosotros había dormido. Robbie, que de alguna manera todavía era capaz de caminar y hablar, salió y regresó con dos bolsas: bollos y café. Hinqué los dientes en un bagel con muchas cosas dentro. La comida es trascendental cuando uno delira.

Hannah mordió su bagel recién hecho.

—Es muy suave, como comerse un bebé.

—¿Cuándo fue la última vez que te comiste un bebé? —preguntó Robbie.

—¿No teníamos que estar pronto en el estudio? —Hannah me miró preocupada.

—No —mentí—. Eso es mañana.

No nos presentamos a grabar a las diez de la mañana. No nos presentamos a ninguna hora.

¿Tenía miedo al éxito o simplemente estaba acostumbrada a decepcionar a todo el mundo? A la una de la tarde consulté mi teléfono. La voz temblorosa de Nina surgió de mi buzón de voz. Entre lágrimas, gritó: «¡Has echado a perder nuestra única oportunidad. Cómo siento haber creído que cambiarías!». Sus palabras atravesaron el aire igual que clavos oxidados, y mi cuerpo se estremeció mientras cada uno de ellos se clavaba en él.

«Perdóname», musité, pero no la llamé durante semanas, sino que dejé que la distancia se ensanchara.

Recé una vez más por sor T. Cuando levanté la vista la iglesia estaba vacía. Solo quedaban las caras de las vidrieras, apagadas por la noche. Observada pero sola. Ese era mi destino. Un lobo solitario acechando en la oscuridad.

10

El colegio estuvo una semana cerrado mientras los equipos de limpieza adecentaban la cafetería y purificaban el aire. Riveaux dijo que había cogido la blusa quemada de mi mesa y la había registrado como prueba junto con la púa de guitarra.

La semana fue tristísima. Febril. Por la noche solo dormía dos o tres horas porque no dejaba de darle vueltas a los acontecimientos, las pistas, las sospechas. La vigilancia se intensificó. No podía entrar en las alas este ni oeste, no podía acceder a mi escritorio ni a mis notas sobre el caso. La Diócesis, prácticamente instalada en el colegio, no nos dejaba respirar, nos mangoneaba. No querían que pensáramos por nosotras mismas. O no nos creían capaces, como si nos estuvieran salvando con sus exigencias divinas, de la forma en que los hombres siempre han infravalorado a las mujeres.

Cerca de la exuberante floración y el retorcido hierro forjado de la verja del patio, sor Augustine rezaba todas las mañanas. Jeremías 17, 14: «Sáname, oh, Jehová, y seré sanado; sálvame y seré salvado, porque tú eres mi alabanza». Sor Augustine levantaba los brazos en alto cada día.

Se pegó un cartel que rezaba ZONA VIGILADA en el poste telefónico de Prytania Street. Los vecinos estaban asustados. Los padres, preocupados. Dos muertes y ninguna detención. Yo estaba hecha un manojo de nervios, y la ansiedad se mezclaba con la adrenalina: un cóctel diabólico que no podía dejar de agitar.

Al no haber clases, podría haberme escondido, dedicarme a rezar y tocar música en el convento, pero salía a toda prisa por las mañanas y me ponía a husmear hasta que un agente de policía refunfuñaba y me pedía que «no me pusiera en peligro», lo que significaba que me largara.

Como un pajarillo que se lanza en picado contra un halcón, seguí y atosigué a sor Augustine hasta que por fin me dio su bendición para ir a visitar a Jamie al hospital, junto con el dinero suficiente para un billete de tranvía. A Lamont ya le habían dado el alta, pero lo localizaría cuando se reanudaran las clases.

Sor T había muerto. Jack había muerto. Me sentí avergonzada por haber sospechado aunque fuera por un segundo de cualquiera de ellos. Pero la traición y la culpa eran caminos trillados en la chatarrería de mi cerebro. Cuánto tiempo perdido. Necesitaba respuestas.

El martes, antes de ir al hospital, tenía que cubrir mi turno semanal en el módulo de maternidad de la cárcel. Hice el trayecto sola con mi guitarra, y la funcionaria Janelle estuvo a punto de darme un abrazo, pero se contuvo. Debía de haberse enterado de lo que le había pasado a sor T. A pesar de los detectores de metales, el moho y la brutalidad subrepticia —sin bebés, ni nada blando, solo las implacables luces fluorescentes que indicaban cuándo era de noche y de día— era un extraño bálsamo estar allí. Podía sentir el espíritu de sor T en todas partes.

—¿Cuándo es el funeral? —preguntó Renée, parpadeando con sus grandes ojos.

—La investigación todavía está en marcha. —Negué con la cabeza—. Cuando termine, el servicio religioso se celebrará en Idaho. Allí es donde vive la familia. La enterrarán en Nueva Orleans.

—Sor Thérèse era como mi familia —dijo Yasmine.

—Para mí también. —Linda tosió con su tos ronca de fumadora y se llevó la pálida mano a la boca.

—Se parecía a mi abuela April —dijo Peggy, que casi nunca hablaba.

Renée no dijo nada. Sor T la había arropado y consolado durante su parto prematuro. La había ayudado a traer dos nuevas vidas al mundo y servido de sostén para que no se derrumbara cuando le arrancaron a sus hijos.

—Haberla conocido ha sido una bendición —dije, sujetando con mis manos enguantadas las manos fuertes de Renée.

Cómo apreciaba la sonrisa dulce de Mel. La cabeza rapada de Yasmine. La larga melena pelirroja de Peggy. Las cutículas mordisqueadas de Renée. Los rizos rubios de Linda. También me veía reflejada en ellas.

Todas teníamos tatuajes, cicatrices, secretos y gente que habíamos perdido. Todas queríamos que nos perdonaran.

Salí de la cárcel con mi guitarra a cuestas para ir a ver a Jamie. Rosemary Flynn, John Vander Kitt y yo habíamos planeado visitarlo juntos en el hospital. Para ellos era una muestra de solidaridad escolar. Pero para mí, una oportunidad de interrogarlo sobre lo que había visto la noche del primer incendio.

Mientras rebuscaba en la funda de la guitarra las monedas que me había dado sor Augustine, encontré la regla de Rosemary. No recordaba haberla tomado prestada, pero allí estaba, con su nombre escrito en el reverso con su concienzuda caligrafía. La intriga y la sorpresa del extraño hallazgo hicieron que el corazón me bailara grotescamente en el pecho. Agité las cinco monedas de veinticinco centavos para el tranvía en el hueco de la mano. El delicado peso y la música de las monedas, metal contra metal, cobraba forma en un mundo informe.

El tranvía llegó puntual, toda una rareza. Subí los dos escalones y dejé el dinero en la caja. El vagón estaba abarrotado. En cada viaje, intentaba descifrar una pista sobre cada pasajero: en qué barrio vivía o a qué se dedicaba. Un pequeño juego de detective para mantenerme ocupada.

A mi derecha había un sousafonista, probablemente de camino a un concierto en el Barrio Francés. Dos estudiantes se contaban cotilleos. Supuse que eran estudiantes de Derecho de la Universidad de Tulane. Cuando un grupo de turistas bajó del tranvía, se liberó un asiento cerca de la ventanilla y lo ocupé. Llevaba los pantalones negros de la orden, una blusa negra, un pañuelo negro anudado al cuello y los guantes negros de rigor. Me pregunté si, a ojos inexpertos, parecería una camarera de catering en lugar de una monja a punto de tomar los votos permanentes.

El asiento de madera se hundió mientras avanzábamos hacia el Hospital Municipal de Nueva Orleans. Me gustaba el ruido sordo del trolebús sobre los raíles eléctricos. Las vías paralelas del tren formaban un signo de igual.

Tres coches de policía pasaron junto a nosotros. La frecuencia de las patrullas estaba aumentando, al igual que la tensión en la ciudad. Me apeé en la esquina sur de Canal Street. El sol rojo óxido seguía impartiendo su justicia mientras yo recorría las pocas manzanas que me separaban del hospital. Las flores color lila de las *Phlox* se inclinaban con el viento. No había tendido eléctrico. Los cables estaban enterrados bajo tierra para protegerlos de los huracanes y los violentos temporales. En Nueva Orleans todo está como caducado, cubierto de maleza, pegajoso. Los robles se engalanaban con boas de musgo español. Las ranas croaban y espiaban hasta que se ponía la luna. Las enredaderas de campanillas moradas estrangulaban los tejados rosados y los tentáculos de glicinas se mecían con la brisa. Pasé por delante de una hilera de las estrechas casas típicas de la ciudad: marcos de las ventanas de un tono naranja brillante, contraventanas de madera verde menta y columnas blancas. Un gato maullaba en un porche cercano.

Al otro lado de la calle, dos caras conocidas me miraban fijamente. Prince Dempsey y BonTon. Me acerqué. El pelaje blanco de BonTon parecía más brillante. Sus orejas, dos triángulos caídos. He visto muchísimos pitbulls con las orejas mutiladas. La gente se las corta porque las orejas caídas naturales de un pitbull les dan un aspecto adorable. Pero un perro asesino nunca puede ser una monada. Era revelador que Prince no se las hubiera cortado a BonTon.

—¿Me está siguiendo? —pregunté—. ¿Necesita una tutoría o la oración de la tarde?

Prince tiró su cigarrillo, a medio fumar, a la calle. BonTon exhaló por su gran nariz rosada.

—Usted me está siguiendo a mí —dijo.

—¿Qué hace en la otra punta de la ciudad?

—Mi chica y yo hemos ido a dar un paseo.

—¿Está huyendo?

Se rio y respondió:

—Solo disfrutando de las vacaciones extra. Tomo un poco el sol entre incendio e incendio.

—Dos personas han muerto. Si yo fuera usted, no abriría la boca a menos que tenga algo que confesar. ¿Lo tiene?

—Entre usted y los polis me están atando más en corto que mi chica. Pero si acorralas a un perro, te morderá.

—¿Me está amenazando? —Apoyé la funda de mi guitarra en el suelo.

—Tranqui, hermanita. Tranqui. No tengo ganas de lío. Por aquí no hay actividad criminal, excepto su lamentable excusa para teñirse el pelo.

—Es usted quien tiene antecedentes penales.

Estiró los brazos a los lados, imitando y burlándose de la crucifixión.

—Soy un santo del copón.

—¿Ah, sí? Siento haberme perdido su canonización. —Era incapaz de mirarlo—. Dígame lo que sepa de los incendios, de Jack y de sor T.

—¿Qué gano yo?

—Una santa reputación.

—Paso —dijo—. Tengo de sobra.

—¡Dígame la verdad, Prince!

—Deme un incentivo —dijo, y tomó aire— y quizá me lo piense. —Prince tenía los ojos azules como la bebida de curasao y una expresión igual de amarga.

Sabía algo.

Quizá sor Honor tuviera razón. Recordé el cuerpo de sor T, un despojo arrugado en el suelo. La caída al vacío de Jack envuelto en llamas. La sangre de Jamie y la angustia de Lamont. Recuperé la sangre fría.

—Suéltelo, mierdecilla.

—Hermana, es usted graciosísima cuando se pone así, pero mi chica y yo tenemos que ir a un par de sitios —dijo. Y antes de darse la vuelta para subir la calle, me espetó—: El colegio se está quedando sin monjas. Y ya sabe, si hay fuego, tírese al suelo y ruede.

Procurando que nadie me viera, le di un fuerte empujón en la espalda, tan fuerte que se golpeó la cabeza contra una valla y se cayó. BonTon se puso como loca.

Prince se giró para observarme, con la mirada furibunda. Metí la mano en el bolsillo lateral de mi maletín y cogí la regla de Rosemary.

Crac.

Le azoté las rodillas con ella. Con todas mis fuerzas. «Ave María».

—¡Joder! —aulló Prince y BonTon también aulló—. La ha cagado. Pegar a un estudiante. ¡Un chico! —Se limpió la sangre de la frente—. ¿Qué es eso? ¿Una barra de hierro?

—Solo es una regla.

—¡Va a perder su trabajo!

—Tiene dieciocho años, técnicamente ya es un adulto. Y no le he pegado.

—Soy un adolescente discapacitado. —Levantó su monitor de glucosa con su escuálido brazo.

—No hay testigos.

—Les enseñaré mis rodillas —dijo.

—Diré que se lo está inventando, que se cayó patinando. La próxima vez a lo mejor me escucha, joder. Esto no es un juego. Dos personas han muerto y usted está ocultando algo.

Se llevó el dedo ensangrentado a la boca y se estremeció. Quizá el regusto de su sangre cobriza le había sorprendido.

—Está usted acabada —dijo.

—A ver de qué es capaz. —Sonreí, plantándole cara. Pero sabía que había cruzado una línea.

Otra vez.

Algo se había soltado dentro de mí. Empujar a Prince Dempsey, sabiendo que podía herirle, incluso romperle algo... era delicioso. Y horrible.

Escupió en la acera polvorienta y agrietada, y murmuró «Zorra». Luego se puso a silbar otra vez mientras él y BonTon giraban a la derecha en Canal Street.

Tomé Saint Charles en dirección al Hospital Municipal de Nueva Orleans, con el sol como una mecha encendida sobre mi cabeza.

«Dios, perdóname». Pero se me daba bien pelear.

Y antes lo hacía mejor aún. Antes de ver la luz.

Habíamos terminado nuestro primer pase. Me sentía genial, le había dado al whisky, pero estaba supercentrada en lo que hacía. Tocar la guitarra eléctrica no es tanto domar un instrumento como cabalgar un tsunami. Una paleta sónica que te empuja y te arrastra. Acordes potentes. Distorsión, disonancia. Oración cinética.

Nina se me acercó, con un Wild Turkey en cada mano.

—Ese gilipollas del bar me ha tocado el culo —dijo, asqueada—. Me siento un mil por cien más bollera. Los tíos son asquerosos.

—¿Que ese tipo ha hecho qué? —Me bebí el whisky de un trago y grité, señalando a Nina—: ¿Quién coño le ha tocado el culo?

—No me vengues, Holiday —suplicó Nina—, no soy tu damisela en apuros.

Pero alguien tenía que pagar por aquello. Me acerqué corriendo a la barra, donde un tipo alto con una chaqueta que lo identificaba con una inscripción en hilo rojo como defensa del equipo universitario de fútbol americano miraba hacia abajo mientras se reía a carcajadas. Le di un golpe en todo el pecho.

—Cerdo de mierda.

—¿Cerdo? Pero si aún no se la he metido por el culo. Apenas la conozco.

Estalló en carcajadas con su amigo, que era bajito y feo como una gárgola desconchada. El tipo era tan alto que tuve que saltar y golpearle al mismo tiempo para no perder el elemento sorpresa. Pero lo logré. La rabia se apoderó de mí y me salió por el puño mientras le golpeaba la barbilla. Con un rápido parpadeo se tocó la cara. Luego me empujó con toda su fuerza contra la pared.

—Joder. —La parte posterior de mi cabeza había chocado con el ladrillo. Veía triple.

—Esta zorra va a por Jones —cacareó la gárgola.

Era inútil luchar con un tipo hecho de titanio. Era medio metro más alto que yo y pesaba por lo menos cien kilos más. Sin embargo, como siempre, yo no lo había pensado bien. Estaba mareada por las ansias de venganza y probablemente conmocionada por el golpe. Había que acabar con ese acosador de camisa almidonada, zapatos caros y chaqueta de fútbol. Y Dios me cubría las espaldas. Una David tortillera contra el patriarcado de Goliat.

Pivoté hacia la izquierda, cogí un vaso lleno de cerveza del borde de la barra y se lo tiré a la cara, empapándole la ridícula chaqueta. Su teléfono cayó a mis pies, lo cogí y lo metí en el vodka con arándanos y hielo de una mujer desprevenida.

—Parece que vas a necesitar una actualización —le dije—, y de paso vete a tomar por culo.

Se apresuró a pescar su teléfono y derramó la mitad de la copa sobre la barra.

—Hija de puta.

Tan rápido como había lanzado la cerveza y destruido el teléfono, sentí que mi cuerpo se levantaba otra vez del suelo. Esta vez por detrás. Un agente de policía me estaba sacando del mugriento bar, cuyo chaleco antibalas golpeaba con fuerza contra mi espalda. Las mangas de su chaqueta azul oscuro llevaban impregnado el aroma a cedro del aire invernal. No pataleé ni luché. Que me llevaran en brazos era un alivio.

—Tranquilita —dijo el agente mientras salíamos—. Ya está. Se acabó la fiesta.

En la acera, el barullo del bar se desvaneció cuando el agente me puso en pie en silencio. Junto a él estaba su compañera, la agente Keating, una mujer rubia con cierto atractivo. Me había fijado en ella más de una vez cuando iba a ver a mi padre, el jefe de la comisaría treinta y nueve de Brooklyn.

—No me jodas —dijo la agente Keating en tono incrédulo mientras escaneaba mi identificación—. Angelero, mira esto. Es Holiday, la hija de Walsh. ¿Tienes idea de lo que le estás haciendo a tu viejo? El jefe Walsh es un buen tipo. Y tú lo estás matando.

—Al menos soy coherente.

—Coherentemente imbécil. —La mirada del agente Angelero fue un directo a la barbilla.

Una pequeña multitud había salido del bar, algunos con el

160

abrigo puesto, pero la mayoría sin él, para observar el sarao que se había organizado.

—La hija de Walsh —dijo Keating—. No tiene sentido. Qué pena.

—A lo mejor su mujer se tiraba al lechero —dijo Angelero sonriendo.

—Más bien al basurero —bromeó Keating.

Si yo hubiera mantenido la boca cerrada, aquello habría acabado en nada. En lugar de eso, le escupí a Keating en el ojo derecho. Se limpió con toda la mano, como un payaso al que le acabaran de lanzar un pastel de nata.

Angelero me hizo girar hacia el coche de policía y me puso las esposas. Me agaché, intentando zafarme, y me golpeé la parte derecha de la cara contra el techo del coche. El crujido de mi cabeza contra el vehículo sonó tan fuerte que hasta los juerguistas del bar se callaron. El suelo tembló bajo mis botas de tacón de aguja. Angelero me apretó más las manos contra la espalda. Sentía que se me iban a romper los hombros.

La agente Keating me agarró del pelo y volvió a golpearme la cara contra el techo.

—Tranquila —me dijo. Y lo volvió a hacer. Pum. Empecé a ver fuegos artificiales—. Tranquila. No te resistas.

—¡Para! ¡No se está resistiendo! —gritó Nina, y casi pude sentir el fuego en su voz. Apagó el cigarrillo y se puso a grabar la escena con su teléfono—. Voy a llamar a Asistencia Jurídica. Mirad todos. ¡Agresión homófoba!

La policía me dio la vuelta para ponerme de cara a ellos y a la multitud.

—Llamad a la policía —dijo uno de los mirones, arrastrando las palabras por la borrachera.

—Gilipollas, esos son polis —replicó alguien, frustrado.

Yo estaba medio desmayada, pero me daba cuenta de que la gente estaba grabando el rifirrafe con los teléfonos. Nina siguió gritando:

—¡Agresión homófoba!

Un calor salado me hervía en la comisura de la boca. Al golpearme la última vez, Keating me había clavado los dientes en la lengua. Me había partido el labio y me había roto un diente, el canino superior izquierdo.

Los agentes vieron mi boca ensangrentada y se echaron rápidamente para atrás.

—Esta tía no vale la pena —dijo Angelero, negando de forma enérgica con la cabeza—. Un vídeo mío colgado en YouTube me hace tanta falta como un petardo en el culo.

Los agentes me quitaron las esposas y le dieron la vuelta a mi cuerpo aturdido. Regresaron a su coche embarrado y se alejaron antes de que Keating pudiera cerrar la puerta.

Nina corrió hacia mí y me apartó el pelo manchado de sangre de los ojos. Me besó la mejilla y me estremecí. La multitud se dispersó lentamente. Aquellos tipos con vaqueros ajustados y abrigos de piel sintética con estampados de animales se alejaron como si nada hubiera pasado.

—Ay, cariño —susurró—. Nunca sabes parar a tiempo.

Rodeadas por el balsámico aire invernal, electrizada por el dolor en la boca, caminamos hacia el metro. La borrachera se me había pasado en cuanto había comenzado a sangrarme la boca, que goteaba como los santos sacramentos. «Esta es mi sangre, que se derrama por muchos para el perdón de los pecados». Mateo 26,28.

11

Entré en el hospital conteniendo la respiración. Era mi oportunidad de interrogar al chico, de volver a la noche de la muerte de Jack, de entender por qué Jamie y Lamont estaban dentro del colegio cuando se declaró el incendio.

La visión de las batas blancas y las camillas me perturbó y me provocó un cortocircuito. Me apoyé contra la pared fría y cerré los ojos, con el pánico arremolinándose en mi interior.

–Hola, sor Holiday.

Al volver a la superficie vi a John Vander Kitt, nuestro formal profesor de historia. Estaba junto al mostrador de información del hospital, que era una pieza de madera curvada con una franja de mosaico, dando sorbos a su termo verde militar.

–Ah, y ahí está Rosemary.

Rosemary Flynn se nos acercó. Era rígida y distante con los alumnos –y con todo el mundo–, por lo que resultaba extraño que se tomara la molestia de visitar a Jamie en el hospital.

Tal vez ella también tenía una agenda oculta.

Conseguimos pases de visita y subimos lentamente las escaleras hasta la cuarta planta, donde el control de enfermería

—una isleta alargada y aséptica— bullía de actividad. Dos pantallas de ordenador para seis trabajadores. Me fijé en un enfermero que esperaba a que saliera una hoja de la impresora con la mano puesta debajo de la bandeja. Los enfermeros eran hombres y mujeres, altos y bajos, de diferentes razas y edades, pero todos llevaban la misma bata azul.

El aire acondicionado estaba muy fuerte. A Rosemary le castañeaban los dientes. Por una vez, me alegré mucho de llevar guantes.

A medida que avanzábamos por el pasillo, John recitaba lentamente los números —«catorce, dieciséis, dieciocho»—, hasta que encontramos la habitación de Jamie, la veinte.

—Señor LaRose —dijo John, esbozando una sonrisa radiante al ver a Jamie al otro lado de la puerta, que estaba entreabierta.

Entramos en la habitación. Al acercarnos a la cama, me concentré en Jamie e intenté no ver los cables que se enroscaban en los brazos metálicos de los monitores parpadeantes que controlaban sus constantes vitales. Una máquina pitaba con un ritmo lento y persistente.

—Hola, Jamie.

El alivio y el temor se mezclaban en sus ojos mientras intentaba incorporarse en la cama. Ese chico había estado a punto de desangrarse en mis brazos, había necesitado un injerto de piel y una transfusión de sangre. Mis manos habían rodeado su pierna herida. Éramos como soldados que habían sobrevivido a un bombardeo, que habían cruzado juntos un campo de batalla.

—¿Cómo se encuentra? —le pregunté.

—Bien —respondió Jamie—, pero la gelatina está malísima. Qué asco.

—Ya me imagino. —Me senté cerca de la ventana, en una silla marrón con franjas descoloridas por el sol. Mantuve la mirada fija en Jamie para estudiar sus reacciones, pero con el rabillo del ojo me fijé en un periódico que había en el suelo. Lo cogí y vi que habían comenzado el crucigrama; la palabra «Hanoi» estaba escrita con tinta azul. ¿Quién iba a visitarlo?

Con John y Rosemary tan cerca, tenía que calcular muy bien mi interrogatorio.

—¿Qué es lo más disparatado que ha visto aquí? —pregunté.

Jamie apartó los ojos de mí de repente.

—Vi un conejo en la cabeza de una enfermera, pero creo que estoy alucinando con los analgésicos.

—No hay de qué avergonzarse.

—No distingo el día de la noche —dijo bostezando—. En cuidados intensivos, vi entrar a un tipo con un destornillador clavado en el ojo.

—Se estaría ajustando un tornillo.

—¡Hermana! —me amonestó Rosemary Flynn.

Jamie esbozó una sonrisa disimulada.

—¿Han atrapado al que provocó los incendios?

—No. La policía es incompetente. Al parecer soy la única que encuentra pruebas.

—Estoy segura de que la policía da saltos de alegría sabiendo que se encarga del caso —me pinchó Rosemary, permitiendo que se filtrara un deje de su acento sureño.

—Saltos como el que camina sobre las brasas —corregí. En las brasas del infierno les gustaría verme arder.

John dio otro sorbo a su café y dijo:

—El ala este estará fuera de servicio durante dos años, por lo menos. Probablemente haya que demolerla. —Movió la mano dibujando un arco suave y horizontal–. Pero el incendio del sótano no dañó demasiado la cafetería. Si hubiera alcanzado una freidora, habría sido... –Se interrumpió.

¿Cómo sabía John tantos detalles de lo que Riveaux había compartido conmigo? ¿Revelaba información confidencial a todo el personal?

Jamie volvió la cabeza hacia la ventana, evitando aún mi mirada.

–Vi a alguien más esa noche. En el colegio.

–¿Qué quiere decir? –John me robó la pregunta.

–Vi a alguien al final del pasillo –dijo Jamie–. Me puse a gritar para que nos encontraran, pero solo llegó usted.

El Espíritu Santo. Jamie también vio al espectro.

–¿Le han interrogado el detective Grogan y la sargenta Decker? –preguntó Rosemary, enfatizando la sílaba «ta».

–Vino uno hace unos días. No estoy seguro de quién era.

Jamie LaRose, con su barba incipiente, con su bata de hospital, del frío azul del arrepentimiento, parecía más un hombre adulto que un niño, y más frágil de lo que lo había visto nunca. Me aparté de él y me acerqué a la ventana. El vapor se elevaba desde el asfalto del aparcamiento, trenzando un mosaico en el aire.

Intuí un gesto de seriedad en las cejas de Jamie. Algo le carcomía. Quería hablar, pero no sabía cómo. Yo había aprendido a guardar mis secretos antes de salir del armario, y ahora, como monja en prácticas, estaba acostumbrada al espionaje emocional de los demás. Sus ojos se desviaron hacia el falso techo del hospital, que tenía un millón de perforaciones. No eran más grandes que los puntos negros de los dados, como unos ojos diminutos, siempre observando.

—Cuénteme más cosas sobre la noche en que murió Jack. ¿En qué momento exacto olió el humo?

—Todo fue muy rápido. —La mirada de Jamie era sincera, pero también se le veía confuso—. No me acuerdo.

—¿Lamont ha venido a verle?

—Está con su familia, supongo —murmuró Jamie.

—Jamie, puede confiar en mí —dije bajando la voz—. ¿Necesita decirnos algo?

Asintió con la cabeza. Por fin estábamos llegando a alguna parte. Se mordió el labio.

—Quería darle las gracias, hermana, por acudir a salvarnos. Lo que hizo fue un subidón.

—«Subidón» significa bueno —le traduje a Rosemary.

Suspiró, esforzándose por no demostrar que mi comentario la había irritado o divertido. John salió de la habitación a por café. Ya había vaciado su termo. Rosemary no tardó en unirse a él, probablemente para descansar un poco de mi presencia.

Me incliné hacia Jamie y le susurré:

—Creo que Lamont y usted vieron algo aquella noche. Y no pasa nada.

—No sé a qué se refiere.

—¿Vio a Jack antes de que se cayera? ¿Cree que él provocó el incendio?

—Me duele mucho la cabeza —susurró.

—Para empezar, ¿qué hacían allí Lamont y usted?

—Si hablo me duele la cabeza —dijo Jamie con los ojos cerrados.

—Puede contarme lo que sea. —Intenté coger la mano derecha de Jamie con mis manos enguantadas, pero se apartó y se cruzó de brazos. La gente se retrae cuando tiene algo que ocultar. El cuerpo se encoge, intenta desaparecer–. Tengo la sensación de que quiere compartir algo pero no está seguro de cómo. Deje que le ayude.

–Se acabó el horario de visitas. Jamie tiene que descansar –dijo una enfermera que había entrado en la habitación con una carpeta y un vaso de plástico lleno de agua. Sus zapatillas blancas chirriaban al pasearse por la inhóspita habitación del hospital–. Adiós y gracias –añadió con rotundidad mientras garabateaba unas notas rápidas en su carpeta–. ¿Cómo está nuestro paciente favorito? –le preguntó a Jamie, pero él no contestó. Tenía los ojos cerrados como si se hubiera dormido, aunque yo sabía que estaba fingiendo.

El miércoles, día en que se reanudaron las clases, los justificantes de falta de asistencia no dejaron de llegar. Cuatro estudiantes ya se habían trasladado a Saint Anne's, según Shelly Thibodaux, la recepcionista, una mujercita extremadamente alegre cuyos brownies de dos chocolates sor T había codiciado secretamente.

Un agente de policía estaba apostado dentro de la escuela, pero los padres seguían aterrorizados. La moral estaba baja, la ansiedad, alta. Los ánimos se resquebrajaban. La asistencia a clase disminuía, pero la misa diaria nunca había tenido tanto éxito. El padre Reese añadió dos nuevos servicios a la programación semanal para acomodar a la multitud.

Aquella mañana, me senté en los escalones de la iglesia bajo un calor sofocante. El altar de la acera se había ampliado. Cada día se sumaban nuevas velas, flores, notas o tarjetas en memoria de Jack y sor T. Sor Augustine a menudo permanecía de pie junto a la ventana de su despacho contemplando en silencio el luminoso despliegue. El dolor nunca desaparece del todo, pero se maneja mejor si es compartido.

Antes de que empezaran las clases, los padres se congregaron, se cogieron de la mano y rezaron.

—Necesitamos garantías de que nuestros hijos están a salvo. —La madre de Ryan Brown rasgaba el aire con el dedo mientras gritaba.

Habían regresado los alumnos y también la policía. La investigadora Riveaux, el detective Grogan y la sargento Decker hablaban en voz baja cerca de un coche patrulla. Comentaban las similitudes y diferencias de los dos incendios. No parecían tener más pistas que las que yo les había proporcionado. Observé cómo los grandes ojos de Grogan recorrían el edificio. Era la mirada fija de un búho. Me acerqué. No necesitaba esconderme para escuchar disimuladamente.

Nueva Orleans no era una ciudad ajena a la delincuencia. Ni mucho menos. Pero los incendios provocados eran relativamente escasos.

—Menos de cincuenta casos el año pasado —le dijo Riveaux a Decker.

La mayoría de ellos, coches, basureros, neumáticos y alguna casa vacía. Pero en Saint Sebastian habíamos tenido dos incendios y dos muertes. Notable de por sí, pero también podía ser el comienzo de un patrón.

—¿En qué fase de los interrogatorios estamos? —preguntó Grogan—. ¿Cuántas declaraciones?

—Vamos por la mitad —dijo Decker—. Ciento treinta más o menos.

—¿La mitad? —Grogan se mostró contrariado—. ¿Más de una semana y solo la mitad? Venga, vamos. Un poco de caña.

Grogan y Decker trabajaban juntos, pero Decker se encargaba de toda la parte logística. Típico.

—El colegio ha estado cerrado —dijo Decker—. Los padres no quieren traer a los niños aquí ni llevarlos a comisaría. Están asustados.

—Pues apriétales las tuercas y que vengan, Decker. —Grogan escupió un chorro de tabaco en el suelo.

Riveaux se giró y me vio allí de pie.

—Lleva aquí todo el rato, signo de interrogación —preguntó a su manera desconcertante.

—Sí.

Me miró de arriba abajo, se secó el sudor de la frente y me preguntó:

—¿Qué quiere?

—Quiero saber quién hizo esto. ¿Qué sabe usted?

—¿Qué sabe usted? —Riveaux me imitó en un tono no muy amistoso—. Sor Dientecitos de Oro, detective privado.

La sargento Decker y el detective Grogan pusieron fin a su conversación y me miraron con cara de pocos amigos. La estatura y la delgadez de Grogan junto a la redondez de Decker hacían que parecieran el número diez cuando estaban uno al lado del otro. Grogan se secó el sudor del puente de la nariz.

—Creo que Prince Dempsey sabe algo —dije, captando la atención de Decker, Grogan y Riveaux.

—Ya lo hemos interrogado. —Grogan inclinó un poco su cuerpo musculoso, de modo que nuestras cabezas quedaron al mismo nivel—. Sigue siendo una persona de interés.

—Compruebe su coartada para el segundo incendio.

—La misma que la del primero —dijo Grogan—, la rutina de pasear al perro.

Di una patada a la grava y comenté:

—Desde luego, es posible que Prince viera algo. O que hiciera algo. Seguramente se trae algún juego entre manos, solo que no estoy segura de cuál. Pero no encaja en el típico perfil de asesino-pirómano.

—Perfil, ¿eh? —Grogan se rio entre dientes—. Creo que se está metiendo en camisa de once varas.

—Lo único que hacen ustedes es quedarse aquí plantados como unos pasmarotes. Alguien tiene que tomar la iniciativa de una vez.

Decker se aclaró la garganta y explicó:

—El típico culpable hace mucho ruido y señala con el dedo. Suele ser un maestro de la tergiversación. Por lo general, un misántropo con algún motivo oculto y...

—Diga lo que realmente quiere decir. —Corté el soliloquio pasivo-agresivo de Decker—. Si cree que lo hice yo, dígalo.

Decker se rio sin ningún deje de alegría en la voz. Grogan y ella se alejaron en dirección a un agente que saludaba desde un coche de policía aparcado en Prytania Street.

—Son dos chalados —dijo Riveaux—, pero Homicidios lo resolverá. —Se apoyó las manos en las zona lumbar y añadió—: Grogan y Decker tienen sus dudas, pero yo confío en usted.

—Y yo, ¿puedo confiar en usted?

—Si me ayuda —me dijo—, yo le ayudaré. Venga conmigo si quiere, una o dos veces. Dígame lo que oye y lo que ve. Necesito a alguien dentro del edificio.

—Todavía soy una recién llegada, créame. Solo llevo aquí un año y aún no he tomado los votos permanentes.

—¿Quiere saber lo que sé o no?

—Sí —respondí, admirando su franqueza.

—Tenemos dos incendios provocados: uno en el ala este del colegio y otro en la cafetería. Tenemos un patrón en forma de V en el segundo piso del ala este, y pruebas de una combustión rápida y repentina en el cuarto desde el que cayó Jack. Tenemos queroseno en la cafetería. Tenemos una blusa quemada en la basura. Un guante en la carretera. Su púa de guitarra cerca del cuerpo de esa monja.

—Sor T. Quiero decir, Thérèse, sor Thérèse, un ser humano, no «esa monja».

Se encogió de hombros y me espetó:

—Usted siempre aparece enseguida en la escena del crimen. Así que, por el momento, muchas de las pruebas apuntan a usted, hermana.

—Pero he sido yo quien le ha enseñado todas las pruebas.

—Por eso estoy siendo sincera con usted.

—¿Y las declaraciones de los alumnos? —pregunté—. ¿Algo útil?

—Salvo Jamie y Lamont, la mayoría estaban en casa cuando se declaró el fuego del ala este. Los chicos que asistían al baile de disfraces dicen que no vieron nada.

—¿Cómo comenzó exactamente el fuego en el ala este?

—Alguien encendió una cerilla larga y prendió un fardo de tela empapado en gasolina. Ese fuego no tardó más de un minuto en propagarse por el aula de historia —explicó Riveaux—. Todo el segundo piso quedó reducido a cenizas. Gracias a los conductos de ventilación el fuego se descontroló. Fue un trabajo limpio. Extremadamente preciso. Alguien lo practicó, o lo investigó, muy bien. Y apuesto a que es alguien del colegio.

—¿Alguien del colegio? —pregunté.

—Probablemente alguien que usted conoce.

—Prince Dempsey es incontrolable. Yo no lo descartaría, pero es demasiado desastre para llevarlo a cabo por su cuenta. Puede que alguien lo ayudara, pero hasta donde sé es un lobo solitario.

—¿Y el personal docente? —preguntó Riveaux.

—Rosemary Flynn es científica. Profesora de ciencias, al menos.

Aquella información pareció animar un poco a Riveaux.

—¿Una científica loca?

—Tal vez. Se cree un genio infravalorado de la química.

—Sabría prever el comportamiento del fuego: las reacciones en cadena. —Riveaux anotó unas palabras en su cuaderno.

—Sin embargo Rosemary es muy puritana, y odia cualquier tipo de desorden.

—Ha sido un trabajo limpio —me recordó Riveaux—. ¿Otros profesores?

—John es una persona ansiosa, le da vueltas hasta a las cosas más insignificantes.

—Interesante. —Riveaux lo iba asimilando todo y escribiendo deprisa. Podía notar su mente cavilando, haciendo girar un cubo de Rubik de detalles y pistas—. Las coartadas de Bernard Pham se han verificado. Decker confirmó que sus tres compañeros de banda aseguran que estaba con ellos el domingo por la noche.

—Como le había dicho. —Mi cerebro se quedó en blanco por un momento. Me sentí aliviada al oír que Riveaux lo confirmaba. A pesar de mí misma, de mi muestrario de cagadas de primera y de sórdidas fechorías, no podía soportar la idea de que mi amigo no podía estuviera en el centro de aquel horror.

—¿Cuánto tiempo lleva usted aquí? —preguntó.

—Un año y poco.

—¿Qué me dice de sus hermanas, sor Honor y sor Augustine?

—Han entregado su vida a este colegio, a nuestra iglesia, a nuestra orden. Este es su hogar. Y también el mío. —Pero cualquiera haría cualquier cosa para sobrevivir o empezar de nuevo. Yo era la prueba viviente—. ¿Ha estado investigando en la Diócesis? Me refiero al obispo y a los vicarios.

Riveaux asintió y dijo:

—¿Cree que quemarían su propiedad para acudir al rescate y quedar como héroes?

—O para mantenernos a todas a raya —añadí.

La radio de los bomberos se activó con una voz distante y nasal.

—Voy para allá. No, quedaos ahí, maldita sea —respondió Riveaux.

Se alejó corriendo hacia su furgoneta roja con la velocidad constante de un percherón y marcas de sudor en la espalda. Riveaux era fuerte, pero su cerebro estaba en otra parte, quizá dos pasos por delante. O en algún lugar fuera de su cuerpo.

De nuevo, sentí que unos ojos se clavaban en mí. Detecté que una figura encorvada entraba en mi campo de visión. Prince Dempsey hablaba con BonTon mientras se acercaba al colegio, con un cigarrillo encendido entre los dientes. Sonreía y paseaba despreocupadamente.

La luz que se colaba entre las hojas creaba un encaje de sombras mientras Prince se deslizaba a mi lado. Rascó a BonTon entre las orejas. Luego le colocó un rosario delante del hocico, para que lo mordisqueara. Un juego que practicaban de manera regular, sin duda. Algunas de las cuentas blancas estaban quemadas.

—Bonito rosario.

Me incliné más hacia Prince. Su pelo enmarañado desprendía un hedor tan potente que me lloraron los ojos.

—Me lo regaló sor Augustine —dijo—. Es una profesora legal, no como usted. —Prince se acercó a mí y se quedó mirando la cruz que yo llevaba al cuello—. Voy a comprarme uno de esos crucifijos enormes. Cristo está diciendo: «Sigo aquí, zorras. No podéis conmigo». —Escupía al hablar—. Sí, hermanita. Voy a comprarme un crucifijo grande y viejo y lo llevaré puesto todos los días.

—Debería. Le haría bien.

Prince sonrió y lanzó su cigarrillo en First Street. Me aparté rápidamente cuando el calor de la brasa pasó junto a mi oído.

—Por los pelos. —Se rio—. Tenga cuidado, hermanita. —Le silbó a BonTon y atravesaron el altar de la acera, derribando una vela. La cera se derramó en el suelo y se deslizó por la alcantarilla.

Conocía la historia de Prince. El trauma causado por el huracán. Drama familiar. Diabetes juvenil, luego de tipo 1. Hogares de acogida. Maltrato. Pobreza. Desgracia. Si hacía algo digno de suspensión, teníamos orden de ser pacientes y procurar que entrara en razón. De comprobar su nivel de azúcar en sangre. De rezar. Aunque tenía el carácter de un tren desbocado, la historia de Prince Dempsey era buena para el colegio. El comité de recaudación de fondos necesitaba buenas historias. Expulsarlo sería un mal ejemplo para uno de los pocos colegios católicos que quedaban en la ciudad.

Prince tenía hambre de caos, pero ¿y un móvil? ¿Necesitaba uno?

La gente era capaz de cualquier cosa, en cualquier momento.

Incluso sor Honor, con su rígida y estrecha mentalidad deformada por décadas cociéndose a fuego lento en soledad. Quizá había encendido la cerilla para tener el control de la situación, para variar. Para ponerlo todo patas arriba.

Debía descartar a todos los sospechosos, a todos los que tenían acceso al ala este, uno por uno. Solo con que pudiera aclarar un poco mi mente, lo resolvería.

Pero estaba tropezando con mi propia sombra. Todavía seguía cabreada con Dios. Un alma perdida persiguiendo al Espíritu Santo.

12

En el decrépito televisor de la sala de profesores, John Vander Kitt y yo veíamos cómo la Diócesis, la sargento Decker y el detective Grogan daban una lamentable rueda de prensa sobre la investigación de las muertes ocurridas en el edificio. Era miércoles, después de las clases. La Brigada de Homicidios y nuestros líderes eclesiásticos se encontraban en el desvaído vestíbulo del ajetreado Departamento de Policía de Nueva Orleans delante de los fotógrafos que disparaban con sus grandes cámaras.

La impía trinidad acaparaba el protagonismo.

—En el nombre del Padre, del Hijo y del Espíritu Santo —salmodió el Padrino en el micrófono, muy satisfecho de sí mismo, extasiado con su papel de estrella.

Podía oler el aliento hediondo del obispo a través de la pantalla del televisor. Con sus cadenas de oro y sus relojes de lujo, el Padrino, el Necrófago y el Barbas parecían unos sicarios. Mi ira me mareaba, casi me daba vértigo. Nuestros «patriarcas» tenían el destino de las hermanas —mi destino— en sus estúpidas manos.

—La investigación de la muerte de Jack Corolla sigue en curso —dijo Grogan, visible ahora después de que la Diócesis se hiciera a un lado. El acento de Grogan era muy marcado, y acercaba mucho la boca al micrófono, como si fuera a darle un morreo. A pesar de su actitud tranquila y controladora, algo en él me inquietaba–. Tenemos novedades –continuó–. La muerte de sor Thérèse ha sido declarada accidental. El informe de la autopsia indica que no hubo violencia. La profesora y hermana de la Sangre Sublime se cayó por las escaleras y el impacto de la caída le causó la muerte. –Se pasó la mano por su espesa cabellera y miró fijamente a la cámara–. Que Dios la bendiga –dijo, como si lo hubiera ensayado.

Aplasté el botón de apagado del mando a distancia y negué con la cabeza; el sudor empapaba mi blusa negra. Imaginé mi tatuaje del Árbol de la Vida llorando por cada hoja de tinta. Cerré los ojos y vi el rostro sonriente y los ojos cálidos de sor T, repasé nuestras últimas horas juntas en la cárcel. Como el arte con el que se entrelazan las telarañas, los recuerdos nos atrapan y nos nutren. El acto de recordar es un laberinto.

–Ahí lo tiene. A sor Thérèse no la empujaron –dijo John mientras se ajustaba las gafas sobre el puente la nariz–. Eso debería hacernos sentir más seguros. Fue un lamentable accidente, no un asesinato.

–La tiraron por las escaleras. Se lo aseguro. Sor T tenía casi ochenta años pero era la hos... –Reprimí las palabrotas–. Claro que hubo violencia. Se le salió un zapato. Tenía las piernas hacia atrás y los tobillos retorcidos como una muñeca de trapo.

–¿No deberíamos confiar en la policía? Ellos saben lo que hacen.

Sin mediar palabra, metí mis papeles en la cartera y salí corriendo hacia el bochorno de la tarde, dejando a John murmurando para sí y sorbiendo su café caliente en el aire caliente.

La inocencia estúpida de John resultaba empalagosa. ¿O era todo una puesta en escena?

Alguien intentaba inculparme. O joderme.

Podía ser cualquiera.

Me costaba mucho dejar que los demás entraran en mi nueva vida. Pero cuando no te conoces bien ni confías en ti misma, ¿cómo puedes conceder a otros el beneficio de la duda?

La mierda de furgoneta de Riveaux estaba aparcada delante del colegio. Cuando abrí la puerta del copiloto me la encontré insultando a una pila de papeles. Un montón de frasquitos salieron disparados. Demasiados para contarlos.

—¡Cuidado! —me regañó, como si fuera la dependienta de una tienda elegante—. ¡Cójalos! ¡Que no se caigan!

Me metí dentro del vehículo mal ventilado, y antes de sentarme tuve que apartar unos cuantos frascos de algo que olía a palo santo, limón y bergamota. Había una almohada, y el asiento trasero echado hacia atrás. ¿Dormía en aquella vieja y triste furgoneta? La barbilla de Riveaux goteaba sudor.

—¿Qué es esto? —Levanté un frasco del tamaño de un cuentagotas.

—Hago perfumes.

—Mira qué bien.

—Mantiene mi olfato despierto. Me ayuda a rendir al máximo. Y así no dejo de aprender. —Sacó un frasco del bolsillo delantero de sus vaqueros y lo levantó—. Las moléculas perfumadas son mi especialidad.

—A lo único que huelo aquí es a humo.

—¿Qué quiere, hermana? —preguntó mientras estudiaba el líquido transparente.

179

—Quiero entrar en el ala este —dije—. En la cafetería. Para reconstruir la escena.

El motor de la furgoneta estaba en marcha, el dial del aire acondicionado a tope. Pero por la rejilla de ventilación solo salía aire caliente. Riveaux apestaba a cigarrillos y a un desodorante de cítricos que no cumplía su cometido. A ron y al jugo viscoso de limones putrefactos. Tal vez fuera uno de esos perfumes caseros que andaban dando vueltas por la ranchera.

El calor era sólido, húmedo y espeso. Un viento suave agitaba las copas de los árboles y levantaba nubes. Riveaux se secó la mejilla con el dorso de la mano.

—Veo que tiene una misión.

—Joder, sí.

Me quité el pañuelo para secarme el sudor.

—¿Eso duele? —dijo señalando mi tatuaje del cuello: mi pájaro blanco, una cría de paloma.

—Mucho. Por eso me lo hice.

—Una paloma blanca no parece su estilo. La veo más bien como un cruce entre unicornio y tejón melero. Una criatura difícil de explicar y...

—Imposible de olvidar. —El espejo retrovisor de la furgoneta captó un reflejo de mi diente de oro al sonreír.

Hizo un gesto de exasperación.

—Solo podrá acompañarme si responde a mis preguntas —dijo mientras salíamos de la furgoneta. Dejó las llaves en el contacto. El viejo Chevy rojo era un cubo de basura con ruedas, pero dejar las llaves puestas parecía un gesto demasiado confiado—. Es mucha casualidad que estuviera en ambos incendios exactamente cuando empezaron —dijo Riveaux.

—Vivo aquí y trabajo aquí. Con muchas otras personas. Incluidas dos que han sido asesinadas.

—Mantenga la boca cerrada y sígame —dijo—. Póngase esto.

—Cubrimos nuestro calzado con unas fundas de plástico azul a fin de no alterar la escena del crimen. Me agaché para pasar bajo la cinta amarilla de la policía frente a la entrada del ala este. Riveaux la sorteó por encima. La pierna derecha, luego la izquierda, sujetándose las lumbares mientras pisaba. Abrió la pesada puerta principal con una llave maestra y yo la seguí.

Subimos lentamente por la escalera. El aire se volvía más tóxico a cada paso. A pesar de todo, me llegaba el olor de Riveaux mientras caminaba delante de mí, su aroma a podredumbre con reminiscencias a sorbete de limón. El calor había fundido las aspas del ventilador de techo del pasillo, «la antesala», como solía llamarla Jack. Le gustaba hablar con precisión. Todas las aspas apuntaban hacia abajo como un girasol marchito. La bombilla se había hecho añicos.

Riveaux y yo éramos más o menos de la misma estatura, pero ella caminaba con los hombros erguidos y la espalda recta. Algunos días su cuerpo mostraba convicción y precisión. Otros parecía que se desmontaba poco a poco. Consistentemente inconsistente. Quizá estaba cansada de dormir en su furgoneta. Recordé a mi viejo, cómo llevaba las cicatrices invisibles del trabajo policial. Noches hasta tarde en un caso sin resolver. Trabajando a contrarreloj.

El segundo piso del ala este era un destrozo absoluto. Se veían todos los tonos de la oscuridad, desde el carbón hasta el pizarra, pasando por el negro ojo de pájaro. Hasta la nada, el color de la vacuidad. La pared se había desprendido a capas.

—Los viejos conductos de este edificio ayudaron a propagar el fuego. —Indicó el conducto de ventilación. Luego señaló con la cabeza los cables quemados que colgaban de la pared, medio corroídos y medio intactos, como una masa asquerosa de fideos regurgitados—. Rock le leería la cartilla por todas estas violaciones de las normas de seguridad.

—¿Quién es Rock? —pregunté.

—Mi marido el criticón. Llevo años poniéndole de los nervios.

—No me sorprende.

Me gustó saber que Riveaux tenía pareja, que no estaba sola. Pero era obvio que el terreno de su relación era inestable. Quizá por eso a veces parecía confusa, agotada. Intentando mantener las cosas en su sitio. Riveaux siempre estaba a la defensiva, igual que yo. Pero, como la mayoría de la gente que no toleraba mis chorradas, cada vez me caía mejor.

Entramos en el aula de historia, que era como una cáscara negra. Alargué la mano para tocar la pared quemada.

—¡No toque nada! —me reprendió.

—Llevo guantes.

—Observe sin tocar. Grogan y Decker me emplumarán si mueve una mota de polvo. Créame, Grogan lo sabrá. Se da cuenta de todo.

—Decker sospecha de mí, ya lo sé. Mire. —Señalé unas franjas de pintura en el alféizar y el suelo—. El aire acondicionado. Pintaron el aparato en algún momento. Debieron de moverlo. ¿Y dónde está el cable? No está enchufado.

—Hum... —asintió Riveaux—. Bien visto.

—Nadie duraría mucho en un aula sin aire acondicionado.

Inspeccionó el suelo y miró hacia la escalera de incendios.

—Tal vez así es como entró el pirómano. Usaron la escalera de incendios para entrar y salir. Apuesto a que el cable está ahí fuera. —Riveaux se apretó la coleta. A la extraña luz del ala quemada, todo y nada parecía una pista.

—O así es como entraron Jamie y Lamont —dije—. Podría ser una pista falsa.

—¿Qué sabe usted de pistas falsas? —dijo riéndose como una niña de seis años.

—Dejaba muchas cuando estaba en el armario —le expliqué.

—¿En el armario?

—Es una larga historia.

—Pues tendremos que dejarla para otro momento. Mire, el patrón principal de propagación está justo aquí. —Con su dedo huesudo señaló hacia la pared—. Encontramos restos de un fardo de tela empapado en gasolina. —Su expresión era mitad entusiasmada, mitad asustada, la intensidad de quien practica el salto BASE. Caminó con cuidado, tratando de evitar los escombros amontonados. Se reajustó la calza izquierda, que había empezado a salírsele—. ¿Ve esto? Aquí es donde empezó la combustión generalizada.

—¿La combustión generalizada?

—Es lo que marca la diferencia entre tener un incendio dentro de un edificio a tener un edificio entero en llamas —dijo.

Los marcos de las ventanas de las aulas estaban astillados. Había fragmentos de cristal por todas partes, como si hubieran bombardeado el edificio. Algunas bombillas se habían deformado, pero sin llegar a romperse. El aire dentro del ala carbonizada era sofocante.

—¿Cómo supo tan rápido que el incendio del ala este fue provocado?

—La investigación de la escena del crimen y la medicina forense han cambiado la ciencia del fuego, se lo aseguro.

Riveaux recitó los principales hitos de la pirología, comparándolos con los avances en su práctica de la perfumería.

—Proust decía que el olfato es el sentido humano más conectado a la memoria. Como viajar en el tiempo. «El inmenso edificio de la memoria». Leer eso me hizo querer entender la ciencia.

—Leer novelas de misterio me metió en este lío.

Me arrodillé sobre un montón de ceniza y examiné el suelo.

—El incendio se originó en esta vieja aula de historia —dijo.

Eso significaba que allí se escondían más pistas. Quizá había algo oculto desde antes del incendio.

Oí cómo Riveaux hacía crujir su espalda. Me puse en pie.

—El fuego, como todo, tiene su historia. Hay que escucharla y tomarte tu tiempo para ello. Observar. —Riveaux se estaba poniendo cada vez más didáctica. Su pericia era tan fluida como si hubiera nacido conociendo todos los datos. Era mucho más interesante que las peroratas científicas que tenía que soportar de Rosemary Flynn—. El olor del humo te da pistas. El sonido te da pistas. Cómo se mueve por la pared, el techo o el suelo. Hay que interrogar a los residuos. Tratarlos como si fueran una persona con algo que ocultar. Observar atentamente su comportamiento.

—Parece una cita divertida —dije.

—Rock y yo siempre estamos demasiado ocupados para tener una cita nocturna.

Riveaux estaba bajando la guardia. Quizá sentía que conmigo podía ser ella misma.

—¿Cuál es la historia de Rock? —pregunté.

—Rockwell tiene muchas historias —dijo ladeando la cabeza y parpadeando en dirección a la pared, como si fuera un espejo— y cada historia tiene muchos capítulos.

Riveaux se volvió hacia mí, levantó su teléfono y me mostró una foto de su marido, Rock, enseñando el dedo corazón y sacando la lengua.

Sujeté su teléfono, miré la foto y vi a un fracasado. El clásico chico malo. Un tipo blanco tatuado con una camisa hawaiana y tanta tinta barata en la piel que parecía las paredes de un retrete de un bar de mala muerte. El típico hombre blanco woke de pega que cree que casarse con una negra le exonera de cualquier infracción, de tener que pensar o evolucionar.

Eché otro vistazo a aquel cabrón.

—¿Es chef o algo así, con todos esos tatuajes?

Se rio sin sonreír.

—No. Rock no sabe ni poner agua a hervir. Era técnico de la policía de Nueva York. Así nos conocimos, me persiguió hasta que tuve una cita con él. Ahora es uno de esos informáticos itinerantes que montan redes y granjas de servidores. Ojalá le pagaran por todos los videojuegos a los que juega. Es uno de esos niños eternos.

—El amor es una distracción, de todos modos —dije, devolviéndole el teléfono.

—¿Por eso es monja?

—La claridad es una ventaja extra.

—Mire. —Señaló la esquina donde el fuego había devorado la estantería—. Incendio provocado de manual. —Se rio, encantada de sí misma—. Pero en serio, lo que el fuego se lleva te puede decir tanto como lo que deja. Huélalo.

185

—Repugnante.

—Un olor acre muy particular. Como carne en descomposición. Probablemente por los materiales aislantes.

Era tan asqueroso que tuve que contener las arcadas. El aire tenía un matiz dulzón y nauseabundo. Había pasado más de una semana desde los incendios, pero el humo seguía vivo. Aún sentía la brasa en el ojo.

Riveaux pareció vacilar, como si estuviera hablando demasiado.

—Si no hay duda de que ambos incendios fueron provocados —la corté—, ¿por qué la investigación se alarga tanto?

—Queda más trabajo por hacer. Y aún no hay un móvil claro.

Eso no me convenció.

—¿No es su trabajo averiguarlo? Muchos alumnos odian el colegio —dije—. Y algunos profesores también.

—¿Lo bastante para quemarlo? ¿Para arriesgarse a que los arresten? ¿A morir? —Riveaux juntó las manos—. Los pirómanos actúan por venganza, control o dinero.

—¿Y aburrimiento?

—No. En ese caso simplemente trolearían a su objetivo por internet. —Sus palabras eran cortantes—. Aunque un alumno estuviera enfadado por una calificación baja o sintiera que lo habían tratado mal o lo que sea, las emociones no son ningún móvil.

—Las emociones están en la raíz de todo móvil. Piense en todos los que provocan matanzas en los colegios, en sus manifiestos.

—El fuego es diferente —replicó irritada—. El móvil de un incendio provocado es casi siempre un fraude al seguro o una

186

venganza. Las investigaciones requieren tiempo y experiencia. Por lo tanto, usted ni siquiera debería estar aquí.

—Usted me ha dejado entrar. Necesito encontrarle sentido a esto.

Se rio y repitió:

—Sentido. No pierda el tiempo tratando de encontrarlo.

—Tiempo es lo único que tengo.

13

La mañana del jueves fue tranquila. Los padres, presas del pánico, seguían manteniendo a la mayor parte de los niños en casa. La parte positiva fue que mis clases, normalmente alborotadas, eran más fáciles de manejar.

Cuando sonó el timbre, los alumnos cerraron la funda de sus guitarras y se colgaron las mochilas al hombro. Salieron de clase despacio, agrupados. Los miré atentamente, como si alguno fuera a revelar alguna pista.

Necesitaba alguna revelación en el caso.

Y también un descanso.

Era difícil conciliar mi doble papel de profesora y detective. Existía la amenaza constante de que se abriera una trampilla delante del telón.

—Necesitan extintores en cada aula y en cada escalera —le dijo a sor Augustine un agente que patrullaba aquel día por la zona.

Los jefazos del Departamento de Policía patrullaban el edificio durante el horario escolar para tranquilizar a los padres inquietos. Habían concluido el registro de taquillas durante el cierre. Un proceso tedioso, sin duda, pero no habrían podido ir más lentos. Además, los chicos eran demasiado listos para dejar nada incriminatorio en sus taquillas.

Rosemary Flynn estaba discutiendo la nota de un examen con un alumno en el otro extremo del aula que compartíamos mientras yo recogía un montón de papeles de la mesa que me hacía de despacho.

—¡Señorita Flynn! —grité—, ¡cierre cuando acabe!

—Hay gente que se atreve a decir «Por favor» —dijo proyectando la voz como una actriz.

—Es bueno saberlo. Cierre cuando acabe.

Salí a toda prisa del aula en dirección al ruidoso vestíbulo, zigzagueando entre estudiantes embobados que enviaban mensajes de texto. Todas las abolladuras de las taquillas parecían relucir. El colegio de Saint Sebastian era un poco cutre, de eso no había duda. El edificio tenía más o menos la misma edad que sor Augustine: ochenta años. Los padres pagaban por la bendición de Cristo, no por lujosas comodidades. Los fondos eran escasos, sin la red de seguridad de las subvenciones. A la Diócesis le encantaba jugar con nosotros, diciéndonos qué fondos o programas serían los siguientes en quedar eliminados. Las familias pudientes que podían pagar la matrícula completa garantizaban que hubiera luz, que chavales pobres como Prince Dempsey pudieran asistir al colegio y que nuestra cafetería estuviera surtida de pizza congelada y patatas fritas. Pero nuestro nivel académico era de primera categoría, el mejor del estado, gracias al alto nivel de exigencia de sor Augustine. Rosemary, John, sor T, incluso sor Honor y yo éramos excelentes profesores, si no unos chiflados.

La voz de sor Augustine en el intercomunicador anunciaba una asamblea de profesores a las cuatro de la tarde de aquel jueves. Me molestaban los interrogatorios, la presencia policial, las clases canceladas, los susurros de los estudiantes y las reuniones con los detectives de Homicidios, especialmente con Grogan, cuya empalagosa amabilidad empezaba a parecerme fuera de lugar. Antes de que el incendio reestructurara mis ritmos, me esforzaba por aceptar mis pautas diarias como hermana de la Sublime Sangre. Misa, comidas, clases, rezar, dormir. Y vuelta a empezar. Me había llevado más de un año, pero había llegado a apreciar la monotonía. La pureza del ritual. Quería recuperarla.

Giré a la izquierda, hacia el despacho de sor Augustine. Necesitaba permiso para leer los expedientes escolares de Prince.

—¿Está sor Augustine? —le pregunté a Shelly.

—Lo siento mucho. Acaba de irse. Como sabe, hermana, el trabajo del Señor no termina nunca. —La abundancia de dientes de su sonrisa me ponía nerviosa. Sonó el teléfono y Shelly corrió a su escritorio—. No para de sonar. Los padres están muy alterados. Disculpe, hermana. Oficina de dirección de Saint Sebastian, le habla Shelly. ¿En qué puedo ayudarle en esta bendita mañana? —Tapó con una mano el auricular del teléfono y levantó la barbilla hacia mí—: Sor Holiday, ¿por qué no vuelve dentro de una hora? Para entonces ya estará aquí.

Asentí, pero en cuanto Shelly se dio media vuelta y se puso a rebuscar en el correo saliente, retrocedí y coloqué la mano derecha enguantada en el pomo de la puerta del despacho de sor Augustine. Entré y no encontré a mi directora, sino a la investigadora Riveaux sentada ante el escritorio.

—De estudiante fui un auténtico fracaso. —Levantó las piernas y apoyó los pies en el escritorio. Sus zapatos eran de cuero negro desgastado.

191

—La gente inteligente se aburre rápido.

—Cierto. —Sus ojos color violeta se iluminaron. Volvió la cabeza para mirar por la ventana que había detrás del escritorio de sor Augustine—. Tengo que salir y hablar con Decker. Quédese aquí. No vaya a ninguna parte, sor Dientecitos de Oro. —Riveaux golpeó su canino izquierdo.

Mi diente de oro era mi tarjeta de visita, un recuerdo siempre presente de mi vida anterior.

—Eres un desastre precioso —ronroneó Nina después de mi pelea con la policía. Se inclinó sobre el brazo del sofá de dos plazas color moca, que probablemente llevaba allí desde que el padre de mi amigo CC había abierto la farmacia en 1982. Me besó suavemente en mi maltrecha sien izquierda.

—¿Qué día es hoy? —Recuerdo que me toqué la mandíbula dolorida. Un dolor profundo y crudo. Muy familiar. A veces me preguntaba si me había enamorado de él, del tamborileo constante del dolor.

—Los días son algo arbitrario —dijo Nina—. Los fabricantes de calendarios inventaron los nombres de los días para que siempre fuéramos adictos a comprar calendarios.

—Lo sabes todo. —Le puse la mano en el muslo y nos besamos. A pesar del dolor, sentir su boca en la mía era muy agradable. Sus labios sabían a esas complicaciones que nos endulzan la vida, como el whisky y la coca.

—Sé que te quiero, Holiday Walsh, detective privado.

Nina se aclaró la garganta. Yo sabía que le daba rabia que no le contestara que la quería. No podía pronunciar las palabras porque la amaba. Más de lo que las llamas aman trepar por los muros. Más que el crepúsculo al día. En lugar de decírselo, hice una broma tonta.

—«Sabueso». Así se llamaban los detectives privados de la vieja escuela. Sabuesos.

Nina me siguió el juego.

—Un sabueso es el chucho que utiliza una lesbiana para jugar con su hueso.

Nos reímos. La conmoción cerebral y la resaca se propagaban por mi cráneo como los dientes puntiagudos de un rayo.

Apoyé la cabeza en su hombro, respiré su aroma a sándalo mientras le besaba el cuello. Su piel era suave y cálida.

—Ganamos, ¿verdad?

—Ya lo creo que ganamos —dijo—. Nos estamos volviendo más interesantes con la edad. Como un buen vino.

—Más bien como una multa de aparcamiento sin pagar.

Nina rodeó mis manos con las suyas; su manicura dorada, del color de la arena en una playa bañada por el sol, contrastaba fuertemente con mis pantalones negros de cuero y el sofá de color anodino de CC.

Aunque me dolía la cara, le sonreí. Deslumbrante Nina.

Ahora parecía imposible que lleváramos más de un año sin estar en la misma habitación.

Mi amigo CC —farmacéutico de día, dentista aficionado de noche— me regaló la corona de oro.

—Estás de coña. —No ocultó su irritación al verme en la consulta. Sus pesadas gafas de montura negra le cubrían casi toda la cara.

—Me pones el diente de oro esta noche, amigo, y estamos en paz. Prometido.

—Sígueme.

Riveaux golpeó la puerta con el nudillo al regresar al despacho.

—¿Tiene algo que confesar a su madre superiora? ¿Sentimiento de culpa?

—Solo estaba rezando para que alguien resuelva el caso antes de que acabe el siglo.

—Lo estamos investigando todo y a todos. A todos los estudiantes, personal, profesores. ¿Qué me puede contar de Rosemary Flynn?

—¿Además de sus conocimientos de química, que siempre viste muy conjuntada y que nunca se quita el palo que lleva en el culo? —Me encogí de hombros—. Yo le diría que es mejor que la vigile.

—Vigílela usted. —Riveaux fulminó con la mirada el gran crucifijo que colgaba del despacho de sor Augustine—. A ver qué descubre.

Asentí con la cabeza.

La radio de Riveaux sonó con una dirección: «Catorce de Renaissance Village», seguida de una retahíla de números y jerga.

—¿Qué es eso? —pregunté—. ¿Qué están diciendo?

—¡Cálmese! —Riveaux disfrutaba dándome órdenes—. Recibido. 217. ¿Ahora?

—Recibido —dijo la voz de la radio.

—Cambio. —Levantó los ojos de su radio y me miró—. Esa es la última dirección conocida de Dempsey, un remolque de la Agencia Federal de Emergencias en un aparcamiento de autocaravanas en Metairie. Nuestros chicos se dirigen allí ahora. Hay una orden de arresto contra Prince. —Se levantó de un salto y enseguida se enderezó.

—¿Por el incendio?

—No, no. Vandalismo. La semana pasada pintarrajeó la catedral del centro. Se las ingenió para abrir dos de las tumbas más antiguas de la ciudad y las pintó con espray.

—Si la orden está vigente, ¿por qué no han detenido ya a Prince? —La seguí mientras Riveaux salía.

—La acaban de emitir. Demasiados delitos, no hay suficientes policías.

Riveaux y yo trotamos hasta su furgoneta, con las llaves aún en el contacto. Me deslicé en aquel vehículo que era como un horno.

—Voy con usted.

—Y una mierda —dijo Riveaux, mientras una estela de sudor caía de su ceja izquierda. Se removió en su asiento y tiró un frasco de perfume al suelo—. Haga su trabajo, que yo haré el mío. Amén o lo que sea. Adiós.

Riveaux era un charco de sudor al volante.

—Me necesita —dije. No esperé su respuesta y me abroché el cinturón de seguridad; el metal de la hebilla relampagueaba.

Riveaux se rio a carcajadas, tanto que le saltaron las lágrimas

—Solo quiere ver cómo lo tumbamos.

«No me importaría ver cómo le bajan los humos a Prince», pensé.

—Quiero ver cómo reacciona —dije—, lo que revela. Sabe algo.

Prince Dempsey era un solitario, como yo, y un superviviente. Sabía cómo esconderse y cuándo huir. Riveaux giró la llave y la furgoneta rugió como un trueno.

—¿Todas las hermanas son así de rencorosas?

—No soy rencorosa, no —dije—. Soy meticulosa.

—No me va a dejar en paz, ¿verdad?

—No.

El calor brumoso de la furgoneta me dio pánico. Me ajusté el cinturón de seguridad y me miré en el retrovisor. En cuanto tenía la menor oportunidad, le echaba un vistazo al espejo y a la extraña que había al otro lado.

—La haré constar como «acompañante» —murmuró Riveaux—: A ver si así me enchufa un poco con el de arriba.

—La haré santa si se pone en marcha de una vez. ¡Vamos!

El aire acondicionado estaba a tope, pero no salía nada de frío. Era un túnel de viento del que emanaba el ardor de un secador de pelo. Una tos me hizo cosquillas en la garganta. La contuve.

Riveaux conducía por mitad de la calle. Iba dando tumbos y zigzagueando del carril al arcén. A más de ciento diez por hora, nos unimos a un grupo de coches del Departamento de Policía con las sirenas a todo volumen. Todos los demás coches se habían echado a un lado para dejarnos pasar.

Cinco minutos más tarde, al llegar al aparcamiento de autocaravanas de Metairie, la comitiva aminoró la marcha en busca de la caravana de Prince. El número 14 apenas se veía entre la maleza, tan crecida que se enroscaba frente al marco de la puerta. Finalmente, el coche que iba delante avisó por radio y el operador lo confirmó. Era la suya. Mientras aparcábamos enfrente, Prince se subió a un coche y se marchó a toda velocidad. La crepitante radio de la policía transmitía detalles segundo a segundo mientras los agentes intentaban detenerlo. Riveaux y yo íbamos unos pasos por detrás en la asfixiante furgoneta. Pero Prince obligó a la policía a emprender una persecución de casi veinte kilómetros que terminó en el centro de la ciudad, y nosotros nos vimos obligadas a seguirle. Durante el trayecto pensé que íbamos a morir.

«Santa María, Madre de Dios. Que la otra vida tenga aire acondicionado y tías buenas».

Cada curva cerrada ejercía una fuerza centrífuga tan fuerte que me empujaba contra la puerta del copiloto. El cinturón de seguridad se me clavaba en el cuello. Riveaux redujo la velocidad, paró, avanzó pegada al coche de delante y volvió a acelerar bruscamente.

—Su forma de conducir es un pecado. La odio.

Riveaux negó con la cabeza y dijo:

—Se supone que las monjas perdonan.

—Aún no he hecho los votos. —La bilis me quemaba en el fondo de la garganta—. Dios mío —dije en voz alta—, mantenme viva el tiempo suficiente para matar a la investigadora Riveaux por su manera de conducir y luego resucítanos a las dos para el Mardi Gras. —Cerré los ojos, tratando de contener las náuseas.

Riveaux se secó el sudor bajo las gafas de sol.

—Fue usted la que suplicó venir.

La estructura fractal de Nueva Orleans giraba a nuestro paso. Gladiolos carmesíes. Destellos de lino como diamantes. Toques de limón en un lienzo de hojas verde militar.

Cuando por fin los ayudantes del sheriff obligaron al coche de Prince a estacionar a un lado de Erato Street, Riveaux y yo llegamos justo detrás, con la sirena aullando. Las ruedas de la furgoneta abrasaron el pavimento, dejando en el asfalto marcas de neumáticos. Las dos chorreábamos sudor. Me escocían los dedos dentro de los guantes de cuero.

El coche patrulla del detective Grogan y la sargento Decker estaba detrás del vehículo de Prince. Resultaba curioso que la Brigada de Homicidios estuviera allí para ejecutar una orden de detención por vandalismo.

Grogan salió, se arremangó la camisa beis y se dirigió hacia el coche de Prince. A través de un megáfono ladró:

—Salga del vehículo ahora.

Por la ventanilla abierta vi a Prince, sin camiseta, y a Bon-Ton, con el pelaje tan blanco como la nieve artificial. Permanecieron en el coche.

—Ahora empieza el peligro de verdad —dijo Riveaux—: intentar sacar a un hombre de su coche. Un vehículo puede ser un arma mortal.

Pero la situación se calmó rápidamente. Dos agentes sacaron a Prince a rastras del vehículo. Llevaba una imagen de la Estatua de la Libertad levantando los pulgares tatuada en la espalda, resbaladiza por el sudor. En el bíceps derecho tenía un corazón atravesado por una flecha y las palabras LA TORMENTA en una intrincada letra cursiva.

—Prince Dempsey —dijo la sargento Decker—, tenemos una orden de detención contra usted por delito de vandalismo contra la catedral de Eau Bénite. Tiene derecho a guardar silencio —recitó—. Todo lo que diga podrá ser utilizado en su contra ante un tribunal. Tiene derecho a un abogado. Si no puede costeárselo, se le proporcionará uno de oficio.

Prince se removió en la calzada e intentó darle un puñetazo mientras ella le leía sus derechos.

—No toques a mi perra —gruñó.

—No se resista, Prince —grité mientras cruzaba la calle—. Solo conseguirá empeorar las cosas

—Ha venido a ver el espectáculo, ¿no? —se burló Prince.

—Intento ayudarle —le dije, pero le estaba dando aún más cuerda. Trató de pegarle una patada a la sargento Decker, que lo puso de rodillas con facilidad.

—Hermana, colóquese detrás del coche de policía —me dijo Grogan—. Está en mitad de un arresto.

—Prince, ¿tuvo algo que ver con el incendio? —Me moría de ganas de saberlo. Escruté su rostro sudoroso mientras corría hacia él.

Pero no había nada en su mirada. Nada más que miedo. Tal vez era solo un chico desquiciado. Un vándalo irritante, pero no un asesino.

—Si le pasa algo a BonTon, la quemaré viva —me espetó. Tenía las manos esposadas a la espalda.

Un agente metió la mano en el coche, sacó a BonTon y la dejó a un lado de la calle.

—Seremos amables —dijo el policía—. Riveaux, llama a Sharon, de Control de Animales. Tenemos un pitbull grande de color blanco.

BonTon tenía las orejas aplastadas contra la cabeza de puro miedo. Gimoteó y soltó un débil ladrido mientras arrastraban a Prince. BonTon era una montaña de músculos, pero era obediente con los humanos. Una perra blandengue con un caparazón duro.

—¡BonTon! —gritó Prince, y la perra ladró, levantando su hocico rosado—. ¡No te preocupes, preciosa! —Prince se volvió, su expresión era desesperada, furiosa—. Nada de Control de Animales. La estresará. Mi madre se la llevará. O sor Augustine. Si metes a mi perra en una perrera, juro por Dios que te destripo.

—Este chaval va de mal en peor —reflexionó el agente mientras sujetaba la correa de BonTon–. Añade «amenazas a un agente» a la hoja de delitos del señorito.

–Déjele llamar a su madre, joder –le dije.

Otro agente cogió a BonTon de la correa y la condujo hasta un furgón policial, donde pude oír sus chillidos.

Al otro lado de la calle, un agente sostenía el teléfono de Prince junto a su oreja mientras este le gritaba a su madre. Cuando terminó, me gritó:

–Eh, sor Holiday. –Me lanzó un beso– Es usted una zorra.

Antes de que yo pudiera avergonzar más a la orden, Riveaux me agarró del brazo. Un policía condujo a Prince al asiento trasero del coche patrulla y el vehículo arrancó a toda velocidad. La furgoneta con BonTon circulaba en dirección contraria.

–Bueno, minipunto para mí. –dijo Decker–. Menos mal que el juez Gálvez nos ha concedido la orden de registro porque me he puesto pesadita.

En el maletero de Prince había una correa roja y una bolsa de lona gris deshilachada por la costura. Dentro de la bolsa barata había una Smith & Wesson M&P de 9 mm. Conocía la marca y el modelo porque mi padre tenía una.

–Comprueba si tiene licencia de armas –preguntó Decker por radio.

El sudor le rodaba por las muñecas, por debajo de los guantes azules de plástico, mientras sacaba con cuidado objetos de la bolsa para examinarlos. Además de la pistola, extrajeron un bote gastado de pintura roja en espray, una pequeña navaja, un paquete de cigarrillos, tres fajos de dinero en efectivo y un bote vacío de queroseno.

–Esa lata de combustible parece exactamente igual a la que

tenemos en el cobertizo del colegio –dije–. Tal vez Prince la robó.

–Es una marca muy corriente. –Riveaux no estaba nada impresionada–. Probablemente haya una en todos los garajes del barrio.

Un agente de policía alto, que parecía lo bastante joven para ser uno de mis alumnos, tomó fotografías y anotó los objetos del maletero. Tragó saliva con fuerza.

Las finas cejas de Riveaux se fruncieron mientras miraba el dinero.

–¿De dónde saca tanto dinero este chico?

–Hace de canguro y reparte periódicos –dije.

Riveaux ahogó una carcajada y habló en código de radio. Aunque el vocabulario era diferente en Nueva Orleans, al haber crecido con un padre policía deduje que a Prince lo habían detenido por el delito de vandalismo, además de por posesión de dinero en efectivo presuntamente robado y un arma de fuego sin licencia de armas. Además, se había resistido al arresto.

Riveaux y yo nos acercamos al otro coche patrulla, donde dos agentes sudaban dentro del asfixiante habitáculo, que emitía una nube tóxica de olor corporal. Riveaux asomó la cabeza por la ventanilla abierta del lado del copiloto y habló con un colega de la policía, cuya cara flaca se deformaba en el reflejo de sus gafas de sol de aviador. El agente del asiento del copiloto estaba contando el dinero del coche.

–Ahora rastrearé los números de serie –dijo el otro policía.

Tras dos minutos de silencio en los que recé el avemaría entero diez veces, Riveaux habló por fin lo bastante alto para que la oyera.

–¿De cuánto estamos hablando?

—De seis mil dólares. —El agente bostezó mientras entregaba el dinero a su compañero—. Riveaux, ¿quién es? —dijo señalándome, y luego salió del coche de policía.

—Es sor Holiday —dijo Riveaux con aire de suficiencia—, del colegio Saint Sebastian. Una de las profesoras de Prince Dempsey. Aceptó ayudar a identificarlo.

—No puede ser... —El policía soltó una carcajada—. ¿Ella? ¿Una monja? —Me señaló—. Si parece una de esas bolleras indigentes que detengo en Bywater. Hoy una intentó rajarme con una botella rota.

—Quizá el Señor debería rajarle —dije sonriendo.

—¡Usted no puede decir esas cosas! Es una maldita monja. —El policía dio un paso atrás y tropezó, y yo me dirigí hacia el coche de Prince, sintiéndome más alta, más fuerte. Dura como el mango de un hacha.

—¿Qué va a pasar ahora? —le pregunté a Riveaux.

—Ficharán a Prince. Los agentes le tomarán los datos. —Me miró de arriba abajo—. ¿Quiere saber lo que pienso?

—No.

—A una parte de usted le gustan las persecuciones.

—Solo quiero ayudar —mentí.

Me había encantado la persecución. Incluso la alocada manera de conducir de Riveaux. No solo la velocidad, sino la violencia de todo ello. Me gustaba saltarme los semáforos en rojo a toda velocidad. De cabeza al precipicio. Rasparse la piel lo suficiente para quemarse y no sangrar. La investigación a veces era imposible, una búsqueda condenada al fracaso. Era algo divino, en realidad. Una hermosa maldición. Como una plaga de langostas. Como besar a una mujer casada.

Mientras el fotógrafo forense sacaba el objetivo de su cámara para retratar la escena, me asomé otra vez al interior del coche y una punzada de celos se apoderó de mí. Años atrás, un bote de pintura en aerosol, un cuchillo, cigarrillos, una pistola y varios fajos de dinero en efectivo habrían sido irresistibles. Si el sacrificio te acercaba a Dios, yo ansiaba poner un poco de distancia.

14

La misa del viernes por la mañana estaba abarrotada. No quedaban asientos libres en los bancos, así que los fieles se acumulaban en los pasillos. Si la Diócesis hubiera tenido un mínimo de decencia, no habría ocupado el sitio de los feligreses. Pero allí estaban, delante y bien en medio. El padre Reese predicó en su homilía que había que plantarle cara al miedo y no permitir que el fuego nos controlara. La marioneta del Padrino. Sor Augustine cantó con especial vigor. La luz se derramaba a través de los vitrales, convirtiendo las escenas sagradas en una imagen de vívidos colores. Me acordé de mi madre, de cómo entonaba los himnos en la iglesia, avergonzando a Moose pero inspirándome a mí. Mamá tenía una voz horrible, demasiado nasal, pero cantaba con una convicción enorme, con todo su ser, desnudando su alma, su esencia imperfecta y rara como una piedra preciosa nacida en el fuego de las entrañas de la tierra. Recuerdo el día de mi primera comunión: tenía ocho años y llevaba un vestido blanco que era un horror de volantes, como un tapete gigante. Pero sentarme junto a mamá fue mágico. Cantamos juntas y sentí que mi corazón se transformaba. Fue la primera vez que recé de verdad y noté que mis palabras conectaban con Dios, que llegaban a lo divino canalizadas a través de mamá. Ese viernes por la mañana, mientras rezaba por Prince Dempsey, por Jack, por sor T e incluso por sor Honor, volví a sentir a mamá. Las cosas eran diferentes. Dios quería —necesitaba— que yo estuviera allí. Para que me mantuviera fuerte. Para que desentrañara el misterio.

Recorrí una docena de veces el aula, arriba y abajo, mientras le enseñaba a cada alumno —excepto a Prince Dempsey, ausente— sus fallos y cómo corregirlos. Tocaban de forma vacilante, contenida y torpe, pero emitiendo igualmente un ruido glorioso. Las cuerdas de la guitarra me ayudaban a mantener unidas mi vida anterior y la nueva.

En el aula que compartíamos, Rosemary Flynn y yo evitábamos las conversaciones triviales.

—Jonah, ¿cuál es la distancia entre la Tierra y el Sol? —preguntó Rosemary a uno de sus alumnos.

Jonah miró por la ventana y yo seguí su mirada hasta el sol de neón.

—Uf, está superlejos.

—Dimos este tema en la última clase. —Rosemary ladeó la cabeza. Era una buena profesora, pero eso no significaba que sus alumnos fueran buenos estudiantes.

—¡Hay una distancia media de ciento cincuenta millones de kilómetros! —exclamé desde el otro lado del aula.

Los alumnos de ambos lados se giraron en mi dirección.

—¿Cómo lo sabe? —preguntó Rosemary.

—Lo explicó en la última clase. Y lo pone ahí, en el póster que colgó sin permiso en mi pared. —El póster del sistema solar de Rosemary parecía de 1955, era vintage, pero no en el sentido guay del término.

—En efecto —dijo Rosemary, que con su jersey de cachemira ajustado a rayas blancas y negras y sus perlas blancas me recordaba a las chicas ricas de Nueva York a las que yo tanto odiaba. Llevaba el cabello pelirrojo recogido en un moño tirante. Mientras yo observaba sus hombros tensos (¿era por curiosidad o irritación?), se me cortó la respiración, como si una mano fuerte me hubiera agarrado la garganta y me hubiera apretado el pulgar contra la tráquea. Mi reacción me confundió. Había pasado mucho tiempo intentando ignorar a Rosemary Flynn. Tratando de ignorar su cuerpo.

Pero nuestros cuerpos son sagrados y están destinados a ser compartidos, al menos durante un tiempo. Jesús llegó a nosotros en forma humana. Durante la comunión, la hostia se transforma sobre nuestra lengua en el cuerpo y la sangre de Jesús. Transubstanciación. Cubrir mi cuerpo con tinta también era un gesto sagrado. Sí, claro que la aguja dolía a veces. Pero debía doler. La salvación requería sacrificio. «El dolor es algo pasajero», decía siempre sor Augustine, «pero Dios es eterno».

Rosemary escribió en la pizarra, haciendo chirriar la tiza a cada trazo: «Radiación solar, vatios por metro cuadrado (W/m²)». Estudié su letra para ver qué podía revelar, aparte de su irritante perfeccionismo. El análisis de la caligrafía era como un test de Rorschach. Una herramienta poco tecnológica, sin duda, pero podía revelar rasgos de la personalidad, tendencias, hábitos y sesgos criminales. La letra de Rosemary era uniforme. Muy controlada. Mientras la observaba en la pizarra, escribiendo muy concentrada, con la espalda asombrosamente recta y amenazadora como una daga de acero fundido, comenzó a despertar mis sospechas y a excitarme cada vez más a cada segundo que pasaba.

—Rutina de calentamiento.

Les puse un ejercicio fácil a mis alumnos para ocuparles diez minutos y así poder reescribir mi lista de sospechosos. La saqué del cajón del escritorio y me puse manos a la obra. No bastaba con hacer listas. Tenía que reescribirlas para fijar el contenido en mi cerebro, igual que se recita una oración una y otra vez para memorizarla y metabolizarla.

Intenté ordenar los nombres de los sospechosos según el nivel de probabilidad, pero me quedé atascada, navegando en un mar de posibles culpables. Jamie y Lamont habían visto o hecho algo, pero no abrían la boca para protegerse mutuamente. Eso podía jurarlo sobre la Biblia. Prince Dempsey seguía detenido después de la persecución. Era exasperante, un delincuente reincidente, y sus coartadas no se podían comprobar. Los que más ganaban inculpándome eran los profesores y la Diócesis. Sor Augustine había peleado para que entrara en el convento, pero a sor Honor y a Rosemary Flynn les habría encantado verme de vuelta en Brooklyn o cumpliendo condena en la cárcel.

Pero de ahí a cometer un asesinato... ¿Quién de nosotros se atrevería a cruzar esa línea infranqueable?

Ese mismo día, en la sala de profesores, entre una montaña de papeles y tazas de café turbio a medio beber —el brebaje especial de sor Honor sabía a rayos—, los profesores discutían la elección del *Libro de Judit* para la Maratón de Lectura, el programa de lectura de nuestro colegio. Cada año, todos leíamos el mismo texto. Luego nos reuníamos para discutir su relevancia contemporánea y debatir sus interpretaciones. La Diócesis daba a Saint Sebastian una subvención para este programa, pero nosotros elegíamos el título. Era una de las pocas fuentes de financiación externa que nos quedaban.

Oír hablar de algo diferente a los incendios supuso un alivio momentáneo.

Para mí, Judit era la quintaesencia de la *riot grrrl*. Era un libro deuterocanónico, pero ¿quién podía negar su legado feminista? Judit había decapitado a Holofernes para salvar a su pueblo. Una zorra fría como el hielo.

Me levanté y estiré los brazos mientras John le resumía el libro a Bernard, que estaba arrodillado en la alfombra arreglando el tambor de la impresora.

—Como habrás adivinado —dijo John—, la historia trata de Judit, una viuda muy valiente.

—Soltera y lista para comerse el mundo —comentó Bernard y guiñó un ojo.

Asentí con la cabeza. Bernard soltó una risita y sor Honor nos fulminó con la mirada.

—Judit sabe que el ejército enemigo quiere destruir su ciudad natal —continuó John—, así que parte con su leal criada rumbo al campamento de Holofernes, el general al mando del ejército enemigo.

—Para eso hay que tener pelotas —intervino Bernard.

—¡Bernard! —exclamó sor Honor.

—Bueno, desde luego hay que ser valiente —improvisó John, tomándose algunas libertades con la historia—. Se acercan a Holofernes. Él se siente atraído por Judit. Ella se gana su confianza. Una noche, Judit entra en la tienda de Holofernes y le da a beber vino. Allí está él, cociéndose en la cama, completamente borracho.

—Me ha pasado una o dos veces. —Bernard y yo volvimos a intercambiar una sonrisa.

Sor Augustine estaba sentada en silencio, corrigiendo una pila de exámenes. O rellenando papeles. Desde el otro extremo de la sala era difícil saberlo. A su lado, sor Honor me miraba entrecerrando los ojos, observando cada uno de mis movimientos con un desprecio exultante, como si yo fuera una araña peluda atrapada detrás de un cristal.

—Mientras Holofernes yace allí, borracho, con los labios manchados de vino, Judit, con ayuda de su doncella, ¡lo decapita!

—Llama al 911 —bromeó Bernard—. El tío va a necesitar una tirita. Y grande.

—Entonces Judit les lleva a sus compatriotas, que están acojonados, la cabeza de Holofernes. —John dio varios sorbos a su termo, entusiasmado—. Como un trofeo.

Aproveché la distracción del grupo para echar un vistazo al botiquín que había junto a los filtros de café, una caja que a menudo saqueaba en busca de aspirinas cuando Ryan Brown o Prince Dempsey me ponían la cabeza como un bombo. Rosemary me miró de reojo mientras me levantaba y cruzaba la habitación. El rollo de gasa había desaparecido.

Otra razón para creer que el culpable era un profesor o la Diócesis, aunque cualquier persona que hubiera estado dentro del edificio podría haberlo cogido. Otra razón para seguir buscando respuestas.

¿Mi método de investigación? Escudriñarlo todo. ¿Agotador? Ya dormiremos cuando estemos muertos.

—Hasta Prince Dempsey puede que se anime a leer este texto cuando se entere de lo explícitamente violento que es —dijo Rosemary.

—Como si supiera leer... —murmuré, provocando que Bernard soltara una carcajada.

—¡Sor Holiday! —Sor Honor escupió saliva al hablar—. ¡Cómo se atreve a menospreciar a un alumno!

—Rosemary Flynn acaba de insinuar, literalmente, que Prince es analfabeto.

John se enjugó el sudor de la frente y continuó:

—Los asirios, tras perder a su líder, huyen de Israel. —Alzó la voz, casi hasta gritar—: La ciudad está a salvo. ¡Judit gana!

—¿Que ella gana? —Rosemary frunció los labios—. Pues muere sola.

—No estaba sola. —Sor Honor hizo la señal de la cruz—. ¡Estaba con Dios!

—A lo mejor a Judit le interesaba más estar con su criada, ¿lo pillas? —dije, asintiendo en dirección a Bernard, que sonreía como una calabaza de Halloween—. Utilizó sus artes femeninas para engañar a Holofernes mientras las damas se pulían el vino juntas en la cama.

Sabía muy bien lo que teníamos que hacer las personas queer para sobrevivir. Pasar de lo que te digan. Tragar. Chupar una polla. Lo que hiciera falta. Lo que fuera para lograr tus fines.

—¡Basta! —Sor Honor se abalanzó sobre mí y me arrinconó contra la pared—. Judit no era lesbiana. —La palabra se le atragantó—. ¡Judit era una verdadera creyente! —Me chilló en la cara y su aliento a cadáver manchó el aire y mi alma—. ¡Judit habría hecho lo que fuera por Dios!

Levanté la barbilla y apreté el puño.

–¿Lo que fuera? –repliqué, haciendo crujir mis nudillos enguantados–. ¿Como quemar un colegio?

Sor Honor acercó su rostro ajado al mío. Sus ojos marrón podredumbre destilaban puro odio.

–Hermanas –rogó nuestra madre superiora–. Por favor.

–Ni se atreva... –me siseó sor Honor con los dientes apretados.

–¿Qué? ¿Por fin la han llamado a declarar? ¿Cuáles son sus coartadas para los dos incendios?

No me esperaba una reacción así. Siempre había sido una aguafiestas, pero aquello era una agresión en toda regla. Tal vez era capaz de incendiar el ala este. De empujar a Jack por una ventana y condenarlo a morir abrasado.

–¡Basura! –Me empujó. Estaba muy enfadada, roja como una brasa.

Estupefacta, retrocedí a trompicones, pero enseguida recuperé el equilibrio. Fue glorioso ver a sor Honor perdiendo los papeles. «Pégame», pensé. «Pégame tú primero para que pueda devolverte el favor».

–Sor Augustine nunca debería haberla dejado entrar en la orden. –Con un rápido movimiento me arrancó el pañuelo, y las alas batientes de mi paloma tatuada quedaron al descubierto–. ¡Veneno! Eso es todo lo que es.

Le arranqué el pañuelo de las manos sudorosas.

–Soy mayor que todos ustedes. –Sor Honor dio unos pasos hacia atrás–. He dedicado mi vida a la orden, a la palabra de Dios. Nunca sabrán cuánto he sacrificado.

–¡Basta ya! –nos ordenó sor Augustine con la firmeza de una madre que media entre hermanos que se pelean en el asiento trasero del coche familiar–. Qué impropio, qué indigno de nuestra orden.

—¡Esta mujer es imposible! —Sor Honor se enjugó la frente, con ira renovada–. ¡Siempre provocándome!

Sor Augustine colocó con calma su mano sobre el hombro firme de sor Honor.

—Sé que es protectora de la Palabra, pero, por favor, todos merecemos la redención. Estamos en el mismo equipo.

—¡Yo no estoy en su equipo! —chilló sor Honor–. Judit hizo lo que Dios le pidió. —Hundió la barbilla, arrastrada por el peso de la gravedad–. Cuando Dios habla, debemos escuchar.

Sor Augustine asintió.

—Sacrificio.

Las miré primero a ellas y después a todos los presentes en aquella sala llena de humedad.

—Quiero saber las coartadas de todos. Es para mi investigación...

—Su obsesión —dijo sor Honor.

—Mi investigación. —Enderecé la espalda–. ¿No quiere saber quién está detrás de los incendios y las muertes? Coartadas. John, empiece usted.

John se ajustó las gafas.

—Bueno, vale. Yo... —titubeó— estaba con mi familia la noche del primer incendio.

—Yo también estuve con John —dijo Rosemary, con un temblor imperativo o medroso en la voz–, ¿te acuerdas?

—Por supuesto. —John sonrió–. Llevé a Rosemary a casa después de nuestra reunión del domingo por la noche, antes de volver con Kath y los niños para cenar.

—Cuando se declaró el incendio de la cafetería, yo estaba en la biblioteca —añadió Rosemary.

—Yo igual —se sumó John—, yo también estaba en la biblioteca del colegio.

«Qué coincidencia más rara», pensé. Aunque no era imposible.

—Nosotras estábamos rezando durante los dos incendios —dijo sor Augustine, señalando a sor Honor.

—Rezando, sí, durante los incendios —confirmó sor Honor. Demasiado ocupada en hacerse la santa, apenas escuchaba. Sonrió con condescendencia. Sentí un hormigueo en los puños, de tantas ganas como tenía de pegarle en la cara. También sentí lástima. Sor Honor era inflexible, pero bajo su velo parecía inestable, una niña asustada llorando sola en la oscuridad.

En eso consistía llevar dos vidas. En el convento, en el aula, en el escenario, eres la versión intachable, la santa, la superheroína. Pero por dentro todos somos iguales. Corazones que quieren pertenecer a algún sitio. Algunos harían cualquier cosa por sentirse menos solos. Novatadas. Alabanzas. Odio. Decapitación. Lo que fuera. Cuánta presión había en mi nuevo hogar, en esa ciudad donde coexistían la magia y el trauma. Cuando no era un huracán arrastrándonos al golfo de México o el encarcelamiento masivo de personas racializadas, eran las plagas de hormigas rojas y de termitas. Monstruos del pantano contraatacando.

—El domingo por la noche estaba en casa, ensayando con mi grupo —dijo Bernard—, como ya ha confirmado la policía. Y todos fueron testigos de mis valientes esfuerzos por extinguir el incendio de la cafetería.

Pero el resto ya no escuchaba a Bernard, porque se habían puesto a hablar sobre la inminente visita de la Diócesis.

—Voy a hacerme un tatuaje de Judit —dijo Bernard mientras me sentaba a su lado. Yo tenía las manos como cables de alta tensión, electrizadas por el rifirrafe—. Me voy a tatuar su nombre. Justo aquí. —Se puso el índice en el pecho, cerca del corazón.

—Yo también me tatuaría a Judit en el corazón —susurré—, pero no me queda piel. —Volví a anudarme el pañuelo—. Ni dinero.

—Oh, por favor —dijo—. Yo te lo presto. Cuando quieras.

15

El resto del viernes fue una nebulosa de rabia salpicada de santurronería.

Estaba alterada por mi pelea de gallos con sor Honor, tan nerviosa que rompí dos cuerdas de la guitarra. Lo último que quería era sentarme en una reunión de profesores, pero los caminos del Señor son inescrutables. O algo parecido.

Sor Augustine había organizado la reunión tras una acalorada conversación con la Diócesis. Era el momento de poner al día a la comunidad docente sobre el estado de la investigación. Habían pasado casi dos semanas desde el primer incendio. La policía había terminado por fin sus interrogatorios: doscientos sesenta estudiantes y dieciocho miembros del personal. Y Prince Dempsey seguía detenido por una orden de arresto pendiente.

Después de las clases, entramos a regañadientes en el auditorio y tomamos asiento. Vi que Rosemary Flynn estaba sola y me senté a su lado.

—Hola. —Me quité los guantes para pelar una mandarina.

—¿Qué quiere ahora? —preguntó Rosemary, sin apenas mover los labios, con los ojos fijos en mis manos sin guantes y mis nudillos tatuados. Lo único llamativo era su pintalabios rojo, el resto rezumaba discreción.

—Solo quería saludarla —le dije, mientras ella abría un libro de texto, *Principios de química*—. Ahora le toca a usted saludarme a mí. Así es como funciona.

—Hola.

Rosemary Flynn, el único frente frío de Nueva Orleans.

—¿Viene aquí a menudo? —le pregunté, inclinándome hacia ella.

—Necesito tranquilidad —dijo recogiendo sus libros, y se sentó tres filas más atrás.

Pasé la lengua por mi colmillo dorado mientras la observaba reubicarse. Una vez que se sentó, se volvió hacia mí. Rápidamente apartamos la mirada la una de la otra.

John Vander Kitt se colocó a mi derecha, sorbiendo café de una taza que había bajado de la sala de profesores. Nunca le faltaba el café, ni siquiera cuando hacía un calor sofocante.

Bernard se dejó caer a mi izquierda y deslizó su caja de herramientas bajo el asiento de delante.

—*Aloha* —me dijo. Llevaba el mono vaquero remangado y el pelo largo y negro recogido—. ¿Cómo está Kathy? —le preguntó a John inclinándose por delante de mí.

—Nos hemos pasado a una silla de ruedas inteligente —respondió John con la cara radiante—. Es como un coche. Va conectada a internet y Kath puede controlarla con la voz. Hasta puedes escuchar música. Yo no sé manejarla, el día que la probé en el pasillo casi me estrello. Pero a Kathy le encanta. Los dos procuramos sacarle todo el provecho a la vida —dijo—. ¿Qué otra cosa podemos hacer?

—Esto está bien —dijo Bernard asintiendo muy serio—. Muy bien, tío. Hay que ser positivo. Os lo tenéis que tomar con calma. —Intentó chocar el puño con John, pero John no entendió el gesto y en lugar de hacerlo sostuvo el puño de Bernard con las dos manos, a centímetros de mi cara.

La mujer de John, Kathy, tenía ELA. Sus hijos gemelos, Lee y Sam, habían abandonado sus carreras prometedoras como buscadores de localizaciones en Hollywood para volver y ayudar a cuidar a Kathy. John Vander Kitt podía hablar de cualquier cosa —era capaz de convencer a un perro hambriento de que se bajara de un camión cargado de carne—, pero sobre todo le gustaba hablar de Kathy.

Grogan, Decker y Riveaux llegaron y se sentaron en la fila de delante. Sor Augustine se acercó a ellos sosteniendo un montón de papeles en sus brazos delgados.

—¿Qué más podemos hacer para ayudar en la investigación? —le preguntó a Riveaux con voz cansada.

Riveaux reflexionó un segundo.

—¿Hay alguien más a quien podamos interrogar? ¿Trabajadores a tiempo parcial? ¿Suplentes? ¿Entrenadores?

No habían avanzado nada.

—Creo que ya ha hablado con todos —respondió sor Augustine—. Y ya no tenemos entrenadores. No hay fondos. Hay pocos alumnos matriculados.

—Qué situación más deprimente —comentó Grogan—, la gente pierde el rumbo y cría a sus hijos lejos de Jesús.

—Bueno, si se le ocurre alguien más, háganoslo saber —dijo Decker bruscamente.

Por la forma en que sor Augustine asintió, parecía apreciar la convicción de Decker.

—Nos aseguraremos de que usted y su equipo tengan todo lo que necesitan.

—Es una auténtica profesional —le dijo Grogan a Decker cuando sor Augustine se hubo marchado—. Ha sido directora de este centro desde el principio de los tiempos, desde que yo era un niño.

—Toma —me susurró Bernard colocando un grueso rollo de billetes de dólar en mi cáscara de mandarina.

—¿Para qué es esto? —pregunté—. Debe de haber cien dólares por lo menos.

—Para tu tatuaje de Judit.

Tragué saliva, casi ahogándome.

—Estaba bromeando.

—Yo no. —Parecía enfadado. Parpadeó; sus pestañas eran tan negras y tan largas que proyectaban sombras sobre su rostro bajo los fluorescentes—. Hicimos un trato. Yo me he hecho el mío durante la hora de comer. —Se bajó el mono y dejó al descubierto la piel del pecho, y vi el contorno hinchado de unas letras ligadas que formaban la palabra «Judit» bajo un vendaje transparente—. Ahora te toca a ti, hermanita.

Metí el dinero de Bernard en el bolso.

—Lo discutiremos más tarde. —La entrometida de sor Honor podía oírnos, así que no quise extenderme.

—Seguro que aquí nos dan las uvas. —Una voluta de vapor del café empañó las gafas de montura metálica fina de John.

—El pirómano se delatará pronto —dije—. Lo intuyo. En algún momento se derrumbará.

—Olvídate del detective del colegio —sonrió Bernard—, ¡tenemos a nuestra propia Judit aquí!

En el escenario, Riveaux parecía confusa ante el micrófono.

—¿Esto funciona? —Su voz sonó chillona—. Probando...

—¡La oímos! —gritó alguien desde el fondo del auditorio.

A continuación sor Honor soltó un estornudo cómico.

—La mayoría de ustedes ya me conoce, llevo unos días rondando por aquí. Pero para los que no me identifiquen, soy la investigadora de incendios Magnolia, Maggie Riveaux, del Departamento de Bomberos de Nueva Orleans.

—¡Por favor, vaya al grano! —intervino sor Honor—. Los padres están asustados y tenemos exámenes oficiales que hay que preparar.

Riveaux se aclaró la garganta.

—Se han producido dos incendios provocados en sus instalaciones. Hay dos cadáveres. Alguno de ustedes sabe algo y ha optado por guardar silencio. Aunque no les parezca relevante, no oculten nada. Podría ser una prueba valiosísima para nuestra investigación. El detective Grogan y la sargento Decker de Homicidios están trabajando día y noche para...

—Es muy locuaz, desde luego —susurró John mientras Riveaux se iba por las ramas.

—Señoras, señores, hermanas, hermanos —dijo sor Augustine, que había subido al escenario y tomado con calma el control del micrófono—. Por favor, presten toda su atención a nuestras fuerzas del orden.

Ahora era el turno de la sargento Decker.

—Gracias, hermana. El Departamento de Policía y el obispo recomiendan el toque de queda en el centro hasta que sepamos algo más.

Todo el mundo se puso a refunfuñar.

—Escuchen, no queremos asustarlos. Pero hemos recibido una amenaza bastante creíble —dijo la sargento Decker. Los asistentes ahogaron un grito. Ella añadió—: Han amenazado con provocar otro incendio. Por la seguridad de todos, desde el anochecer hasta el amanecer, y hasta que detengamos al pirómano, nadie debe permanecer en este edificio. Por la noche, quédense en casa a menos que sea absolutamente necesario.

Bernard se levantó de un salto.

—Esto es Nueva Orleans. ¡Tenemos que ser libres!

—No revelaremos la naturaleza exacta de la amenaza, pero deben saber que nos la estamos tomando en serio.

—Deberíamos oponernos a esto —dijo Bernard con convicción.

Le agarré del brazo, tirando de él hacia su asiento.

—Está bien que haya toque de queda —dije—. La gente está aterrorizada.

—¿Por qué ahora —se quejó Bernard—, dos semanas después de los incendios...?

—Repito que el toque de queda afecta solo al centro —dijo el detective Grogan por el micrófono con voz meliflua—. No se equivoquen, un pirómano está amenazando su colegio, su iglesia, su convento y la rectoría, y potencialmente a toda la comunidad católica de Nueva Orleans. Los colegios e iglesias católicas están en peligro, y, bueno, es lo que vuestro obispo ha pedido. —Grogan adoptó un tono más informal. Cambio de registro. Yo conocía bien el truco—. La amenaza que hemos recibido es real. No den nada por sentado. Ni un detalle.

—¿Alguna pregunta? —Riveaux señaló a los asistentes desde el escenario—. ¿Preguntas? ¿No? Muy bien. Estén alerta. Mantengan los ojos abiertos. Sean valientes y empiecen a contarles a los investigadores lo que saben. Eso es todo. —Y bajó los siete peldaños de la escalera del escenario con sor Augustine.

222

Me acerqué a John para hablar con él, necesitaba que me escuchara antes de marcharnos.

—¿Cómo era el colegio antes de que la Diócesis tomara las riendas?

Reflexionó un momento.

—Oh, eran días felices. Entonces había energía de verdad. ¡Muchas posibilidades y mucho orgullo! Sor Augustine, sor Thérèse y sor Honor tuvieron grandes éxitos con el programa de becas y... —Hizo una pausa—. Las hermanas siempre han luchado por la justicia social —continuó—. Organizaban actos de reparación en favor de las víctimas de la esclavitud, a favor de la igualdad de género, la sanación holística, el cuidado de los enfermos de sida y contra el agujero de la capa de ozono y el cambio climático. ¡Eran unas verdaderas activistas, y justo aquí, en nuestro colegio! A sor Thérèse y sor Honor las arrestaron después de que se esposaran a la cárcel parroquial.

«Qué tías», pensé.

—¿Por qué protestaban?

John arrugó la cara mientras reflexionaba.

—¿En aquella época? Igual estaban pidiendo el cierre de las cárceles. O a lo mejor se ponían a protestar contra las brutales condiciones carcelarias y la pena de muerte. —Hablaba con emoción y convicción, como si estuviera recapitulando las mejores escenas de su película favorita. Mientras seguía enumerando con fruición los logros de la orden y sus roces con la ley, procuré asimilar la idea: las Hermanas de la Sangre Sublime ayudaban a la gente. Yo formaba parte de algo bueno.

Alguien nos estaba jodiendo y yo iba a contraatacar.

Mientras John seguía con su perorata, cogí un cigarrillo del bolsillo, no para encenderlo, solo para sentirlo. A veces la promesa de una cosa es mejor que la cosa misma.

Durante los días siguientes Saint Sebastian acogería una serie de grupos de oración y un mitin. Que se sumarían a los interminables esfuerzos de sor Augustine por mantener la moral alta. En la histeria, la fe volvía a ser necesaria. Hijos pródigos dando vueltas en busca de refugio. De una guía. Una brújula que solo Dios podía proporcionar.

16

El viernes, después de la reunión con la policía, entró en vigor el toque de queda en las instalaciones.

Sor Augustine, sor Honor y yo estábamos sentadas a la larga mesa del convento.

Sor Honor bendijo la mesa y ofreció nuestras oraciones al Señor, a Jack Corolla y a sor T. No sonaba música. Solo el ventilador del techo zumbaba. Escudriñé las paredes, todas vacías a excepción de una gran cruz. El convento, como todas las aulas del colegio, estaba pintado de blanco con un leve toque amarillo trigo, como una hostia.

Pasé la hogaza de pan, horneada por sor Honor después clase. Sor Honor era una tradicionalista en todos los sentidos. Había ingresado en el convento a los veinte años. ¿Cómo sería pasar casi sesenta sin tener relaciones sexuales? Sor Honor me odiaba porque yo había tenido una vida antes del convento. O porque pensaba que yo era una impostora. O por ambas cosas.

Coloqué una gruesa rebanada de pan en su plato y la unté con mantequilla blanda y dorada. El sudor me quemaba las comisuras de los labios.

Sor Honor cogió el plato.

—Ese Bernard Pham ha estado actuando de forma muy extraña: la escandalosa exhibición que le llevó a comisaría, su arrebato en la reunión... —Se pasó la lengua por los dientes—. Preocupante.

—Bueno, ha perdido a uno de sus mejores amigos. —Hablé con la boca llena para molestar a sor Honor—. Un camarada.

—Bernard es un excéntrico, eso es cierto —dijo sor Augustine, después de bendecir por segunda vez su comida. Eso implicaba un extraño momento de duda—. Pero el descarriado necesita sobre todo nuestro amor. Es nuestra tarea conducirlo al camino recto.

—Eso es lo que sor Thérèse creía. —Sor Honor se santiguó—. Sor Thérèse decía que cada hijo de Dios era digno de amor.

—¿Por qué la policía está tan segura de que sor T se cayó? ¿Cómo pueden saber a ciencia cierta que no la empujaron por esas escaleras? —pregunté, intentando provocar una reacción en sor Honor. «Muerde el anzuelo», pensé. «Muérdelo».

—Lo único de lo que podemos estar seguras es del amor de nuestro Señor. —La voz de sor Augustine era tranquila pero apasionada—. Debemos honrar la perfección del Evangelio. Dios confía en cada una de nosotras. —Me hizo un guiño; sus ojos chispeaban como cristales.

Yo nunca había sido un plato fácil de digerir para la comunidad de Saint Sebastian. Apenas con una búsqueda de un minuto en Google te topabas con las letras perversas de mis canciones, imágenes mías y de mi banda en topless en el WYMXN'S PUNK FE$T y quién sabe qué más. Los padres se pusieron en pie de guerra, pero sor Augustine me defendió ante la orden y el obispo. Milagrosamente, la Diócesis permitió mi entrada.

«Todos serán absueltos», decía sor Augustine a menudo. «Practicamos la tolerancia, el progreso redentor y una profunda fe en nuestro Señor. En lo que practicamos nos convertimos».

Lo que los alumnos y padres de Saint Sebastian parecían haber olvidado era que las Hermanas de la Sangre Sublime eran una orden progresista. Sor Augustine había estado esposada más veces que yo, protestando por todo, desde la pena de muerte y la brutalidad policial hasta las caravanas proporcionadas por la Agencia Federal de Emergencias tras el Katrina, que estaban fabricadas con materiales baratos y contenían niveles tóxicos de formaldehído. En una de ellas era donde vivía Prince Dempsey.

Aquel viernes por la noche me tocaba fregar los platos. Llené la palangana de agua jabonosa y sumergí todos los cacharros. Mientras lavaba la ensaladera, miré de reojo a mis hermanas. Oía a sor Augustine cantando una canción por el largo pasillo. Sor Honor estaba repantigada en el sofá del salón leyendo el Antiguo Testamento, hablando de vez en cuando consigo misma.

—Ya ha leído este pasaje, sor Honor —se sermoneaba a sí misma, con voz chillona—. ¡Qué tontería hacer algo así! A usted no le pasaría. ¿Verdad? Verdad.

Qué triste.

Sor T tenía más o menos la misma edad que sor Honor, pero era muy diferente. Alegre.

Me dirigí a la biblioteca del convento, una estantería gigante en el pasillo entre la cocina y el salón. Para resolver el enigma de sor Honor necesitaba más información. Contexto. Historia. Hojeé una docena de libros en busca de detalles. *Hermanas con un solo propósito. Cruzadas de Cristo. Jesús era feminista. Hermanas en Cristo: una historia de las religiosas.* Entonces lo encontré: *Gracia revolucionaria: la historia viva de las hermanas de Saint Sebastian,* escrito en una caligrafía solemne, un tesoro de relatos históricos sobre nuestro colegio y convento.

En el libro había fotos en blanco y negro del profesorado de Saint Sebastian en la época dorada del colegio, en los años sesenta y setenta, cuando la lista de espera de alumnos superaba el número total de los que había matriculados ahora. Allí estaban ellas, la joven sor Augustine Wójcik y sor Honor Monroe, una al lado de la otra, en la primera fila, junto a una docena de monjas, en una foto cuyo pie rezaba: «Hermanas de la Sangre Sublime, 1966». Nunca antes había visto sus nombres completos, ni siquiera en el correo ni en las tarjetas de identificación del colegio. En aquella foto tenían veinticinco y veinte años, respectivamente. Costaba creer que sor Honor hubiera sido joven. Qué vivaces parecían. Sus cortes de pelo, sus ojos dulces, sus expresiones valientes pero respetuosas. Creyentes fervorosas, recién ingresadas en la orden, deseosas de aprender y liderar. Debían de haberse conocido dando clases allí, hacía décadas.

Sor Augustine se convirtió en la directora más joven de la historia del colegio cuando tomó las riendas de la congregación. «Una devota hermana de Marblehead, Ohio», decía el pie de foto de 1966. Como en las fotos de los anuarios, sor Augustine había añadido su mantra: «De entre todos nosotros, los descarriados son los que más se pueden beneficiar de la divinidad del Espíritu Santo. Perdí a mis padres cuando era solo una niña, y el amor de Dios se convirtió en mi familia eterna. Debemos honrar el potencial sagrado de todos los alumnos y creyentes de Cristo nuestro Señor».

Había perdido a sus padres cuando era niña. Pobre sor Augustine. Tal vez por eso se había encariñado con Prince Dempsey. Para salvarle, igual que la salvaron a ella.

Nuestras obsesiones, fetiches, manías y pasiones siempre tienen raíces personales.

Sor Augustine había conseguido superar esa tragedia y llegar a lo más alto, y luego la habían destronado. La especialidad del patriarcado. Pero ella seguía siendo un faro para todas.

Bajo su propia foto, sor Honor había escrito: «Creo con la mayor convicción que vivir la verdad de Dios significa encontrar la redención en todas y cada una de las almas».

Me costaba creer que la sor Honor que yo conocía, tan dura, se hubiera sentido alguna vez tan viva, tan entregada al compromiso individual y a las complejidades de la vida. Quizá la había amargado que los hombres tomaran las riendas de Saint Sebastian después de que las hermanas hubieran sabido llevar tan bien la institución durante años. Quizá era eso lo que había desengañado a sor Honor y la había convertido en una persona pesimista y desanimada, reacia al cambio. Lo que la había impulsado a luchar —dejando a su paso solo tierra quemada— y a destruir cuanto se interpusiera en su camino, incluido el colegio. Un mismo detonante puede impulsar a dos personas en direcciones diametralmente diferentes. Como Moose y yo. «Los pirómanos actúan por venganza, control o dinero», había dicho Riveaux.

Esa noche, después de que sor Honor se retirara a su habitación, a través de su puerta abierta detecté un sonido familiar. El martilleo del bajo, el virtuosismo de la guitarra. Bikini Kill.

Me asomé por la puerta. Ella apagó rápidamente el radiocasete.

—¿Está poniendo mi cinta? ¿Sor Hacha? —le pregunté—. ¿En mi viejo radiocasete?

—Bueno, lo encontré en el armario y estaba intentando comprender las motivaciones de los jóvenes —tartamudeó.

No la creí. Intentaba descifrarme a mí, entender mis motivaciones, tomarme las medidas para que encajara mejor en el marco. Estaba jugando conmigo, pero yo pensaba jugar más duro.

—No pasa nada si le gusta.

Se levantó bruscamente y cerró de un portazo.

Había toque de queda, pero yo necesitaba aire fresco, así que salí con cuidado y caminé ocultándome tras los árboles hasta llegar al banco del jardín del convento. Me senté hecha un ovillo y cerré los ojos. Vudú saltó al banco y ronroneó en mi regazo. Parpadeó despacio, señal de que se sentía segura. Agradecí notar el latido de otro mamífero. Los gatos callejeros eran tan comunes en Nueva Orleans como los vientos huracanados que azotaban el golfo de México. No pertenecían a nadie. Incluso Vudú, que había acabado dependiendo de nuestra comida y nuestro afecto, se alejaba después de un minuto de mimos humanos, atraída por la llamada de la naturaleza, incluso a pesar de baño de vapor subtropical.

En comparación, Nueva York parecía un invierno eterno. Recuerdo cómo me arrastraba hasta el tren a temperaturas bajo cero para ir al taller de reparación de instrumentos y al centro donde daba clases de guitarra. Dos pares de vaqueros, parka, gorro de lana, guantes que me llegaban hasta el codo, y aun así me congelaba bajo el aguanieve. Cada gota helada era afilada como una navaja. Incluso los perros de pedigrí de Nueva York, alegres dandis en los meses cálidos, hacían sus necesidades a regañadientes sobre el pavimento ártico y volvían al trote dentro de las casas. El sol parecía ponerse en cuanto salía. A menudo me levantaba tan tarde que me perdía todo el día.

Pero no hay oscuridad sin luz. Durante los inviernos neoyorquinos, los únicos colores del mundo parecían ser el dorado de mi diente y el de mi pintalabios. El cielo gris era una prisión. Los árboles se alzaban esqueléticos. Me habría encantado poder olvidarme de Brooklyn por completo. Y de la mayoría de los recuerdos que llevaba aparejados.

Como la noche en que mi madre le dio la noticia a nuestra familia. La noticia.

Recuerdo que había encendido un cigarrillo y me había apoyado en la barandilla amarilla de la boca del metro para llamarla por teléfono. Antes de que descolgara, oí el chirrido de mi tren alejándose en la distancia.

—Hola, mamá.

—Holiday —contestó mi madre en tono monocorde, mientras Marple, el gato de la familia, maullaba de fondo—. Nos vemos para cenar. —Me di cuenta de que quería decir algo más, pero se lo calló.

Cena familiar. Algo iba mal.

Más tarde, en casa de mis padres, mamá salió del baño mucho más maquillada que de costumbre. De niña deseaba tener una madre que supiera cómo difuminar la sombra de ojos, que dominara el lápiz de ojos y supiera alargar la longitud de las pestañas. Pero, para mi disgusto, a mi madre nunca le gustó el maquillaje. Durante una década había sido monja católica en Brooklyn, época que reconocía como la más feliz de su vida. Mañanas de estudio eclesiástico y tardes de oración. Una vida pura. Sencilla. Perfecta. Nuestros nombres reflejaban la devoción de mamá. Gabriel por el ángel, el protector. Holiday porque cada día era un regalo sagrado, una fiesta, unas vacaciones. Esta ironía nunca se me escapó: una antigua monja con un hijo gay y una hija lesbiana. Esa era la cruz que tenía que cargar.

Cuando les dije a mis padres que era lesbiana, los dos se echaron a llorar. Entonces Moose también salió del armario. Siempre intentando robarme el protagonismo.

—Sois nuestros únicos hijos —se lamentaba mamá, gesticulando y señalándonos, como si hubiéramos olvidado el árbol genealógico—. ¿Por qué hacéis esto? ¿Para hacernos daño?

—Es lo que somos —dije.

—¿Para esto dejé la orden? —gritó mamá—. ¿Dejé mi vida para esto? Sois unos egoístas.

—¿Qué quieres que hagamos? —pregunté enfadada—. ¿Fingir?

—Nuestros únicos hijos, y nos salen rana. —Papá pensó que me arredraría como Moose y le pediría perdón. Pero no me conocía. Qué poco me conocía—. Dos mocosos egoístas que no tienen respeto por nadie ni por nada.

—Quiérenos como somos —repliqué.

Una sensación de calor me recorrió todo el cuerpo. Miré a Moose, cuyo cuerpo estaba tan inerte como el de un conejito entre las fauces de un terrier. Otro eslabón en el vínculo traumático que me unía a mi hermano.

—Entonces devolved el dinero de vuestra comunión. —Mi padre se puso gallito—. El dinero de vuestra confirmación. Los nombres con los que vuestra madre os bendijo. Devolved también vuestros nombres. Ya os llamáis con esa estupidez de Moose y Goose para irritarnos.

—¡Os odio a los dos! —En ese momento algo se rompió dentro de mí, y así permaneció, roto, durante años—. ¡Ojalá os muráis!

La escena había sucedido hacía décadas.

Ahora era una Hermana de la Sangre Sublime. Rezaba a Dios, daba clases de música, hacía de detective. Nada más. No necesitaba amor, más allá del de Dios y el de mis hermanas. Necesitaba oración. Necesitaba disciplina.

Había ingresado en la orden porque esperaba tomar mejores decisiones. Si no podemos tomar nuestras propias decisiones no somos más que marionetas. Y después de seis meses de servicio consagrado al convento y seis más dando clases de música, Nueva Orleans por fin me parecía un verdadero hogar.

Del mismo modo que protegía las ventanas con tablas antes de una tormenta, encontraría al pirómano y protegería mi hogar. Mi nueva familia. Mi nueva vida.

17

Podía cepillarme los dientes sin espejo, pero la sensación seguía resultándome extraña. Después de hacer gárgaras y escupir el enjuague bucal de menta, me fui a mi habitación, situada en el segundo piso del convento. Frente a la puerta, tropecé cuando mi pie encontró una suave resistencia.

Vudú yacía en el umbral de mi dormitorio.

—Lo siento, gatita. No te había visto. —Debía de haberme seguido desde el jardín, colándose detrás de mí cuando había abierto la puerta del convento.

Era una gata de color negro aterciopelado, salvo por un diminuto diamante blanco en la parte superior de la cabeza. Como los cientos de gatos que deambulaban por Nueva Orleans, Vudú era un animal salvaje pero seguro de sí mismo, con un aire perspicaz y un sentido del humor que me resultaba entrañable.

Ahora yacía completamente inmóvil en mitad de la oscuridad.

Y estaba muerta.

—Oh, Dios mío, no.

En el suelo no había sangre. Ninguna herida que yo pudiera ver. Tenía los párpados completamente abiertos, como si se los hubieran separado a la fuerza. Incluso su pelaje tenía un aspecto extraño.

—¡Vudú! —grité—. ¡Mierda!

Sor Honor irrumpió en el pasillo.

—¡Sor Holiday, estamos intentando dormir! ¿Es usted física o mentalmente incapaz de permitirnos un momento de paz? —Sin su velo, el cabello blanco y reluciente de sor Honor brillaba como una ráfaga de copos de nieve.

—Está muerta. Vudú está muerta. —Roté las manos, como si el movimiento pudiera rebobinar el tiempo.

Desde la escalera del extremo opuesto del pasillo, sor Augustine se acercó como si fuera etérea.

—¿Hermana?

—Vudú está muerta. ¡Alguien ha puesto su cadáver en mi puerta!

—Tranquila. —Sor Augustine bajó la voz mientras se acercaba.

Sor Honor se arrodilló y miró a Vudú.

—Este bicho sarnoso... Era un saco de enfermedades y gusanos, estoy segura.

—Era una criatura de Dios, como todos nosotros. —Sor Augustine pasó por encima de la gata sin vida y entró en mi habitación—. Siéntese, sor Holiday. Se ha llevado un buen susto.

Sor Honor soltó una risa burlona, entró en su cuarto y volvió con una bolsa de basura de plástico negro, que me tiró a la cara.

—Saque esa cosa de aquí.

Me temblaban las manos.

—No puedo deshacerme de ella. Era mi amiga.

—Vaya con sor Holiday —dijo sor Honor, riéndose. Acto seguido estornudó—. Al final resulta que no es tan dura.

Miré a mis dos hermanas.

—Alguien la ha matado para aterrorizarme.

—Ha sido un triste accidente, hermana. —Sor Augustine parecía más joven sin el hábito. Aunque vivíamos juntas, rara vez nos veíamos en nuestras horas libres, esos momentos vulnerables en los que no llevábamos la armadura de tela negra de nuestra orden—. Tiene usted un gran corazón —dijo con una sonrisa de consuelo.

—¿Ha sido usted? —Miré con el ceño fruncido a sor Honor mientras contenía las lágrimas. No quería venirme abajo delante de ella, pero todos tenemos un límite.

—Quiero que respire hondo —dijo sor Augustine—. ¿Se ve capaz de hacerlo?

Asentí con la cabeza.

—Recemos por esta gata, por todas las criaturas de Dios —dijo sor Augustine—. Dios se la entregó a usted por una razón, sor Holiday, para probar su entereza. —Me dio un abrazo—. Sé que es fuerte, pero está aprendiendo hasta qué punto es resiliente.

—Hay que enterrarla —dije persignándome—. Se merece al menos eso.

—Los gatos, qué cosas tan horribles —dijo sor Honor—. Son detestables. Allá donde van llevan enfermedades consigo. Alimañas diabólicas. No lo entierre. Quémelo.

—No más fuego, por favor —dijo sor Augustine santiguándose—. Haga lo que tenga que hacer para que la pobre criatura descanse, sor Holiday —dijo con calma, y luego se marchó a su habitación. Pero yo deseaba que me ayudara, que me abrazara, que me dijera que todo iba a ir bien.

De nuevo sola, cerré los ojos y derramé unas lágrimas silenciosas. No quería que sor Honor me oyera. Contuve la respiración mientras me arrodillaba y envolvía a Vudú con mi toalla. Su pelaje negro azulado ya estaba rígido. Su cuerpo pesaba demasiado poco.

La luna lucía como un medallón de plata mientras transportaba la muerte en mis brazos. Dos coches de policía daban vueltas a la manzana. Con el toque de queda en vigor, no podía permitir que me vieran. Tenía que trabajar rápido. Llevé a Vudú a la esquina más alejada del jardín de Saint Sebastian, más allá del mandarino, detrás del espino de mayo con sus incontables bayas ácidas y del barril de agua de lluvia, los cubos de abono y el mantillo de sor Thérèse. En una parcela de tierra seca que quedaba un poco apartada deposité a Vudú envuelta en la toalla. Una nube de vaho emanó del musgo plateado, como lluvia que cayera al revés.

Retiré la toalla para ver a Vudú por última vez.

No parecía una gata de verdad. Estaba tan irreversiblemente muerta que daba la sensación de que nunca hubiera estado viva.

Fui al cobertizo a por una pala. Encendí la luz. Olía a gasolina de cortacésped. Enseguida encontré la pala a pesar del desorden de Bernard y la organización irracional de Jack: herramientas, bolsas de clavos y de mantillo, recipientes de gasolina rellenables con boquillas Smart-Fill, pilas guardadas en tazas de café vacías del Crescent City Cafe.

Lo irreal del momento me había tocado en lo más hondo. Cavé un hoyo lo bastante profundo para que me llegara a la rodilla. Agitada por el miedo y la confusión, el subidón de adrenalina se combinaba con el desánimo de la pena. Recé por ese pequeño animal que también pertenecía a nuestra familia. Ya eran tres los amigos desaparecidos. «Ave María.

Vida, dulzura y esperanza nuestra. Amén». Envolví bien a Vudú con la toalla y la coloqué en el fondo del agujero, devolviéndola a la tierra. Luego me senté en nuestro banco, con la esperanza de que la policía no se diera cuenta de mi presencia.

«El Señor está con los que tienen el corazón roto, Él salva a los afligidos». Yo tenía el corazón roto, estaba afligida, y eso me acercaba al Señor.

Repetí una y otra vez. «Sálvame. Quédate conmigo, Señor».

Al otro lado de la calle, las ventanas de la iglesia brillaban como gemas iluminadas desde dentro. Amatista, granate, esmeralda. Los serafines favoritos de Jack. Me acordé de los vitrales de la iglesia a la que asistía con mi familia. Me sentaba junto a mi madre en uno de aquellos bancos de madera duros y fríos y observaba cómo las vidrieras captaban y modificaban la luz. Mamá debía de pensar que estaba soñando despierta a un millón de kilómetros de distancia y que no escuchaba al padre Graff. Pero en realidad estaba encontrando un asidero, una guarida. Como una madriguera.

—Holiday. —Mamá me dio un suave empujón con el dorso de la mano—. Presta atención.

Normalmente mamá era comedida en cualquier asunto, ya fuera grande o pequeño. Incluso mientras pronunciaba una sentencia de muerte.

Ocurrió en la casa familiar de Bay Ridge, en nuestro apartamento de protección oficial de dos habitaciones. Recuerdo que estaba abriendo la nevera para coger una cerveza —papá solía tener una Guinness escondida— cuando me detuve al oír la voz de mi madre.

—Os he reunido a todos para anunciar...

239

—¿Qué vuelves al convento? —la interrumpí, pensando que eso la haría sonreír.

—Calla. —Recuerdo los labios de papá deformados por la ira.

Moose negó con la cabeza y se llevó la mano a los labios como si cerrara una cremallera.

—Tu madre tiene cáncer, joder —dijo papá mientras yo miraba un bote de mostaza francesa.

—Dios mío, papá. —Cerré la puerta de la nevera y vi a Moose y a mis padres cogidos de la mano.

—Esa lengua —suspiró mamá, abatida.

Papá y mamá se santiguaron y, al unísono, murmuraron una rápida oración de perdón en voz baja.

Nos sentamos y escuchamos los detalles. A Moose las lágrimas le caían estoicas sobre la barba y el cuello de su camisa de franela. Se limpió la nariz con la manga.

Mamá dijo que había ido al médico. Por lo que creía que era una úlcera. Como la tía Joanie. Demasiadas cenas picantes precocinadas. Pero después de semanas de pinchazos, de una resonancia magnética, de hacer cola para la cita médica siguiente se enteró de que tenía cáncer de páncreas. Fase cuatro.

Yo ni siquiera sabía dónde estaba el páncreas. Mamá tenía sesenta y dos años, había sido monja del Glorioso Amor de María. A todas luces era una santa. Tenía un rostro tan común que hubiera sido imposible describírselo a un dibujante. Su cara era todas las caras. Eso sí, cada verano nos llevaba a un campamento católico en la montaña, el equivalente a un campo de trabajo siberiano, pero en Catskills, aunque todo lo hacía por nosotros. Mamá era un sargento instructor cuyo fin era mantenernos a salvo de la locura de Nueva York. Una vez interrumpió una pelea a navajazos en el metro con sus manos desnudas (jamás se había hecho la manicura). Otra entró en un apartamento en llamas para salvar el álbum de fotos de un vecino ya mayor. ¿Cómo era posible que mi madre, entre todas las personas de este mundo, tuviera cáncer? Alguien se había equivocado.

Era demasiado fácil hundir la pared de la cocina. La golpeé dos veces. Después se me doblaron las piernas, como si me arrodillara ante el altar, y lloré. El lápiz de ojos de kohl negro se me corrió y me manchó las mejillas. Mamá se agachó y me abrazó. Moose y papá, acostumbrados a mi histrionismo, siguieron hablando en la mesa. Las lágrimas me anegaban los ojos. Tenía la palabra *LOST,* tatuada en los nudillos de mi mano derecha, cubierta de polvo blanco de tanto golpear la pared de yeso.

A mamá le quedaban tres meses de vida.

Intentó calmarme, pero yo seguía hecha un ovillo en el suelo, inconsolable.

—No me toques.

Mamá se estaba muriendo y yo no tenía ni idea de cómo sentirme. De cómo decirle que la quería.

Moose me suplicó que me quedara, pero bajé las escaleras de dos en dos y salí de casa. Quería que el frío húmedo de la noche, su oscuridad, me tragase. Abrí el candado de mi bicicleta y me alejé pedaleando, haciendo eses imprudentes entre el caos del tráfico.

El mes siguiente fue una nebulosa de llamadas telefónicas y planes. Comidas de arroz blanco y sopa del restaurante chino de la esquina. Papá corría todo el día de un lado a otro. Moose me gritaba en la cocina y luego se disculpaba entre lágrimas al menos una vez al día. Nos pasábamos el día yendo a la farmacia y a por comida preparada. O a por cualquier cosa. Para fingir que todo era normal durante cinco minutos. Es increíble lo relajante que resulta comprar bastoncillos de algodón y bolsas herméticas cuando todo lo demás es una mierda.

Nadie dormía, salvo mamá, que cada vez dormía más. Hasta que un día dejó de levantarse de la cama. Unas cinco semanas después de la noticia, se quedó inmóvil. Moose y yo la llevábamos al médico. Poníamos sus programas de televisión favoritos las veinticuatro horas: *Matlock*. *Perry Mason*. *El precio justo*. *Las chicas de oro*. *Ley y orden*. Misterios fáciles de resolver. Comedias que le encantaban pero con las que nunca se reía. No comía. Se estaba vaciando por dentro.

—Ya no sabe quién es —le susurré a Moose un día junto al fregadero mientras él lavaba los platos y yo los secaba—, y se está olvidando de quiénes somos nosotros. Déjame llevarla a dar una vuelta. A ver si eso la espabila.

—No seas dramática. —Moose estaba perdiendo la paciencia—. Lo último que necesita es salir de paseo con este frío. Toma. —Me dio un plato mojado—. Seca.

Eso fue la víspera del incendio.

Es algo que ya sucedió, pertenece al pasado, pero no me separo de mis recuerdos: los llevo cosidos como tatuajes. Intrincados. Dolorosos. Vuelven a la vida con un grito cada vez que rezo.

18

El fin de semana se esfumó bajo la carga de las tareas domésticas, cuatro misas y la mirada de odio de sor Honor durante las comidas. Yo no podía dejar de reflexionar sobre... bueno, todo. Y en especial sobre la frase de sor Augustine que había leído en el libro dedicado a Saint Sebastian. Quería entenderla mejor, como ser humano, como hermana, como líder, aprender de ella. La pérdida de sus padres cuando era niña. Una revelación casi imposible de soportar. Tenía la opción de preguntarle a sor Augustine, pero seguía habiendo una barrera que nos separaba. Ella era mi mentora; yo estaba a su cargo. No había sacado el tema durante el año que llevaba en Nueva Orleans, así que probablemente yo debía captar la indirecta.

Sor Augustine y yo estábamos unidas por la pérdida y la soledad. Por las segundas oportunidades de Dios.

El lunes llamé desde el teléfono verde de la cocina del convento al responsable de la única biblioteca de Marblehead, en Ohio. Le había pedido a Bernard que buscara el número de teléfono en su móvil.

—Biblioteca pública —oí decir con voz chillona al otro lado.

Creía que los bibliotecarios tenían que hablar en voz baja.

—Hola, hum..., ¿qué tal? —tartamudeé, pues había perdido la costumbre de hablar por teléfono—. Llamo para... Necesito obituarios. Para leer, quiero decir. —Me sentí como si la estuviera cagando encima de un escenario—. ¿Se puede acceder a los obituarios de las familias de Marblehead?

La bibliotecaria soltó una sonora carcajada.

—Quizá podamos ayudarle, pero antes necesito saber de qué familia y cuándo.

—Claro, claro. La fecha. El nombre.

Estaba sentada bajo el teléfono de pared con el libro de Saint Sebastian en el regazo. Miré la foto de 1966. No tenía ni idea de cómo pronunciar el apellido de sor Augustine, así que lo deletreé:

—Uve doble. Una o con tilde. Una jota normal. Luego ce. Luego i. Y ka. La familia *Washsick*.

—¡Wójcik! —El nombre que pronunció fue *Voichic*, acentuando el *voi*—. Menuda tragedia. La señora Wójcik fue mi maestra en la guardería.

—Sí, muy triste. Oh, entonces, ¿recuerda lo que pasó? ¿El año? ¿Las circunstancias de las muertes?

—Ah, querida, esa fue una historia muy muy triste. —A la bibliotecaria le gustaba repetir las palabras. Soltó un silbido—. Espere un momento mientras voy a la sala de microfichas.

—De acuerdo.

Veinte minutos más tarde, después de que a mí me hubiera dado tiempo de releer tres veces cada una de las páginas que tenía delante, la bibliotecaria volvió al teléfono.

—Allá vamos. El señor Robert Edward Wójcik falleció en 1955.

«1955».

Hice unas cuentas rápidas en mi cabeza. Sor Augustine tendría entonces catorce años.

—Muy bien —dije—. ¿La señora Wójcik murió en el mismo accidente?

—Oh, no, querida. No, no. Sé que tuvo una vida larga. Hasta bien entrados los ochenta. Hasta los noventa, ahora que lo pienso. Se entregó por completo a sus alumnos, al menos durante tres generaciones. Una mujer encantadora, encantadora, la señora Wójcik.

—¿Cómo? No, no. Tal vez estamos hablando de personas diferentes. ¿Puede que hubiera otra familia Wójcik en Marblehead? —Noté que me ardía la cara con el calor instantáneo de la confusión. O de la vergüenza. Es increíble cómo el cuerpo es incapaz de mentir, al contrario que el cerebro.

—No. Solo hay una familia Wójcik, eran un pilar de la comunidad. Hasta que el señor Wójcik se ahorcó en el patio delantero de la casa familiar y...

—¿Que hizo qué?

La bibliotecaria suspiró.

—El señor Wójcik se quitó la vida. No está en la esquela, querida, pero Marblehead es una ciudad pequeña, a la antigua usanza. Todo el mundo se conoce. Se habló de ello durante años. Del señor Wójcik. Pobrecillo. Colgado de una rama del viejo arce. Dicen que fue la bebida lo que lo mató, como a tantos veteranos de entonces. Esos hombres fueron la generación de la Segunda Guerra Mundial, la más grande, ¡y eso es un hecho!

Demasiado aturdida para poder darle las gracias, me levanté y colgué el pesado teléfono.

Estaba temblando, tenía la vista nublada. El ruido del libro cuando lo estrellé contra la pared fue fuerte y monstruoso, como los huesos de Jack al romperse contra el suelo implacable. Como la confianza cuando se quiebra.

Treinta minutos después, sor Augustine me pidió que la acompañara al juzgado. Ese día se celebraba la vista previa del juicio de Prince Dempsey.

¿Por qué había mentido sobre la muerte de sus padres? ¿Qué intentaba ocultar?

Yo era una mentirosa tan hábil como cualquiera, era cuestión de pura supervivencia. Pero sor Augustine era mucho más devota que yo. Si todo era una comedia, ¿qué esperanza nos quedaba?

Pero seguía necesitando pruebas definitivas de la inocencia o culpabilidad de Prince, así que cerré la boca y acepté ir al juzgado con ella.

Caminamos seis kilómetros en un silencio absoluto. Recé y reproduje la conversación con la bibliotecaria una y otra vez en mi cabeza. «Del señor Wójcik. Pobrecillo. Colgado de una rama del viejo arce».

El palacio de justicia estaba delante de la cárcel. Me quedé mirando a sor Augustine, luego la alambrada, sus afilados dientes de tiburón, y me acordé de sor T. De su sonrisa fácil. De la luz que irradiaba y que tanto contrastaba con la deshumanización de aquel edificio cruel.

Echaba de menos tener una hermana en la que pudiera confiar plenamente.

En el vestíbulo, sor Augustine se quedó junto a una máquina expendedora en la que solo quedaba una solitaria galleta de avena de aspecto pringoso. Se había apoyado contra la pared y tenía el rosario en la mano. Yo quería tirar de la manta. Obtener respuestas.

Me sorprendió ver a Riveaux en el juzgado. Quizá estaba testificando en otro caso. O tal vez estaba convencida, como yo, de que Prince sabía más de lo que decía. Ambas perseguíamos al gran villano. Un caso que resolver, dos cuentas que saldar.

Se acercó a mí con expresión curiosa, con un bolso de cuero colgado del hombro y el *Times-Picayune* en la mano.

—Cuando te cae una, te caen todas, ¿eh? —dijo impávida.

El sudor le empapaba la raíz del pelo y llevaba la coleta rojiza muy apretada. La blusa le colgaba de los hombros y de los brazos delgados como pajitas. No había visto a Riveaux desde la reunión. Ahora parecía estar en otra parte, como si tuviera la cabeza perdida en unas turbulentas nubes de tormenta. Las cosas con su marido debían de haber empeorado. Se marchó sin despedirse y entabló conversación con la sargento Decker, que estaba al final del pasillo.

Sor Augustine se acercó con el rosario enrollado en la muñeca, como si fuera una enredadera invasora. Me puso la mano en la espalda para enderezar mi postura.

—Prince nos necesita hoy, necesita que seamos positivas. —Esbozó una sonrisa que normalmente me habría tranquilizado, pero que aquel día me enfureció—. Este es un momento de oración y de amor incondicional. —Pronunció las palabras como si fueran mandamientos.

Retrocedí. Ella avanzó despacio.

Una mujer alta que no conocía entró con paso enérgico por la puerta principal del juzgado. Toda ella era una mancha escarlata: gafas de sol rojas, hiyab rojo, bolso Gucci rojo, maletín de cuero rojo y un par de llamativos tacones rojos que a mi antiguo yo le habría encantado llevar. Destacaba poderosamente sobre el mármol beis del palacio de justicia y dejaba una estela de perfume como si se hubiera caído en una cuba. Me lloraban los ojos. Un aroma invisible pero dolorosamente presente, como el acople de un altavoz.

Observé a la mujer alta intercambiando unas palabras en voz baja con sor Augustine. Dos mujeres, dos velos. Una católica. La otra musulmana.

Pasaron veinte minutos. La parte baja de mi espalda se tensó. Necesitaba café.

Había dos fuentes de agua contiguas a alturas diferentes. Una bandera descolorida y un gran escudo de la ciudad en una esquina. Pasaron dos agentes del Departamento de Policía y uno se detuvo bruscamente para escupir tabaco de mascar en la fuente más baja, la destinada a los niños.

«Servir y proteger», el lema de la policía. Sí, claro. Mi padre trabajaba mucho, pero yo había visto a demasiados agentes sin escrúpulos deleitándose en apalear a gays y trans en Chelsea Piers. ¿Eran unas pocas manzanas podridas o era el propio sistema el que estaba corrupto, un árbol podrido desde la raíz? Nina diría que lo quemaran hasta los cimientos. Que había que empezar de nuevo. Pero incluso si existiera una persona capaz de cambiar las cosas, de llegar hasta la raíz, de abrazar la luz, esa persona no era mi padre. Él miraba hacia otro lado, encubría a sus agentes con ese cuento de la ley y el orden que servía para excusar sus odiosas acciones.

Sor Augustine siguió charlando con la mujer de rojo, que tecleaba en un teléfono rojo deslumbrante con sus pulgares de uñas pintadas de rojo. De los labios de sor Augustine escapaban palabras como «perdido», «compasión» y «segundas oportunidades». Evité el contacto visual con ambas.

Riveaux regresó flanqueada por Grogan y Decker.

—¡Un momento! —exclamó. Se quedó inmóvil, cerró los ojos y olfateó el aire—. ¿Quién lleva Chanel número cinco?

La mujer vestida de rojo levantó la mano.

—No hay nada igual en el mundo —dijo Riveaux—. Una sinfonía olfativa. Un aroma que casi se puede oír. Atemporal pero eterno.

Tal vez Riveaux se enteraba de más cosas de lo que yo pensaba.

—¿Quién es usted? —Decker miró el pañuelo que la mujer llevaba en la cabeza.

—Soy la abogada Sophia Khan, de McDade, Khan y Haheez.

—¿El bufete de la zona alta de la ciudad? —preguntó Grogan—. ¿Qué la trae por aquí, abogada Khan?

—Represento al señor Dempsey. Un caso pro bono. Sor Augustine nos llamó.

Riveaux negó con la cabeza y se enjugó el sudor de las cejas.

—Pro bono... Hay miles de personas jodidas de verdad: esposas que huyen de maridos maltratadores, niños secuestrados, ancianas a las que han atracado... y usted pierde el tiempo con ese cretino.

—El señor Dempsey tiene derechos constitucionales —dijo la abogada Khan. Riveaux y Grogan sonrieron. Decker puso los ojos en blanco.

—No tiene derecho a vandalizar la propiedad ni a resistirse a un arresto —dijo Grogan—. Tenemos grabaciones de su cliente abriendo dos tumbas y vandalizando la catedral más antigua de Nueva Orleans.

—La tecnología tampoco es muy de fiar —lo interrumpió Khan—. ¿Cómo sabemos que el vídeo no ha sido manipulado?

—Está más claro que el agua: el vídeo lo muestra pintarrajeando criptas y pintando con espray el edificio histórico más antiguo de la ciudad —dijo Grogan—. Todo ello con su fiel pitbull blanco al lado.

Khan se recolocó el pañuelo.

—¿Por qué están aquí los de Homicidios?

Decker se secó la nariz.

—Se ha producido una muerte sospechosa en el colegio de su cliente.

—Prince Dempsey no ha sido acusado —dijo Khan desafiante.

—Todavía no —dijo Decker—, pero...

—Lo que significa que no tiene ni una sola prueba. —Khan tenía el discurso ágil de un abogado televisivo—. Pediré la liberación del señor Dempsey bajo su propia responsabilidad.

Grogan bostezó.

—Existe riesgo de fuga.

—Es molesto y siempre está insultando —intervine—, pero no creo que exista riesgo de fuga.

—Oh, genial, aquí la tenemos. —Decker hizo un gesto en mi dirección—. Sor Holiday, la loba vestida de monja.

—Un momento. —Al parecer, la abogada Khan acababa de fijarse en mí por primera vez—. ¿Quién es usted?

—No le haga caso —le dijo Riveaux a Khan—. No es nadie.

«¿Nadie?».

19

Los cargos contra Prince se iban a leer en una de las salas del juzgado. La abogada Khan se sentó a la mesa de la defensa junto a él. El detective Grogan y la sargento Decker se colocaron al fondo, cerca de la puerta. Sentada en primera fila, junto a sor Augustine, yo apreté la punta de la lengua contra mi colmillo dorado. Las fosas nasales de Riveaux se dilataron mientras olfateaba el aire a mi lado.

Khan hojeaba tranquilamente una carpeta.

El ayudante del fiscal, Michael Armando, parpadeó. Era calvo y tenía una barriga cervecera que me recordaba a mis viejos colegas de póquer de Brooklyn. Siempre les vaciaba la cartera. Sabía cómo cubrir una apuesta.

—Señoría —dijo el fiscal Armando—, los hechos fundamentales que rodean la naturaleza de esta conducta ilegal repugnan a la gente de bien de Nueva Orleans.

La jueza de la vista incoatoria era una mujer de mediana edad con un elegante corte de pelo. No tenía ni una arruga.

—Ayudante del fiscal Armando —dijo con un suave acento de Luisiana y mirando por encima de sus gruesas gafas—, ¿podría resumir el documento de acusación? Que sea breve.

—Desde luego. Señoría, el Estado alega que, el 17 de agosto, Prince Dempsey fue captado por una cámara de seguridad dañando tumbas históricas y rociando de pintura roja la catedral de Eau Bénite de Jackson Square, en Nueva Orleans, perteneciente a la Parroquia de Orleans de Luisiana.

—Me alegra saber que la ciudad no se ha trasladado a Alabama —dijo la jueza.

—¿Señoría?

—Sarcasmo, señor ayudante del fiscal. Búsquelo en el diccionario. Continúe.

El ayudante del fiscal se rio nerviosamente. Se percibía la tensión en el ambiente. Quizá Khan lo estaba intimidando. Las mujeres fuertes tienen ese don.

—Como iba diciendo, el Estado acusa al Prince Dempsey de un delito grave de vandalismo, ya que destruyó y vandalizó intencionadamente una propiedad. Dañó dos de las tumbas más antiguas del cementerio de la catedral. Pedimos una condena por delito mayor.

—Delito mayor —le gruñí a Riveaux—. Creía que sería un delito menor.

—Los daños superan los cinco mil dólares —contestó Riveaux con precisión.

—¿Y el cargo de resistencia a la autoridad? —preguntó la jueza, con la nariz metida en una carpeta.

—Sí, sí —balbuceó el ayudante del fiscal—. Hay un cargo de resistencia a la autoridad. Y posesión de una pistola sin licencia de armas.

Observé detenidamente a Prince, atenta a cualquier cambio en su expresión. ¿Cómo reaccionaría a esas palabras? Yo sería su polígrafo humano.

Pero no se inmutó. No contuvo la respiración ni se inquietó. Nada lo perturbaba.

La jueza cerró su carpeta.

—Abogada Khan, ¿cómo se declara su cliente?

—Inocente, señoría —dijo Prince.

—No hay pruebas directas que conecten al señor Dempsey con ningún delito. Prince no se resistió al arresto —declaró Khan—. Ninguna de las pruebas extraídas del maletero del coche pertenece al señor Dempsey, el cual no tenía conocimiento de su presencia en su vehículo. Pertenecían a unos amigos a los que amablemente proporcionó transporte ese mismo día. Además, mi cliente tiene diabetes de tipo 1.

—Yo también —dijo la jueza.

—El día de la detención, Prince Dempsey sufría una bajada de azúcar. Cualquier comportamiento errático e inconsistencia observada fue resultado de su enfermedad crónica.

Prince suspiró audiblemente.

—Señoría —bramó el fiscal Armando—. Poseemos una declaración jurada del técnico de vigilancia municipal que afirma que se trata de imágenes de vídeo de alta resolución y con marca de tiempo del acusado vandalizando un edificio protegido en el registro histórico.

—Señoría —dijo la abogada Khan, que sonrió al interrumpirle—, si me permite.

—Adelante.

—Señoría, doy fe del carácter profundamente respetable de mi cliente, Prince Dempsey. Por favor, observe con atención a este joven. —Prince parecía abatido, con el pelo rubio peinado y recogido detrás de las orejas—. Aunque Prince Dempsey no es ningún santo, es un joven con un pasado desgarrador.

En la sala del tribunal se encuentran hoy dos monjas de la comunidad religiosa de Saint Sebastian, colegio al que asiste mi cliente. –Khan nos señaló a sor Augustine y a mí. Me eché hacia atrás, sorprendida–. La profesora favorita de mi cliente, sor Holiday, y la directora de su querido colegio, sor Augustine, están hoy aquí para apoyarle, como líderes espirituales y tutoras.

«¿Profesora favorita?» Si quería decir profesora favorita a la que atormentar, entonces sí.

La jueza miró a Khan.

–¿Su cliente tiene trabajo? –preguntó.

–Sor Augustine declara que proporcionará al señor Dempsey un trabajo a tiempo parcial como jardinero en el colegio. Prince Dempsey tiene profundos vínculos comunitarios tanto en la ciudad como en la parroquia. Rescata perros y es voluntario en el refugio de animales. Su situación no comporta ningún riesgo de fuga.

La jueza apretó la barbilla contra el pecho y miró a Prince por encima de sus gafas.

–Joven, hoy vamos a ponerle en libertad bajo fianza –dijo, con voz ronca–. Pero depende de usted no meterse en líos, y no puede abandonar el estado.

–Entendido, señoría. –La abogada Khan sonrió y Prince asintió.

–Se levanta la sesión –dijo la jueza dando un golpe de martillo.

Prince interceptó mi mirada y, como si nos miráramos en un espejo, parpadeamos al mismo tiempo.

20

Tras la comparecencia y la liberación de Prince, sor Augustine se marchó con la abogada Khan. Me sentí aliviada de no tener que afrontar su mirada ni volver al convento con ella. En vez de eso, le pedí a Riveaux que me llevara al colegio: necesitaba saber lo que ella sabía.

Pero, durante el trayecto, la noté un poco despistada. Contestaba a mis preguntas complejas con monosílabos. Aparcamos delante del ala este de Saint Sebastian.

Bostezó y dijo:

—Incluso cuando fumo un cigarrillo, necesito un cigarrillo. —Se giró en el asiento del conductor—. ¿Por qué será? —Faltaba la almohada que normalmente ocupaba su asiento trasero.

—Por la adicción —dije.

El altar de la acera dedicado a Jack y sor T parecía haberse convertido en un elemento permanente. Alguien había añadido unas cuantas velas de té y unos cirios más altos. Producían una llama pequeña, contenida en recipientes de vidrio, pero sus mechas revoltosas escupían y chisporroteaban.

Incluso dentro de la furgoneta de Riveaux me sentía observada. Por alguien o por algo, una sombra sin cuerpo.

—Tengo que irme —dijo Riveaux sin la menor emoción mientras giraba la llave y detenía el motor—. Baje. El experimento perfumista de esta noche es mi versión de Dune, de Dior. Un clásico, como una suave brisa marina o una tormenta en la costa. No una tempestad huracanada, una...

—Pare y hable conmigo en serio, aunque sea un momento.

Bajo los guantes, la piel de mis manos comenzaba a arrugarse. Riveaux reajustó el espejo retrovisor y miró fijamente algo.

—Que sea rápido. Estamos como a cien grados.

—Déjeme volver al ala este para echar otro vistazo.

—No. Las escenas del incendio ya están etiquetadas. Las pruebas se han registrado. No queda nada por encontrar. —La voz de Riveaux se volvió áspera.

Había dos coches de policía con el motor encendido en Prytania Street.

—Siempre queda algo por encontrar.

—Estoy demasiado cansada para discutir con usted —dijo frunciendo el ceño—. Si le cuento más cosas, cosas que de todos modos pronto estarán a disposición de la gente y de la prensa, ¿me dejará en paz?

Hice la señal de la cruz.

—Tenemos pruebas, pero ninguna se relaciona con nadie en concreto, excepto con Bernard.

—¿Qué pruebas?

—El guante. Todavía está en el laboratorio.

Suspiré hondo.

—¿Todavía? ¿Y la blusa y la púa?

—Por su propia seguridad, déjelo —dijo con tono severo—. Salga. —Se inclinó hacia mí para abrir la puerta del copiloto.

256

Cambié el calor sofocante del interior de su furgoneta mohosa por la humedad abrasadora de la calle. El cielo palpitaba con venas de un azul grisáceo, como de leche agria. Riveaux se alejó y las luces traseras del vehículo desaparecieron por First Street. Al llegar a la altura del callejón, giré y me dirigí al ala este.

Riveaux me había dicho que lo dejara, pero Saint Sebastian era mi casa. Necesitaba estar sola en el colegio, oírlo respirar, sentir de nuevo dónde se escondían sus secretos. Cada edificio es como una partitura. De la misma manera que el espacio entre las notas crea la canción, yo sabía cómo buscar pistas entre las evidencias.

Desde el primer incendio, había sentido una presencia al acecho. Ojos sin pupilas. Sombras detrás y delante, anticipando mi próximo movimiento. Repasé mentalmente los detalles. El aula del ala este donde había encontrado a Jamie y a Lamont. El cuerpo de Jack precipitándose al vacío. Mi blusa quemada. Sor T al pie de la escalera. Mi púa de guitarra cerca de su hábito. La precisión de todo ello. Química, cálculo.

Había dos policías de servicio, pero parecían distraídos, quizá adormilados por el tremendo calor. Ambos estaban concentrados en su teléfono. Miré a ambos lados de la calle, levanté la cinta amarilla de la escena del crimen y abrí la puerta del edificio carbonizado. Me fijaría más en las cosas si buscaba sola. Seguí el camino de las bombillas deformes, como dedos que señalaban el origen del incendio.

Mi mirada recorrió los libros quemados, la ceniza húmeda, el aislante térmico arrancado de las paredes como un peluche chamuscado y destripado. Rastreé en las aulas, pero no encontré nada. Ninguna pista nueva, ningún detalle nuevo.

En el pasillo, junto a la entrada del aula de español, la clase de sor T, había una puerta estrecha: el cuarto del conserje. Seguramente Grogan, Decker y su equipo lo habían revisado una docena de veces, pero merecía un segundo repaso, al menos. Probé a girar el pomo: estaba abierto. Abrí y oí cómo la puerta se cerraba tras de mí.

Dentro del cuarto, el aire estaba enrarecido y apestaba a disolvente. A menudo los productos de limpieza tienen un olor muy tóxico. Contra la pared había una escalera de cuatro peldaños. La abrí, quité el polvo de los peldaños y subí para ver qué había en los estantes superiores. Pero todo lo que encontré fueron cajas de bolsas de basura gigantes, jabón, pilas viejas con una costra de corrosión y rollos de papel de cocina de tamaño industrial.

Luego algo explotó. La bombilla se había fundido.

Oscuridad total.

Mientras bajaba lentamente de la escalera, oí un sonido metálico. El sonido de una cerradura al girar. Dios mío. Alargué las manos, buscando a tientas el pomo de la puerta.

Finalmente lo encontré y mientras lo giraba murmuré una oración. Pero la puerta estaba cerrada con llave. Intenté girar el pomo despacio, tirando de la puerta hacia mí y levantándola, como hacía con las puertas difíciles en Brooklyn. Nada.

—¡Socorro! —grité—. ¿Hay alguien ahí? ¿Hay alguien ahí? —Golpeé el mango de la escoba contra la puerta—. ¡Hola!

Los policías de fuera nunca me oirían.

«Ave María. No me dejes. Espíritu Santo, basta de chorradas». Me golpeé la frente contra una tubería.

Me quedé sentada en un peldaño de escalera plegada, en la oscuridad, durante lo que me pareció una hora, aunque podrían haber sido tres. Me agoté de tanto gritar. Estaba deshidratada, débil. Recorrí con las manos todas las superficies.

«Madre de Dios, sé que soy un desastre. Solo quiero un poco de luz. No es pedir demasiado. Solo una luz. Yo me encargo del resto».

Al tantear en la oscuridad, mi mano rozó una fría caja metálica. Tomé aire y la abrí. Los objetos del interior me resultaban familiares. Librillos de cerillas. Docenas. Cientos. La caja estaba repleta de ellos. Parecían nuevos, de cartón duro. De alguna manera habían escapado a la implacable humedad de Nueva Orleans.

«Ave María». Saqué un librillo de la caja, lo abrí y palpé la disposición de las cerillas. Arranqué una como había hecho tantas veces. Pensé en todos los fuegos de mi vida, infinitos como estrellas. Presioné el pequeño bulbo de la cabeza de la cerilla contra la tira abrasiva; al frotar se oyó un chasquido y al encenderse dos chispas salieron disparadas.

Bajo ese nuevo haz de luz, escudriñé rápidamente los estantes del polvoriento armario. ¿Por qué tenía Bernard una caja llena de librillos de cerillas? ¿O eran de Jack?

La cerilla se consumía rápidamente, pero la apagué antes de que me abrasara la piel del pulgar y el índice. Volví a sumergirme en la oscuridad y probé de nuevo el pomo de la puerta.

Cerrado.

Intenté pensar en algo luminoso pero tranquilizador para no perder la calma. Algún lustroso destello de memoria. La vela del presbiterio de mi tatuaje de SOR ANTONIA. El cáliz antes de la comunión. Y la sonrisa de mamá.

Al final, mamá estaba tan frágil que prácticamente se me

escurría cuando la abrazaba, sus brazos estaban fríos y delgados como clips. En Brooklyn vivíamos a menos de tres kilómetros de distancia, pero odiaba ir a visitarla. Era como desenterrar la podredumbre de mi pasado. Y había pequeños recuerdos de mi juventud malgastada: la misma alfombra en la que vomitaba, la misma pared a la que daba cabezazos, las mismas malditas novelas de Chandler que releía cuando me castigaban, que era un mes sí y un mes no.

Mis padres eran católicos de segunda generación en Bay Ridge, Brooklyn, con ascendencia irlandesa por ambas partes. Nuestra familia era más de beber y reprimir los sentimientos que de conversar. La mayoría de las conversaciones consistían en tres palabras o menos. Los años que mamá pasó en el convento tuvieron consecuencias concretas en mi vida. No se me permitía traer chicos a casa. Poco sabían ellos que la puerta giratoria de mis «amigas» del colegio, siempre cariñosamente acogidas por mis padres, eran mis vehículos para el sexo, las drogas y el rock and roll.

No salí del armario hasta los dieciséis años. De todos modos, la mayor parte de mi juventud fue un periodo borroso. Una trama difusa, siempre acelerada. Crecer en Nueva York lo precipitó todo. Algunas personas recuerdan cosas desde los dos años, pero yo siempre me sentí como si saltara de lo desconocido al veloz tren subterráneo de la edad adulta.

Nina también era así, como si hubiera corrido tanto que se hubiera saltado la infancia: una piedra rebotando sobre la superficie de un estanque. ¿Qué pensaría ahora de mí?

Después de la boda, la feliz pareja se compró un apartamento en West Fourth. Cuando Nicholas viajaba por trabajo o asistía a alguna conferencia académica, no perdíamos ocasión de enrollarnos. Una noche, Nina y yo practicamos un sexo tan acrobático que rompimos el carísimo somier de su cama. Nos quitamos la ropa tan a lo loco que el botón de la camisa de Nina se me enganchó en el pendiente de aro y estuve a punto de arrancarme el lóbulo. Mi vestido negro acabó tirado sobre la repisa de la bañera.

—No pares. —Nina estaba debajo de mí, clavándome las uñas en el hombro y el brazo. El sudor me empapaba la espalda—. Más fuerte.

—Ahora mismo tus vecinos nos odian.

—Que se jodan los vecinos. Quiero que me rompas —gruñó.

Me besó el pájaro diminuto blanco que tenía debajo de la mandíbula y me acarició los pezones hasta que estuvieron tan duros que podrían partir sin problema un diente. Me pellizcó los dos.

—¡Ay! ¡Zorra!

—Te encanta —dijo.

La amaba. La amaba. Nina sabía lo que yo deseaba antes que yo.

Puso su mano en el centro de mi pecho, sobre mi tatuaje del Sagrado Corazón de Jesús.

—Esto acojona que te cagas.

El corazón en llamas estaba atravesado por espinas y coronado por la cruz.

Rayos de luz divina emanaban del aquella víscera tatuada. El fuego del corazón, el poder transformador del amor. La furia de un cuerpo resucitado.

—El Sagrado Corazón lo popularizaron las monjas.

—Luego me sueltas todo el rollo. —Me besó el cuello y tocó la cruz que colgaba de él—. Si la llevas para alejarme, no funciona. —Parpadeó despacio, se puso la cruz en la punta de la lengua, como para comprobar si era veneno.

—No hagas eso. —Aparté la cruz.

—Tu religión no puede salvarnos. Somos dos monstruos —dijo.

—Dos monstruos muy bellos.

Me agarró de los brazos y me inmovilizó.

Los hombres follan como un profesor de gramática cuando hace un análisis sintáctico: esto va aquí, eso va allí. Preferiría estar muerta antes que ser dominada por un tío. Pero las mujeres son impredecibles; es como tratar de dominar una llama. Cuando Nina me sujetaba y me miraba como si quisiera arrancarme el corazón con los dientes, yo entraba en éxtasis. Encajábamos como dos manos entrelazadas, resbaladizas de sudor.

Se oyó una sirena de policía.

Me moví para ponerme encima, me apoyé en los codos y me balanceé hasta que me ardieron los abdominales. Le pasé la lengua por los dedos, con sus uñas pintadas de rojo rubí. Abrió más las piernas. Levanté sus caderas y deslicé mi lengua dentro.

—Me voy a correr.

—Espera. —Me incorporé de un salto y metí la mano en su cómoda.

Ir a buscar el arnés lo ralentizaba todo. Detener la acción para equiparse con el cuero. Normalmente me lo ponía con Nina. A ella le gustaba, pero yo lo necesitaba. Guardaba sus numerosos y caros juguetes y accesorios sexuales en una caja de metal antigua con una impresión descolorida de *La traición de las imágenes*, de René Magritte. *Ceci n'est pas une pipe.*

Me dio un fuerte golpe en el muslo y el dolor me recorrió la pierna.

—Dámelo.

Y ya estaba otra vez encima de mí. Su pelo me cayó en la cara como un aguacero. Clavé los pies en la cama y me apoyé en los codos para hacer palanca. Una esquina de la sábana bajera se soltó. Una mujer desnuda a horcajadas sobre ti, con los músculos del vientre tensos, cabalgándote. Lo deseas tanto que das gracias a Dios por estar viva. Desnudas a excepción de nuestras joyas y nuestras manicuras. El champán, ya demasiado caliente, en las copas manchadas de carmín sobre el tocador.

—Sí, sí, sí, sí... Voy a...

El somier cedió, el colchón se desplomó por el lado derecho y nosotras caímos hacia el borde. Nos quedamos inmóviles, bañadas en sudor, y luego estallamos en carcajadas sobre la cama inclinada, yo con la cara contra el pliegue de su cuello húmedo. Nina colocó dos libros debajo del somier, pero después de aquel día la cama nunca le proporcionó —ni a ella ni Nicholas, al parecer— una sola noche de sueño reparador.

Me torturé con esos recuerdos durante una hora.

Encerrada en un armario. Otra vez.

Cuando ingresé en la orden, tomé la decisión de liberarme. Me encorvé, apreté las manos contra la parte superior de los muslos y grité en la oscuridad.

Entonces la sentí, palpitando como la luz.

En el bolsillo delantero de mis pantalones negros tenía una púa de guitarra. La saqué del bolsillo y la deslicé por la rendija entre la puerta y el marco. La doblé en sentido contrario, forzando la cerradura. La púa era corta, pero tenía la mezcla justa de flexibilidad y rigidez.

Me apoyé en la puerta y volví a intentarlo. Empujé con todo mi peso mientras doblaba la púa. Justo cuando estaba a punto de partirse por la mitad, la cerradura se abrió. Salí trastabillando. La luz me abrasó los ojos. Miré alrededor buscando a alguien. Pero no vi nada. Ni siquiera una sombra.

21

A la mañana siguiente, antes de la misa, con el subidón de la falta de sueño y la rabia, todavía agitada por lo ocurrido en el cuarto del conserje, busqué a sor Augustine. Quería preguntarle por su familia y saber por qué había mentido. Quería que me mirara a la cara.

La vi rezando junto al altar de la acera.

—Sor Augustine, ¿por qué? —Mi voz sonó tan temblorosa y aguda que me asusté.

Me miró a los ojos.

—Por qué ¿qué? Pregúnteme lo que quiera.

—He visto lo que pone en el libro sobre Saint Sebastian, *Gracia revolucionaria*, lo de que perdió a sus padres cuando era joven.

Se recompuso y se encogió de hombros.

—Todas llevamos nuestra carga, las mía no es ni más pesada ni más ligera.

—Pero ¡no es verdad! Su padre se suicidó, pero su madre vivió hasta los noventa. No entiendo por qué mintió.

—Sor Holiday, no fue así —dijo, y un gesto compasivo se dibujó en su cara mientras enarcaba las cejas plateadas—. Lo ha entendido mal.

—¡Y una mierda! Hablé con la bibliotecaria y me leyó la esquela. Me contó toda la historia.

Sor Augustine se irguió.

—Dije que perdí a mis padres, no que ambos murieran.

Se me encogió el estómago.

—Después de la muerte de mi padre, mi madre anduvo perdida —continuó sor Augustine, con la voz tensa—. Se consagró a la enseñanza y me envió lejos. Era incapaz de seguir con su vida de antes. No confiaba en que el Señor la guiara.

«Joder».

Otra vez mi temperamento impulsivo.

Siempre igual. Estaba tan convencida de que la gente me fallaría que les fallaba primero. Y me los quitaba de en medio.

—Lo siento mucho. —Junté las manos en posición de oración y bajé la cabeza—. Lo siento mucho.

—Sé que usted también conoce la pérdida —dijo—. Nunca es fácil ni sencilla.

Sin saber qué decir a continuación, la abracé y sentí su fragilidad.

—Lo siento. Rezaré por el alma de su padre y por usted.

—No rece por mí. Mi dolor es mi regalo: mi sufrimiento es la prueba suprema del amor de Jesús. Las adversidades me ayudan a ver más y a hacer más. Somos más resistentes de lo que creemos. —Sonrió y me mandó directa a misa.

Sor Augustine, siempre exigente, formulaba preguntas pero también las respondía. Lo que me había atraído de las Hermanas de la Sangre Sublime —además de que era el único convento de Norteamérica que, en mi opinión, quizá consideraría mi candidatura— fue su declaración de objetivos: «Compartir la luz en un mundo en tinieblas». Yo ya había visto bastantes tinieblas, pero sor Augustine hizo que me sintiera bienvenida. Intentaba mantener un pie en la tradición y los ojos en el futuro. ¿Crees que la religión es una mierda? ¿Punitiva? Bienvenido al club. Yo también pensaba eso, incluso como creyente. Pero después de lo que pasó en Brooklyn todo cambió. Necesitaba encontrar una manera de encajar las múltiples contradicciones de mi vida. Dios ayudó a que encajaran. Sor Augustine sabía más de esa cuestión de lo que yo había intuido.

Me metí en la sala de correo del colegio. Un agente ya estaba haciendo guardia en el ala oeste. Le miré mal al pasar y suspiré al ver el nombre de sor T en su casillero. En medio del caos, a nadie se le había ocurrido quitarlo. Su estantería rebosaba de sobres y trabajos de alumnos.

Mi buzón también estaba lleno, pero enseguida supe que algo iba mal. Todos los sobres que iban dirigidos a mí —un trabajo de Fleur para subir nota sobre la escucha profunda, un aviso de la Diócesis sobre el proceso de mis votos permanentes, una carta de Moose, otra de Nina— estaban abiertos.

Caminé a paso ligero hasta la sala de profesores y marqué el teléfono móvil de Riveaux, que había memorizado. Sonó cuatro veces y media antes de que contestara.

—Detective Magnol...

—Necesito hablar con usted. ¿Puede reunirse conmigo en el colegio?

—¿Quién es?

—No me joda —susurré.

—Oh. Es usted. —Tosió—. Dientecitos de Oro. —Su voz era incorpórea. Como si estuviera borracha o medio dormida. Cada palabra iba seguida de una larga respiración. Me recordaba a mí después de una borrachera.

—¿Está colocada o qué?

—No, Dientecitos de Oro. Solo agotada por toda la mierda que tengo que tragar.

—Necesito hablar con usted en persona.

Rosemary Flynn entró en la sala con su delicada taza de té y un carmín color rubí en sus labios de porcelana. Me saludó con la mano, como si quisiera hablar conmigo. Resultaba extraño.

—¿Necesita algo? —le pregunté a Rosemary mientras ella se alisaba la falda de tubo. Tenía una mirada rara. Cuando sus ojos captaban la luz, parecían las hojas de salvia que tanto le gustaban a sor T.

—Bernard estaba limpiando y... —La interrumpí mostrándole la palma de la mano.

—¿Qué? —le pregunté a Riveaux por el auricular del teléfono, que olía a mal aliento y mala suerte—. Pásese. Necesito hablar con usted antes de nuestra reunión de personal.

—Bah, qué demonios —gruñó Riveaux—. No estoy lejos. Estaré allí a las nueve. —Su voz sonaba apagada al otro lado de la línea. Probablemente tenía resaca. Esa parsimonia al hablar y el dolor que percibía en ella me resultaban familiares—. Si no está fuera a las nueve me voy.

—No se preocupe, yo...

Colgó.

En el otro extremo de la sala de profesores, cerca de otro de los carteles de la Maratón de Lectura, oí suspirar a Rosemary. Siempre estaba decepcionada por algo. Se lamentaba de la calidad de los trabajos de los estudiantes (nada excepcional) y del calor al que nunca podría acostumbrarse (inaceptable), a pesar de ser de Nueva Orleans, nacida y criada en el barrio de Seventh Ward.

Estaba a punto de averiguar cuál era la nueva queja de

Rosemary Flynn cuando me fijé en el reloj: faltaban diez minutos para las nueve.

—¿Es algo que puede esperar? —le pregunté.

—Claro —respondió mientras soplaba sobre su taza para enfriar el té.

La furgoneta destartalada de Riveaux llegó al convento exactamente a las nueve de la mañana.

—Suba.

Abrí la puerta del copiloto y me deslicé dentro. Hacía un calor sofocante, como para asar un pollo. El aire rancio del interior apestaba a moho. ¿Dejaba las ventanillas abiertas cada vez que había tormenta?

—Buenos días a usted también —le dije.

El sonido de la radio de los bomberos de Riveaux pasó de ruido de fondo a murmullos. Y acto seguido los murmullos se convirtieron en palabras.

—Mensaje para 217 —dijo la voz grave de la radio.

Riveaux suspiró y pulsó el botón del transmisor con la mano derecha.

—Aquí 217.

—ABT 289. 70114. Tenemos una mujer al lado de la carretera con el 289.

—Repita coordenadas —pidió Riveaux.

La voz del operador se aclaró la garganta invisible.

—De acuerdo, 217. Es un ABT 289 en el 70114. Tchoupitoulas y First Street. Autobús escolar. —La voz hizo una pausa—. Conductora bien, con los servicios médicos. La calle está cerrada. Hay fuego. Repito: fuego activo.

—Salga. —Su tono era fuerte y severo—. Hay otro incendio.

—Voy con usted.

—217 —dijo la voz de la radio—. Confirme sus coordenadas.

—A la mierda. —Riveaux lanzó el cigarrillo por la ventanilla que tenía abierta.

Antes de que pudiera abrocharme el cinturón, Riveaux bajó a toda velocidad por Prytania Street y giró bruscamente a la derecha. Exhaló una nube de humo en el aire veloz.

—Ahora está metida hasta el fondo —dijo—. Compórtese cuando lleguemos a la escena. —Se secó el sudor del lóbulo de la oreja. Un loro verde pasó volando por delante del parabrisas—. ¿Qué demonios era tan importante para tener que decírmelo en persona?

—Me han abierto todo el correo —dije.

—No sea paranoica. Probablemente haya sido por error.

—¿Todas las cartas? Cartas de mi hermano, que está en el extranjero. De mi ex. De la Diócesis. Alguien me encerró en el cuarto del conserje. Alguien tiró mi blusa a la basura. Alguien dejó un gato muerto en mi puerta. Están tratando de intimidarme. De inculparme. Abrir el correo de otra persona es ilegal. Deberíamos denunciarlo.

—¿Nosotras? —dijo riendo—. Tenemos otras prioridades en este momento. —La avenida Saint Charles se desplegaba bajo la furgoneta. Los cables negros de los tranvías formaban altas telarañas sobre los cruces en sombra por los que pasábamos a toda velocidad—. ¿Quién más tiene acceso regular a la sala de correo? —preguntó.

—Todos.

—Bien, bien. —Se rascó el ojo izquierdo—. ¿Los profesores?

—Por supuesto.

—¿Los conserjes? —preguntó.

—Sí.

—¿Los alumnos?

—Claro —dije—. Cuando entregan tarde los deberes o las tareas, lo que pasa muy a menudo.

—Así que, literalmente, todo el mundo en Saint Sebastian tiene acceso a la sala de correo. Se ha equivocado de vocación. Debería haber sido detective, no monja.

Me miré en el retrovisor del copiloto. Al lado de Riveaux parecía un monstruo de feria. Ella tenía la piel clara a pesar de su adicción al tabaco. Yo era un mosaico de piezas, un puzzle que no encajaba, pero que de todos modos estaban unidas. Agujeros enormes aquí y allá.

Nos saltamos un semáforo en rojo y pasamos por delante de un apartamento en alquiler —DOS DORMITORIOS, UN BAÑO, SIN FANTASMAS— y un salón de belleza: RAREZAS Y EXCENTRICIDADES. FILTROS DE AMOR A LA VENTA. Me acordé de sor T. Dejamos atrás a un hombre con un sombrero de vaquero blanco y un mono vaquero demasiado holgado. Pensé que paseaba a un perro sumamente alargado hasta que me di cuenta de que se trataba de un caimán. La criatura, con el rostro congelado en una sonrisa, me guiñó uno de sus ojos húmedos.

—Vamos muy despacio —dijo Riveaux. Había demasiados coches para poder hacer un adelantamiento limpio. Encendió la sirena que llevaba en el capó. Algunos vehículos se apartaron—. El aire está más caliente que un macho cabrío en un campo de chile.

—A mí no me molesta —dije.

—Se queja de todo menos del calor. Incluso con esos guantes. ¿Qué secreto esconde? —preguntó.

—Voy de incógnito.

—Un diente de oro y tatuajes del cuello, ¡eso sí que es ir de incógnito! No necesita llevar guantes conmigo. Sus secretos están a salvo.

—Todo el mundo tiene secretos, y ninguno está a salvo.

Riveaux rebuscó en su bolsillo y sacó un bote de pastillas. Intentó abrirlo a tientas con la mano izquierda.

—Dios, no suelte el volante —dije, provocándole a Riveaux una sonora carcajada.

Finalmente se llevó el frasco a la boca, lo mordió y le quitó la tapa de plástico blanco. Dejó caer una pastilla en medio de la lengua y se la tragó sin agua.

—Un poco pronto para las drogas recreativas.

Se rio entre dientes.

—No se me va la migraña. Me parece increíble que acuda a una llamada de la centralita y usted me acompañe otra vez.

—Dijo que podía acompañarla si le contaba todo lo que veía y oía en el colegio.

—Desembuche, entonces.

—No hay nada que desembuchar —repuse, pero mi voz prácticamente quedó ahogada por la sirena—. Nadie dice nada.

—Entonces no sé de qué me sirve.

Pasamos por encima de un badén y durante un segundo aterrador volamos. Pulsé el cierre de la puerta por decimotercera vez y me ajusté el cinturón de seguridad.

Ir de copiloto con Riveaux me provocaba latigazos cervicales, pero el dolor era divino. Cerré los ojos mientras mi corazón se aceleraba. Riveaux aceleró aún más. La sirena aullaba. Rodeé mi cruz con la palma de la mano. «Dios te salve, Ave María, llena eres de gracia».

El coche se detuvo con un chirrido unos cinco metros por detrás del camión de bomberos número 72, que tenía una bandera americana pintada en la parte trasera.

Una columna de humo partía el firmamento por la mitad. Delante del camión de bomberos, en el lado izquierdo de Tchoupitoulas Street se veía el clásico autobús escolar amarillo. El vehículo escupía llamas sin control. Las letras del lateral del autobús rezaban: COLEGIO CATÓLICO DE SAINT SEBASTIAN.

—No me diga que no es un espectáculo. —Riveaux se pasó la lengua por los labios y corrió hacia cuatro colegas del Departamento de Bomberos, ataviados con casco, tirantes verde brillante y chaquetones ignífugos. Corrían con mangueras de incendios desde un camión de abastecimiento con su propio tanque de agua. No había ninguna boca de incendios cerca—. ¿Dónde está la conductora? —preguntó—. ¿Y los alumnos?

—La conductora está con nuestros paramédicos y se encuentra bien. No había niños a bordo. Ha dicho que el fuego comenzó en la parte trasera del autobús. De la nada. Sin previo aviso.

Me santigüé y envié un beso hacia el cielo.

El fuego arrasaba las dos ventanillas traseras del autobús y estaba devorando el techo metálico.

El aire reverberaba como si hubiera estallado una bomba. Dos neumáticos del lado izquierdo del autobús reventaron y el vehículo se tambaleó. Mientras los bomberos luchaban contra las llamas con mangueras desde ambos flancos y por detrás, el fuego y el humo salían por la puerta derecha del autobús, silenciosos como la lava.

Los faros se hicieron añicos. Me quedé mirando el reflector circular del autobús y me vi doble en su refracción naranja, como un gigantesco ojo ámbar, antes de que el calor lo partiera por la mitad.

Conmocionada delante de aquella escena apocalíptica, mi cuerpo dejó de funcionar y mi cerebro se desconectó. Me miré las manos impotentes. Luego una botella de agua aplastada y sin etiqueta.

Hubo una nueva explosión de neumáticos.

La voz me volvió a subir a la garganta.

—Dios existe y Dios es bueno. Dios existe y Dios es bueno —salmodié.

—¡Si no controlamos a este bicho —le gritó un bombero a Riveaux—, va a explotar todo! Mags, ponte el uniforme y sácala de aquí —añadió señalándome.

—¿Qué va a hacer? —Tosí y seguí a Riveaux, que caminaba hacia atrás.

—Meterme ahí y ayudar a mis compañeros a controlar esta mierda. —Riveaux se puso un par de botas extra, un casco, pantalones y una chaqueta negra larga—. Tiene que alejarse de aquí... bastante. —Me miró primero a mí y después al autobús en llamas—. La cosa se pone seria.

El calor del fuego hacía hervir el aire y de las ventanillas del autobús no dejaba de salir humo negro.

—¡Mags, mueve tu furgoneta! —gritó un bombero.

Otro camión estaba esperando para aparcar y necesitaba que Riveaux diera marcha atrás con su furgoneta.

—¡Hermana, mueva mi furgoneta! —gritó Riveaux.

—No sé conducir con cambio manual. Lo siento —le dije cuando estaba a punto de tirarme las llaves.

—Mierda, hermana. No tenemos tiempo para esas cosas. —Riveaux, tosiendo y maldiciendo para sus adentros, saltó al asiento del conductor para mover la furgoneta.

Las llamas bailaban mientras atravesaban la parte trasera del autobús. La puerta del fondo salió proyectada de lado y quedó colgando de una bisagra ennegrecida.

El poco sol que se colaba a través del humo proyectaba un resplandor maligno sobre las llamas. Si el fuego no es posesión del diablo, entonces no sé qué puede serlo. El fuego se arrastraba sin piernas, como una víbora. Lo habitaba una fuerza demoniaca.

«Oh, Señor. Tú, que tienes misericordia de todos, apártame de mis pecados y en tu misericordia prende en mí el fuego del Espíritu Santo».

Lo que una vez fuera un autobús escolar era ahora un cadáver, una carcasa carbonizada. Las ventanillas sin cristal, abiertas de par en par, le daban el aspecto de un esqueleto asustado. El fuego, insaciable, empezó a devorar el revestimiento de Tchoupitoulas Street.

Riveaux arrancó la furgoneta y pisó el acelerador, pero en lugar de dar marcha atrás para dejar sitio al otro camión de bomberos, salió disparada hacia delante, hacia la parte trasera del camión número 72. Dos hombres saltaron del vehículo.

—¡Riveaux! —gritó un bombero—. ¿Qué demonios haces?

De pie en la acera, vi cómo su cuerpo se precipitaba hacia delante, como empujado por una mano gigante. Su cabeza golpeó el parabrisas con tal fuerza que el cristal se resquebrajó dibujando dos gruesas líneas entrecruzadas. Como una cruz.

22

—¿Por qué demonios pisó el acelerador en primera? —le pregunté a Riveaux en el hospital después del accidente. El collarín le cubría prácticamente toda la cara. Sus gafas descansaban sobre la mesilla de noche—. Podría haber matado a sus hombres. O haberse matado usted.

—No me despediré de este mundo tan fácilmente. Tengo que seguir por aquí para tocarle las narices.

—Sea sincera conmigo. —Intenté sostenerle la mirada—. ¿Había bebido? La absolveré.

Se frotó la sien derecha. Luego la izquierda.

—Estoy agotada.

—¿Se quedó hasta tarde haciendo su Eau d'Imbecil?

—Más bien estoy cansada de pasear su estúpido culo por todas partes. —Nos quedamos sentadas en silencio. La dejé ganar ese duelo de pullas.

Riveaux necesitaba alguna victoria.

Una vez en urgencias, a Riveaux le habían hecho una radiografía, una resonancia magnética y un examen abdominal. A pesar del trompazo, no se había fracturado nada. Tenía una contusión en las costillas, un fuerte golpe en la cabeza y un esguince cervical. Después de todo, no había salido tan mal parada a pesar de su error estúpido.

Cuando se enteró de que iba a atenderla la doctora Gorman, una joven residente, Riveaux pidió que la viera otro médico.

—No cambie de médico —le dije—. Se retrasará todo.

—Conozco a la doctora Turner desde hace años. Que venga ella —exigió Riveaux. Su voz era ronca pero decidida. Volvió a ponerse las gafas mientras yo me dirigía al mostrador de enfermería para tranquilizarla.

Esperamos a la médico y los resultados de las pruebas. Todavía no habían descartado que sufriera un hematoma subdural. Me estremecí al ver el mando a distancia de la cama eléctrica. Las cajas de pañuelos, los guantes de goma.

Riveaux encendió su teléfono y el aparato se pasó un minuto emitiendo un zumbido. Parecía estar recibiendo una avalancha de mensajes. Leyó algunos y se rio. Después deslizó la pantalla brillante bajo la almohada blanco calavera.

—Otra vez Rock comportándose como un crío. Todos sus colegas me mandan mensajes diciéndome lo mucho que me adora, que no le deje.

—Haga caso a su instinto.

—Debería haberlo dejado hace años —dijo.

—Estar en un mal momento no la convierte en mala persona. Aunque su manera de vestir es otra historia.

—Mira quién habla. Una ladrona andrajosa a la vista.

Cogí la Biblia que estaba guardada en la mesa auxiliar. La Palabra siempre estaba cerca.

—¿Ha leído esto alguna vez?

Riveaux entrecerró los ojos al ver la Biblia y se echó a reír.

—Aparte eso de mí. Rece para que me toque la lotería y pueda dejar este maldito trabajo y abrir una perfumería.

—¿Sabe cuál es el sentido de la Biblia? —le pregunté.

—No sabía que tuviera un sentido.

—Es una brújula.

—¡No me puedo creer que me esté metiendo el rollo de la Biblia justo ahora! Creía que usted era diferente. —Riveaux cambió de posición, intentando ponerse cómoda.

Apareció una enfermera, dejó su carpeta en una silla vacía y le retiró el collarín con cuidado.

—Gracias —dijo Riveaux.

La resonancia magnética no mostraba una hemorragia cerebral, pero aun así tenía que «tomárselo con calma». Riveaux contestó con un «Sí, querida» a todas las órdenes de la doctora Turner, se vistió, hizo acopio de fuerzas y recogió todos sus medicamentos.

Salimos a la calle; el nivel de humedad era del cien por cien. El cielo jaspeado amenazaba lluvia. El aire olía a polvo viejo y papel quemado. Pasó un coche de policía.

—Está aumentando la frecuencia de las patrullas —comentó Riveaux.

—El pirómano va diez pasos por delante de nosotros. Esta noche probablemente quemará toda la iglesia mientras estamos reunidos.

El aire estaba revuelto. Necesitaba volver al convento.

Riveaux abrió la puerta de un taxi, se subió y se asomó a la ventanilla.

—He visto resolverse un número incontable de investigaciones. Sea objetiva. No se deje llevar por las emociones. Me voy a casa a descansar mientras la furgoneta está en el taller.

—Diga que le arreglen el aire acondicionado.

—Hay cosas que no tienen arreglo —me contestó a través de la ventanilla.

El detective Grogan apareció cuando las luces traseras del taxi habían dejado de verse. La sargento Decker no iba con él.

—Mags se va volando —dijo Grogan mientras se pasaba sus dedos como salchichas por el pelo rubio. Tenía una bola de tabaco de mascar en el carrillo derecho.

—Esa mujer es incapaz de estarse quieta —dije, y di media vuelta con intención de regresar andando al convento: me esperaba una buena excursión por la avenida Saint Charles bajo aquel feroz calor. La mano de Grogan se posó en mi hombro izquierdo. Escupió su líquido color mierda mientras me obligaba a girarme para que lo mirara.

—Hermana, sé que tenemos diferencias de opinión. Me refiero a su estilo de vida y todo eso.

Di un paso atrás.

—¿Estilo de vida?

—En lo que todos estamos de acuerdo es en que tiene que dejar de entrometerse. Deje la investigación a los profesionales. —Se acercó más. Su barbilla se cernía sobre mi cabeza.

—¿Los profesionales? —Me reí—. No veo que «los profesionales» hagan nada de nada.

—¿Por qué está tan obsesionada con este caso? —Su mirada me recorrió la cara, como si trazaran el contorno de mi mandíbula y mi barbilla.

—Saint Sebastian es mi casa.

Acercó la mano lentamente a mi cuello y tiró del nudo de mi pañuelo, que se aflojó. Me levantó la mano izquierda y me quitó el guante negro.

—Nunca había visto a una monja con tatuajes. Y usted tiene muchos. —Aparté la mano de la suya—. ¿Los tiene por todo el cuerpo?

—Sí.

—Profanar el cuerpo no parece un gesto demasiado religioso, si quiere saber mi opinión. —Se inclinó tanto que pude sentir su aliento en mi cabeza—. ¿Su cuerpo no es un templo?

—Sí. Un templo que quiere que lo adornen. Como una catedral, para amplificar la gloria de Dios, con techos pintados y vitrales.

—¿Tiene alguna mancha, sor Holiday?

Intenté alejarme de él, pero no tenía adónde ir. La gente circulaba por la calle aparentemente ajena a nosotros. Grogan sonrió. Llevaba el cuello de la camisa y la corbata perfectamente planchados. De cerca pude ver que sus ojos eran los de una persona joven, pero su piel estaba curtida. Demasiado tiempo bajo el sol de Luisiana.

—Tantos tatuajes —repitió, y me tocó el pañuelo—. ¿Hasta dónde llegan? —Escupió en la calle. Un rastro de aquel líquido tibio aterrizó en mi mejilla y me lo limpié rápidamente.

—Grogan. —La sargento Decker llamó a su compañero a través de la ventanilla abierta del copiloto al frenar junto a él—. El jefe nos necesita en el centro. ¿Subes?

Me temblaban las piernas.

—Qué pena que tengamos que dejarlo aquí. —Abrió la puerta del coche y subió.

—Qué pena, sí.

23

El toque de queda en el colegio seguía vigente del anochecer al alba. A diferencia de la policía, la medida hacía que me sintiera segura. Cualquier edificio del colegio –las alas este, oeste o central, el convento, la iglesia, la rectoría– podía arder en el momento más insospechado.

Nada más llegar al convento, me lavé la cara, me anudé un pañuelo negro limpio al cuello y me puse los guantes. Luego busqué mi rosario, pero no lo encontré. No estaba al pie de la cama, donde lo había dejado. Miré debajo. Nada. Ni en el alféizar ni en el escritorio. Al final, su forma familiar llamó mi atención: estaba enrollado en el pomo de la puerta. No lo había dejado allí. Tal vez se me había caído y una de mis hermanas lo había puesto en el pomo. O alguien había movido mis cosas cuando estaba en el baño.

O estaba perdiendo la cabeza.

Busqué pruebas de que alguien hubiera husmeado en mi habitación, pero no encontré nada.

Reproduje mentalmente el accidente de Riveaux. Y la chulería de Grogan, enseñando los dientes, intentando asustarme. Quizá había sido él quien me había encerrado en cuarto del conserje. Tal vez la policía estaba conspirando, encubriendo alguna cagada en su actuación... o algo más grande.

A pesar de la alerta máxima, el profesorado y el personal de Saint Sebastian iban a celebrar un círculo de oración para debatir cómo mantener viva la educación católica y luchar contra la falta de alumnos.

Antes de unirme a la reunión, crucé la calle y entré en la iglesia para santiguarme con agua bendita. Necesitaba reponerme. Me sorprendió ver a Prince hablando con sor Augustine cerca del altar. BonTon estaba al lado de su dueño. Sor Augustine me saludó. Algunos retazos de su conversación llegaban hasta el fondo de la iglesia.

—Me alegro de verle otra vez en el lugar al que pertenece —le estaba diciendo sor Augustine a Prince—. De vuelta en la iglesia.

Permanecí junto a la puerta escuchando, en el mismo sitio en el que me quedaba todos los domingos y oía los lloros, las penurias y las alegrías de nuestros congregantes. Cómo se tocaban la cara nerviosos y se santiguaban. BonTon giró la cabeza en mi dirección y ladró.

—Enseguida estoy con usted, sor Holiday. —Aunque sor Augustine hablaba sin alzar demasiado el tono, su voz llenaba la iglesia. La acústica era mejor que la de cualquier club en el que yo hubiera tocado.

Prince encendió y apagó su mechero.

—Este colegio va a acabar conmigo.

Sor Augustine suspiró.

—Guarde su encendedor. Parece cansado, señor Dempsey. ¿Duerme bien? ¿Controla su nivel de azúcar? ¿No ha tenido subidas ni bajadas fuertes?

Prince se encogió de hombros.

—Vamos con retraso —dijo sor Augustine mirando en mi dirección—. En marcha. —La madre superiora bajó del altar y se reunió conmigo en la parte trasera de la iglesia.

Prince se dirigió al centro de la nave con BonTon detrás, arrastrando obediente su correa roja. Se sentó en un banco y se arrodilló. Nunca le había visto rezar. ¿Hacía esa comedia para que lo viera la superiora?

BonTon ladró. Un ladrido rápido y fuerte, como un disparo.

—¡Maldita sea, tengo sed! —gritó Prince.

—¿Quiere agua? —preguntó sor Augustine.

Nos acercamos a él.

—Agua. Aquí dentro hace calor. ¡Hay mucha humedad! —El sudor le brotaba del nacimiento del pelo.

—Parece borracho —le dije a sor Augustine—. Prince, ¿ha estado bebiendo?

La cara de Prince se crispó mientras se caía del banco y se desplomaba sobre la alfombra del pasillo, de un rojo como de quemadura. BonTon le olisqueó la cara, le lamió los labios y aulló tan fuerte que tuve que taparme los oídos.

—¡Es hipoglucemia! —A sor Augustine se le quebró la voz—. ¡Bajo nivel de azúcar! Señor, quédate con nosotros. Prince, quédate con nosotros. —Corrió hacia las puertas de la iglesia y gritó—: ¡Ayuda! ¡Necesitamos ayuda!

Oí a un alumno en la entrada.

—¡Llame al 911! Dígale que tenemos una emergencia, estudiante varón de dieciocho años con diabetes.

—Mierda. Vale. —El alumno marcó y habló con el manos libres—: ¡Hola! ¡Necesitamos ayuda! Manden una ambulancia a la iglesia de Saint Sebastian. Deprisa. Hay un alumno inconsciente.

Sor Augustine le dio indicaciones rápidas.

—Vaya al colegio. Dígale a Shelly que llame a la madre de Prince inmediatamente. Su número está en mi escritorio.

El alumno dijo «Vale» y salió corriendo como si llevara un petardo en el culo.

—Necesitamos su kit de emergencia. Está en shock. —Sor Augustine cerró por un instante los ojos y luego dijo con voz clara—: ¡Señor, ayúdanos! Hermana, traiga un kit de insulina. El estuche rojo. Hay uno en la nevera de mi despacho y otro en la de la enfermería. No coja el que está caducado. Corra.

—¿Dónde está? ¿Cómo sé qué estuche es?

—Ya voy yo. —Echó a correr—. Sujételo. Manténgalo despierto.

—¡Espere! —Pero ya se había ido.

BonTon saltó y ladró. Aplastó el hocico contra en el cuello de Prince.

Me agaché. La perra gruñó como loca mientras yo apoyaba la grasienta cabeza de Prince en mi regazo.

—¡Prince! —grité—. No se muera, desgraciado.

Abrió mucho los ojos, como si estuviera atrapado en el purgatorio. Entre aquí y allá, dondequiera que estuviera. Su barba de pocos días me rozó la mano cuando le abrí la boca para asegurarme de que no se mordiera la lengua. Le metí dos dedos, presionándole la lengua para comprobar que las vías respiratorias estaban despejadas. Tenía los labios calientes y algunos dientes agrietados y podridos. Olía a muerto, un olor tan acre que casi me daba arcadas. Su saliva me empapaba las manos.

Acuné su cuerpo encogido. Sentí que nos observaban los ojos de los serafines que tanto le gustaban a Jack.

Todos somos como vitrales, hermosos, complicados y frágiles de cojones. Todos necesitamos cuidados. Y algunos no recibimos los que merecemos.

El cuerpo de Prince seguía caliente mientras yo rezaba. «Dios te salve, Ave María. Amable Santa Ana. Todos los ángeles y santos».

Sor Augustine regresó rápidamente con el kit de emergencia. Había recorrido todo el ala central del colegio, pero no parecía agotada.

—Se está apagando. —Puse la oreja en su corazón y oí un débil latido—. Prince. —Su cabeza seguía en mi regazo—. ¿Qué hago con la jeringa?

Sor Augustine abrió los párpados del chico.

Un velo blanquecino le cubría los ojos.

—Yo me encargo. Necesitamos un lugar limpio para la inyección. Mírele la tripa. —Abrió el estuche de plástico rojo y sacó la aguja y el frasco de insulina.

Me incliné y le levanté la camisa a Prince, pero su abdomen era una red de cicatrices. Como un sombreado a rayas. Según parecía se hacía cortes. O dejaba que la perra le arañara. Diversión masoquista. Placer-dolor. Lo conocía bien.

—No vamos a poder en la barriga.

—Mire en el trasero o en los muslos. —Sor Augustine hablaba rápido pero con autoridad.

Le desabroché el cinturón y lo puse de lado sobre mi regazo. BonTon observaba en silencio, con suma atención. Le bajé los vaqueros sucios para que sor Augustine pudiera inyectarle en la nalga. Sor Augustine introdujo la jeringuilla en el vial y extrajo el líquido con cuidado. Le frotó la piel con un algodón empapado en alcohol y le pinchó en la nalga derecha. Yo apliqué presión durante un momento y luego lo colocamos boca arriba sobre mi regazo y le subimos los pantalones.

Los párpados de Prince palpitaban. La medicación estaba haciendo efecto. BonTon ladró.

—Bonnie, Bonnie —gimió Prince.

BonTon aulló y le babeó en la frente, jadeó y le aplastó el hocico en la oreja. Luego le lamió la mejilla con tanta fuerza que la cabeza de Prince cayó de mi regazo al suelo, donde aterrizó con un ruido sordo.

—¡Auuu! —gimió Prince con los ojos aún cerrados.

—¡Alabado sea Jesús! Alabado sea. —Sor Augustine tenía lágrimas en los ojos—. Gracias, Señor.

Habían llegado los paramédicos, que yo ya comenzaba a tener bastante vistos.

Sor Augustine les explicó lo ocurrido con todo detalle.

—Hace diez minutos lo vimos confuso, como ausente, y se desmayó. No sé si hoy ha comido algo.

—Entendido —dijo el médico.

—¿Dónde estoy? —preguntó Prince.

—En la iglesia —dijo sor Augustine—. Va a recuperarse. El Señor siempre vela por usted. Alabado sea. Gracias, Señor, por tu amor eterno.

Los paramédicos lo pusieron con cuidado en una camilla para llevarlo al Hospital Municipal de Nueva Orleans, donde yo acababa de estar con Riveaux y donde Jamie había pasado dos semanas recuperándose.

—¿BonTon? —susurró Prince mientras lo sacaban.

—Estará a su lado en todo momento. —Sor Augustine entregó la correa de BonTon a uno de los paramédicos y luego se dirigió a mí—: Sor Holiday, Dios la ha bendecido. Ha ayudado a salvar a Prince.

24

Con las manos aún manchadas por la saliva de Prince, le pedí a sor Augustine que empezara la reunión de personal sin mí y me retiré junto al altar de la acera para rezar una breve oración. Necesitaba un momento a solas con Dios, y también conmigo misma.

Cuando me incorporé a la reunión en la sala de profesores, sor Augustine tuvo que marcharse a toda prisa para atender una llamada de la Diócesis y sor Honor tomó alegremente las riendas, parloteando sin parar sobre la rectitud moral.

Me volví hacia John, sentado a mi lado en la mesa.

—¿Por qué le tiemblan las manos? —le pregunté

—Oh, ¿esto? He corregido muchos trabajos esta mañana. Tengo un calambre en la mano derecha que no se imagina. Estaba esperando a ver si se me pasaba.

—Póngales sobresalientes y ya está —dije en broma, pero me pregunté si John tenía un principio de Parkinson o algo parecido. Esperaba que confiara en mí lo suficiente para que me lo contase.

Mientras miraba la cruz de la pared y revivía el infierno de las dos últimas semanas, repasé en silencio mi lista de sospechosos, como si repitiera en voz baja la letra de una canción antes de un concierto en Brooklyn.

—Tierra llamando a sor Holiday. —Era la voz de John, un ligero susurro bajo el parloteo de sor Honor.

—Lo siento —respondí—. Estaba rezando para que tengamos una reunión provechosa.

—Sin duda —dijo sor Honor, poniéndome en evidencia ante todos por hablar durante la reunión. Era una vieja cargante, pero no debería haberme sorprendido su capacidad auditiva. Normalmente era yo quien amonestaba a Prince Dempsey por hablar en clase. Sor Honor se llevó un pañuelo de tela blanca a la nariz y se la limpió—. Avaricia. Egoísmo. Siempre rezando para obtener un provecho.

—No le haga caso —me dijo John en voz baja—. Céntrese en lo positivo. Antes de la reunión, sor Augustine nos ha contado cómo han salvado a Prince entre las dos. Toda una hazaña.

—Gracias. —Hice crujir los nudillos enguantados—. La diabetes de Prince está empeorando mucho.

—¿Está peor que de costumbre? —preguntó Rosemary.

—Últimamente parece muy inestable.

—Por desgracia, esa es la naturaleza de la enfermedad —dijo sor Honor—. Bendito sea su corazón descontento.

Me quedé mirando la elegante caligrafía de sor Augustine. Había escrito «Valores cristianos» en la pizarra antes de ir a contestar su llamada.

Cuando aparté la vista, capté una señal silenciosa —una mirada compartida y penetrante— que tendió una cuerda invisible entre Rosemary y sor Honor.

—Aún no se lo he dicho. —Rosemary estaba hablando con sor Honor, sabiendo perfectamente que yo podía oírlas.

—¿Decirme qué? —le pregunté.

—Usted es la detective —dijo riendo sor Honor—, averígüelo.

—No es muy rápida —dijo Rosemary, socarrona.

Una fina sonrisa se dibujó en el rostro de mejillas hundidas de sor Honor.

—Probablemente fuera el veneno para ratas lo que mató a Vudú. Mientras limpiaba, Bernard ha encontrado unas trampas que Jack colocó hace meses. Nos ha dicho que estaban limpias y relucientes. —Sor Honor casi relinchó, deleitándose con el macabro detalle.

—Es una explicación —dije sin mucho entusiasmo, recordando el pequeño hocico de Vudú. —Apreté los puños y rechiné las muelas para contener las lágrimas y sentir el escozor familiar. Aquella dulce gatita vino a mí mientras agonizaba. Vino a mí en busca de consuelo y no la encontré a tiempo.

Otro fallo en mi vida plagada de errores.

—Iba a decírselo esta mañana —dijo Rosemary—, pero usted tenía mejores cosas que hacer.

Sor Augustine reapareció y enumeró el nuevo protocolo de la Diócesis. Me quedé mirando por la ventana. Desde esa posición solo podía ver una parte del patio, pero era suficiente para distraerme. Magníficos árboles en flor. Sauces llorones que se derramaban como una fuente. El jazmín, que trazaba ríos nocturnos. La limpieza del convento me tranquilizaba, me salvaba.

Las Hermanas de la Sangre Sublime no me habían abandonado a pesar de mis tentaciones y pecados. Intentaba seguir su ejemplo: rezar, enseñar, dar, enmendarme.

Prince me necesitaba. Había tenido mis dedos dentro de su boca, restos de su saliva y sus células aún estaban en mis manos. No tenía más remedio que confiar en mí y en sor Augustine.

Como yo dentro de la ambulancia, con los paramédicos manteniéndome los párpados abiertos.

Mi hermano Moose estaba en algún lugar lejano, curando heridos.

Qué aterrador y sagrado es depositar tu confianza en alguien. Pedir ayuda. Casi como el amor.

Solo podía reunirme mentalmente con todos aquellos a los que amaba.

Jesús. Mis padres. Mi hermano. Sor T. Nina.

Dejé que mi mente se concentrara en Nina. Las incontables horas que pasamos juntas, mientras yo miraba su anillo de boda, imaginando que era mío y que ella era mi esposa. La tortuosa futilidad de todo ello.

Reviví una mañana con Nina después de una noche salvaje mientras Nicholas estaba fuera. Me arrodillé a los pies de su cama rota, como si estuviera rezando. La atraje hacia mí. Sus piernas me rodearon la cintura.

—Voy a poner un poco de orden en mi vida —dije—. Y voy a empezar hoy.

—Dices eso cada vez que te veo. —Ladeó la cabeza, mirándome de forma inquisitiva. Acercó sus manos a mi cara y apretó sus dedos contra mis pómulos—. Estás muy limpia.

—Acabo de ducharme.

Recorrió mis cejas.

—En todos estos años creo que nunca te he visto sin maquillaje.

Nina recorrió mi clavícula y mi cuello con las manos, deteniéndose en el tatuaje de Eva. Me levantó la barbilla y me giró la cara a derecha e izquierda, en silencio, como si fuera una científica tratando de clasificar una nueva especie. Me abrió la boca y me tocó la funda de oro.

—Hum...

—¿Qué estás haciendo?

—Quiero ver lo que haces cuando no puedes esconderte.

Recorrí la maraña de venas de su muñeca izquierda. Ella me tocó los collares, los pendientes y los tatuajes de las manos. Siempre lo hacíamos: nos maravillábamos mutuamente, adorábamos nuestros cuerpos.

—Deberías irte —dijo—. Nicholas volverá dentro de dos horas.

Me subí encima de ella: me encantaba sentirla debajo de mí. Cómo anhelaba esa proximidad.

—¿Qué haces? —Ladeó la cabeza—. ¿Qué estás haciendo?

—Compensarte por lo de anoche —dije.

—Me sorprende que recuerdes algo de anoche.

—Siento no haber mandado un mensaje —dije—. Fue egoísta y estúpido.

—Discúlpate. —Nina todavía estaba enfadada.

Bajé la cabeza.

—Lo siento.

—¿Qué es lo que sientes?

—Ser buena en el sexo y mala en el amor.

—Levántate —me ordenó.

Me puse delante de ella.

Me aflojó la toalla, que se me cayó al suelo. Sus dedos me recorrieron el esternón hasta el ombligo, deslizándose sobre una red de tatuajes solapados.

—Por eso no puedo enfadarme contigo. Estás demasiado buena para estar enfadada mucho tiempo.

Me senté a horcajadas sobre la cama. Puso sus manos sobre mis costillas.

Se quitó la camiseta y la tiró a la alfombra. Recorrió las líneas de los músculos de mis muslos con sus uñas rojas.

Me estremecí ante su leve contacto y me reí.

—¿De qué te ríes? —me preguntó.

—Me haces cosquillas —dije—. Para. Estoy intentando ser sexy.

—Créeme, lo eres —dijo—. Y deja de intentar ser otras cosas. Sé tú misma.

—No sé qué es eso.

Me agarró un mechón de pelo húmedo. La besé, le puse la mano derecha en la mejilla izquierda y apoyé levemente el pulgar en su garganta.

Mientras nos besábamos, abrí los ojos brevemente para mirarla. Tenía el ceño fruncido, lleno de arrugas finas como las marcas de un cuchillo.

—¿Estás bien?

—Sí. —Se dejó caer hacia atrás, con la cabeza sobre la almohada y el pelo en contraste eléctrico con las insulsas sábanas blancas. Le besé el vientre y le abrí las rodillas. Cerró sus ojos de distinto color. Apoyé los pulgares en sus caderas. Su piel estaba tensa allí donde el hueso se unía al músculo. Tenía un sabor elemental pero nuevo. A minerales. A lluvia en las fronteras de la ciudad de pizarra. Cerró la mano izquierda y se mordió el nudillo del pulgar para no gritar. Quería que le doliera, que ambas sufriéramos de esa forma sublime. Llevarla al límite, dejarla allí un rato y luego saltar al vacío las dos juntas. Su sabor cambió, del gusto marino al metal vivo. Su cuerpo temblaba de tal forma que parecía poseída.

Recuerdo la suavidad de su piel cuando apoyé la cara en su vientre. Sentí su pulso frenético en mi mejilla, que se grabó profundamente en mi piel. A su paso por la zona abdominal la aorta late como un corazón secreto. Todos los corazones guardan un secreto. Algo que anida en su interior y nunca puede revelarse.

Nos quedamos así, Nina respirando agitadamente, las dos sin decir nada. La mañana —los timbres de las bicicletas, el resonar de tacones sobre la acera, los pitidos de los coches— se aceleró. Al amanecer le encantaba reflejarse en los espejos y las ventanas de los edificios de apartamentos. El espectáculo de luces de Nueva York. Ningún lugar donde esconderse, excepto a plena vista.

25

Después de la pérdida de tiempo que supuso la reunión, Rosemary y yo recorrimos el largo pasillo y bajamos las escaleras.

—Adiós —me despedí, y me dirigí hacia la clase que compartíamos.

—Adiós —repitió ella con un tono acusador.

Entramos en el aula al mismo tiempo y nuestros brazos chocaron. Ella era varios centímetros más alta que yo, así que su codo se clavó en la parte más tierna de mi bíceps.

—Vaya. —Rosemary se sobresaltó—. Necesito estar sola para corregir los exámenes. —Señaló el montón de papeles que se apilaban en su escritorio improvisado y sumamente ordenado—. Tengo que preparar los parciales.

—¿No será que tiene que planear otro incendio? —Me quedé mirándola, intentando descifrar su reacción.

—No lo dirá en serio.

—¿Así que para usted los incendios no son algo serio?

—Es usted una persona muy irritante —respondió, exasperada. Pero noté que se acaloraba.

—Yo necesito el aula para preparar una clase. —Señalé mi mesa, mi escritorio atestado de libros apilados en montones desordenados, de papeles, CD's y desperdicios. Parecía el dominio de un niño mimado al que nadie hiciera caso.

–Bien. –Se sentó detrás de su escritorio. Sacó tres, cuatro, cinco bolígrafos que tenía en una gran taza plateada antes de decidirse por su preferido.

–Lo que usted diga. –Intenté atravesarla con mi tono cortante, pero, como un bumerán, se volvió contra mí.

–Lo que usted diga –repitió Rosemary. Me di cuenta de que sonreía, me sonreía en secreto, aunque no miré hacia el otro lado del aula para confirmarlo.

Rosemary se puso a corregir los exámenes metódicamente mientras yo releía mis apuntes sobre el caso.

El silencio era ensordecedor. Me moría por un cigarrillo. Observé el viejo suelo de linóleo con dibujos triangulares, marrón como la sangre seca.

Lo único que quería era irme a mi habitación. Rezar y dormir. Salí al pasillo a beber agua. Observé que mi reflejo se estremecía en la fuente metálica mientras las ondas curvaban mi imagen.

Volvía al aula, pero estaba muy inquieta.

–¿No puede estarse quietecita? –sugirió inútilmente Rosemary–. Necesita que le disparen un dardo tranquilizante.

–Ya le gustaría –dije, rodeándome el cuello con las manos–. Ver cómo me tambaleo y me caigo.

–No se puede ser más dramática.

En ese momento, sor Augustine se asomó en el aula y debió de percibir cierta tensión en el aire viciado. Parpadeó.

–Dios quiere que afrontemos nuestros retos hoy mismo, con una gracia extrema.

Luego se dio la vuelta y se marchó, y su velo me pareció una aleta que indicaba el camino.

Se hacía tarde, pero ninguna de las dos mostraba intención de irse. Rosemary y yo seguíamos sentadas en lados opuestos del aula. A través de la ventana, el cielo nocturno se volvía naranja sangre con la puesta de sol. Nueva Orleans parecía más una silueta que una ciudad.

—No puedo creer que tenga que compartir esta aula con usted. La música no es una asignatura seria y no es obligatoria en el programa. La música no ayudará a nuestros alumnos a progresar en sus estudios, y desde luego no les ayudará a conseguir un buen trabajo.

—Yo me dedicaba a la música, no es que fuera un gran trabajo, pero...

—Su desorden ciertamente crea un poco de decoración —anunció mientras se acercaba a uno de los doce atriles y le daba unos golpecitos.

—Me refiero a que era una artista. Ahora soy...

—Irritante —dijo—. Odio el arte. El arte es para los ricos y los afligidos.

Ella misma parecía rica y torturada, pensé, pero no dije nada.

—Quizá cree que odia el arte porque no lo entiende, como la religión. La gente se hace un flaco favor cuando denigra algo porque le resulta nuevo. —Me recliné en la silla. El sudor me goteaba bajo los pechos, sobre mi «endiosado» y el Sagrado Corazón, y me bajaba hasta el vientre. El aire se arremolinaba con un calor turbio.

—Habla como sor Augustine —dijo.

Me acordé del dolor de sor Augustine al perder a su padre de esa manera. Del mío cuando perdí a mi madre. De los secretos que todos guardamos, de las heridas que ocultamos. De que había dudado de ella.

—Sor Augustine ha sido un salvavidas para mí.

—Para todos nosotros —dijo Rosemary—. Admiro a sor Augustine. Por su profesionalidad y porque siempre se puede confiar en ella.

—Nos mantiene cuerdas. —Crucé las piernas y sacudí ligeramente el pie izquierdo, que se me había dormido.

Observé a Rosemary, pero su mirada estaba en otro lugar, en un lugar distante, muy lejano o muy dentro de ella. Se apoyó en la parte delantera de mi escritorio, como hacían tantos alumnos cuando enumeraban las razones por las que no practicaban con la guitarra.

Nuestra aula estaba doblemente iluminada: la luz del fluorescente quedaba tamizada por el resplandor difuso de los edificios cercanos.

Como estaba sudada, o porque por un momento perdí el juicio, me quité los guantes y el pañuelo. Rosemary se dio cuenta. No quería que se quedara mirando mis tatuajes. Tampoco quería que apartara la mirada. Me saqué la cruz de debajo de la blusa y me la puse sobre el pecho.

—¿Exhibiendo su crucifijo para promover su confusa carrera? —Su voz era aguda.

—Es una cruz, no un crucifijo. —Me erguí. Discutir con Rosemary no me iba a llevar a ninguna parte. Nunca nos entenderíamos. Pero yo tenía ganas de discutir—. Una cruz católica estándar, perfecta. Era de mi madre.

Se acercó a mí, se inclinó y cogió el metal entre el pulgar y el índice. Lo inspeccionó con cuidado. El pintalabios rojo sobre su boca de piñón le daba un aspecto antiguo y sabio, como de una fotografía de la época de la Segunda Guerra Mundial.

—¿Por qué lleva una cruz en lugar de un crucifijo?

—La cruz es un símbolo, el crucifijo es un momento en el tiempo —dije—. Jesús está presente en el crucifijo, pero su ausencia, su sombra, está en la cruz. Al menos para mí. Es un recordatorio constante del sufrimiento venidero, o del sufrimiento pasado, de lo que estuvo dispuesto a soportar por la salvación.

—Hum... —Le dio la vuelta y se inclinó tanto que pude sentir su cálido aliento en mi barbilla y el aroma a rosas de su crema de manos. Hizo una breve inspiración—. El opio del pueblo. —Dejó caer la cruz de oro sobre mi blusa, encima de mi Sagrado Corazón en llamas—. La religión es lo contrario de la ciencia —musitó mientras tocaba de nuevo el colgante y recorría la cadena de oro con la yema del dedo. Su piel era lisa y suave—. Y la ciencia es enemiga de la religión. Es una batalla interminable.

—No es ninguna batalla —dije—. Solo diferentes formas de entender el mundo. Y de cómo encajamos en él.

Dudó y acto seguido sonrió. Fue magnífico. No la había visto sonreír de verdad hasta entonces, bajo la luz ámbar de nuestra clase.

—¿Por qué estamos susurrando?

—Parece lo más apropiado.

—Deberíamos cerrar e irnos ya —dije.

—Hay muchas cosas que deberíamos y no deberíamos hacer ahora mismo. —Retiró las manos, entrelazando los dedos. Era difícil descifrar la expresión de Rosemary. Retuvo la respiración, como cuando se está a punto de decir algo importante. Pero no dijo nada más. Ninguna de las dos lo hizo.

Habría sido tan fácil acercarme a ella, empujarla contra la pared de nuestra fea aula y besarla. Tenía tantas ganas... Pero no lo hice. Me mordí el labio hasta que me sangró y sentí el sabor salado y metálico.

¿Sor Honor había planeado esa situación? ¿Nos había puesto a mí y a Rosemary en la misma aula para tentarme y que olvidara mis votos? ¿Para distraerme?

¿O era Rosemary Flynn la que quería ser mala a su extraña manera? ¿Era una química altamente cualificada que desperdiciaba su talento en el submundo de la educación secundaria y ahora quería reivindicar su legítimo poder provocando incendios? Tomando la iniciativa, arrojándome un trozo de carne como cebo, la estrategia típica de la *femme fatale*.

No mordí el anzuelo. Cerré los ojos y me imaginé que desaparecía.

Antes de cenar, me duché y me cambié la blusa y los pantalones negros por unos limpios. Disfruté de un momento a solas mientras me cepillaba el pelo, que a esas alturas ya era lo bastante largo para hacerme una pequeña coleta.

El toque de queda limitaba mis movimientos, pero necesitaba salir. Procurando no llamar la atención del policía que estaba de guardia, me deslicé hasta el jardín del convento. El calor de finales de verano había calcinado la mayor parte de la hierba y un tapiz de pétalos caídos había ablandado la tierra. Toqué una flor de jazmín que acababa de brotar. Era pequeña e inocente, tal como suelen ser las cosas que se están formando. Debería haberla dejado en paz para que creciera, pero la corté y me la metí en el bolsillo, donde nunca se abriría.

Me acerqué a un banco, fumé uno de los cigarros de contrabando de Ryan Brown y bebí un sorbo del licor de melocotón que le había confiscado.

Pensé en Rosemary. ¿Estaba moviendo las piezas de ajedrez e intentando tenderme una trampa? Su odio a la institución religiosa era palpable y, sin embargo, trabajaba en un colegio católico. ¿Por qué?

¿O era que sor Honor apostaba contra mí y me consideraba débil? Sor Honor me despreciaba, eso era irrefutable, pero no parecía odiar a Jack ni a sor T. Ni a Lamont ni a Jamie, que habían resultado tan horriblemente heridos. La herida de Jamie era como un ojo abierto, un túnel de sangre que no me podía quitar de encima, igual que unos estigmas.

Y luego estaban las provocaciones interminables de Prince Dempsey, su coartada poco sólida. Siempre andaba con ganas de gresca, ¿o era una fachada? Sor Augustine se mostraba claramente protectora con él. Y conmigo.

Lamont estaba desaparecido en combate; no había vuelto a clase. Jamie se callaba algo, por miedo, culpa o ambas cosas.

Nada encajaba. Nada tenía sentido. Mi segunda oportunidad se escapaba.

Me cubrí la cara con las manos enguantadas y grité metida en mi oscuridad.

Arrodillada sobre la hierba, recé por todos nosotros. Pero por mucho que rezara, por muy rápido y lejos que corriera, ya nunca podría escapar de las llamas desde aquella noche en Brooklyn.

La última noche que pasé con mi madre. A finales de octubre. El viento, dulce como la miel, agitaba los árboles. Las aceras se habían convertido en ríos de hojas de color naranja, dorado y rojo. Yo me había quedado con mamá porque papá estaba de servicio y Moose tenía un encuentro de trabajo.

—Necesito aire fresco —dijo mamá—. Llévame a dar una vuelta.

—Moose dice que no es una buena idea.

—Por favor —suplicó débilmente—. Déjame ver la ciudad que amo en mi estación favorita.

Negué con la cabeza.

—Papá me matará.

—No me queda mucho tiempo.

—De acuerdo —cedí—. A ver si los del grupo me prestan la furgoneta.

«Puede que sea la última vez que mamá salga del apartamento con vida», pensé. Apenas podía caminar. Necesitaba romper por un momento aquella insoportable monotonía. Salir de ese piso sofocante y estrecho. Una excursión nocturna con ella parecía una opción increíblemente estúpida pero factible. Yo no tenía coche, así que le pregunté a Nina si podía prestarme la furgoneta del grupo, un destartalado montón de chatarra que le habíamos comprado a su hermano Steve por quinientos pavos. La furgoneta estaba registrada a nombre de Nina, pero Original Sin la usaba para las giras. No es que hiciéramos muchas, pero tocábamos en Filadelfia y Boston a lo largo del año. Llevábamos dentro amplificadores, instrumentos, cachimbas, altares de incienso, drogas ilícitas y cajas de cerveza. De alguna manera, habíamos conseguido mantenerla intacta a pesar de haberla maltratado y conducido temerariamente durante años. El teatro y las payasadas de los punkies que se negaban a crecer. Nunca cambiábamos los neumáticos ni el aceite, ni comprobábamos la alineación de la dirección.

Una hora más tarde, Nina condujo la furgoneta hasta Brooklyn y me mandó un mensaje de texto: «Furgoneta aparcada en el sitio de siempre pero necesita gasolina. Lleva a Toni a un sitio bonito. Voy al Dobranoc, por si quieres venir más tarde. Mua xx».

La furgoneta siempre estaba sin gasolina. Tenía una llave en mi llavero. Un milagro que no la hubiera perdido.

Me cepillé los dientes y ayudé a mamá a bajar los escalones con cuidado, en camisón, bata y zapatillas. Pesaba menos que un rosario.

Después de repostar en una gasolinera Exxon y sacar un poco más de combustible golpeando la manguera unas cuantas veces, conduje lentamente por las laberínticas calles del barrio de Bay Ridge. Mamá iba sentada en el asiento del copiloto.

—No hay nada más bonito que la ciudad de noche —dijo, con la cabeza apoyada contra el cristal.

Reajusté el espejo retrovisor del acompañante para distinguir brevemente sus ojos y ver lo que ella veía.

Brooklyn bullía de energía y actividad. Un paisaje de sirenas y tráfico. Una pareja montada en sendas motos rojas pasó a toda velocidad junto a nuestra furgoneta, se saltó una señal de stop y estuvo a punto de atropellar a un ciclista que iba por el carril bici.

—Carriles bici en Brooklyn —susurró mamá—. Nunca pensé que viviría lo suficiente para verlo.

Aparqué delante del bar donde Nina había dicho que estaría. Estuvimos sentadas diez minutos frente a la puerta, con el motor de la furgoneta encendido.

—¿Qué crees que significa «Dobranoc»? —le pregunté a mamá. Después de años frecuentado aquel bar, nunca se me había ocurrido pensar en el significado del nombre.

—Significa «Buenas noches» en polaco —contestó con los ojos cerrados.

¿Cómo demonios sabía mamá polaco? ¿Qué más sabía? Yo estaba demasiado ensimismada para preguntar.

—Entremos en el «Buenas Noches» —dije—, para tomar una copa madre-hija.

—Estoy bien aquí.

—Solo una copa —me quejé—. Será divertido.

—Necesito descansar —dijo—. Quiero quedarme aquí contemplando mi ciudad. —Sonrió, pero de manera forzada. Su rostro se estaba borrando poco a poco—. Venga, entra tú.

Puse el freno de mano y subí la calefacción.

—No puedo dejarte aquí sola.

—No estoy sola —dijo, y acarició la cruz que llevaba al cuello.

Le puse una manta en el regazo y sintonicé WNYC, su emisora de radio favorita. Le encantaba escuchar voces de verdad, sin editar. Decía que era algo sagrado. Me bajé y cerré con llave las puertas de la furgoneta.

Cuando entré, vi a Nina bailando dentro del bar. Un barullo de pelo cobrizo con el flequillo despeinado por encima de sus ojos muy maquillados. Bailaba sola en un rincón. Daba vueltas y vueltas, contorneándose muy deprisa, como un vinilo tan bueno que ha perdido la forma. A Nina todo le importaba una mierda cuando Nicholas estaba fuera de la ciudad. Nina la Indomable.

Me saludó con la mano en cuanto me vio.

—¡Holidaaay!

—Hey.

—¡Has venido! ¿Cómo te ha ido con tu madre?

—Está aquí fuera.

—Dios mío, Holiday...

Esa noche, con papá de servicio y mamá encerrada en la furgoneta, bebí. Un whisky se convirtió en dos. Luego en cuatro. Un trago detrás de otro. Cada diez minutos más o menos Nina salía del bar para ver cómo estaba mamá.

—¿Cómo está? —le pregunté con la cabeza apoyada en la barra y un ojo abierto y el otro cerrado.

—Está bien. Duerme. —Me puso la mano en el hombro—. Está acurrucada como un perrito. Parece tranquila. Al menos no está encerrada en ese dormitorio.

—Esta mierda es muy jodida. —Me tomé otro chupito. El whisky era malísimo, insípido y aburrido, como si se hubiera cansado de actuar. Apoyé la frente en las muñecas—. No ayuda que yo la cague cada día.

—Estás pedo, cariño. Pero eres preciosa.

Sonreí.

—Me gusta verte sonreír para variar.

Me besó. Sus cálidos labios sobre los míos. Abrí la boca y me acarició el labio inferior con la lengua. Recuerdo su sabor, a aceitunas verdes y a vodka. Puso su mano en mi bíceps derecho, sobre mi tatuaje de SOR ANTONIA. El nombre de mi madre cuando era monja. En mi brazo, las letras ligadas se enroscaban alrededor de una lámpara de presbiterio roja. Mamá me había hablado de la lámpara, de su llama siempre encendida, cuando yo tenía diez años. Su incandescencia simbolizaba la luz pura. Había sido uno de mis primeros tatuajes.

—Necesito otra copa —dije.

La camarera enarcó las cejas y me miró con curiosidad o con pena.

Levanté la cabeza como si eso pudiera hacerme parecer sobria.

—Quiero un whisky de la casa. Y ponme un chorro extra. —Alcohol puro como un chute de arena a presión para anestesiarme el cerebro. Eso era lo que necesitaba.

—Cariño, no pidas el whisky de la casa —dijo la camarera alta mientras sacudía el trapo sucio por encima del hombro tatuado—. Es como alcohol de quemar.

—Alcohol de quemar ardiendo. —Nina se estremeció.

—Eso es exactamente lo que quiero.

—Toma, guapa. —La camarera deslizó un vaso hacia mí—. Te invito.

—Le gusto —le dije a Nina.

—Dios. —Puso los ojos en blanco—. Para.

Me incliné sobre la barra.

—¡Oye!

—¿Qué pasa? —preguntó la camarera mientras enjuagaba un vaso.

—¿Un revolcón más tarde?

Nina me tiró de la camiseta y estuve a punto de caerme del taburete.

—Eres lo puto peor.

—¿Qué he hecho?

—Estoy justo aquí.

—¿Y qué problema hay? No estamos saliendo. Estás casada con Nicholas, ¿o ya no te acuerdas?

—Tienes mi nombre tatuado en el brazo.

—Tengo muchos nombres en mi brazo —dije—. Y espacio para muchos más.

—Olvídalo. Se acabó. Ve tú a ver cómo está tu madre —dijo—. Haz lo que quieras.

—Gracias por darme permiso.

Después de otro chupito, fui al almacén y disfruté de una intensa sesión de morreos y magreos con la camarera, las dos apoyadas sobre una máquina de pinball antigua que ya no funcionaba.

Cuando salí del almacén, eran las dos de la madrugada. Nina charlaba con una hípster esquelética que parecía Ariel de *La Sirenita*, pero sin cola.

—¿Cómo está tu madre? —me preguntó, interrumpiendo por un momento su conversación profundamente intelectual.

—Genial —mentí. No había ido a verla ni una vez.

Estaba palpándome los bolsillos para asegurarme de que llevaba la cartera y las llaves cuando vi a dos personas plantadas cerca de la puerta.

Un hombre se asomó por la ventana y gritó.

—¡Fuego! ¡Se está quemando algo!

Nina se levantó rápidamente.

—Joder.

Era la furgoneta.

«Mamá».

Intentamos abrirnos paso, pero el bar estaba atestado de gente. Cuando por fin salí a la calle, lo vi. El fuego. Rojo sangre.

La furgoneta de nuestro grupo estaba ardiendo, con mi madre encerrada dentro.

Tan borracha que apenas podía mantenerme en pie, intenté correr los pocos metros que me separaban de la furgoneta, pero todo iba a cámara lenta. Necesitaba abrir la puerta, sacar a mamá.

Cuando conseguí llegar hasta el vehículo en llamas el calor me lanzó hacia atrás.

—¡Socorro! ¡Está ahí dentro!

—¿Quién? —preguntó un policía que corría hacia nosotros.

—¡Mi madre! Está en la furgoneta.

—¡Atrás! —gritó el policía—. El motor va a explotar.

—¡Mamá! —Estaba furiosa—. ¡Que alguien la saque, maldita sea!

—No podemos hacer nada.

—¡Es mi madre! —Di varios puñetazos contra el asfalto, tan fuertes que me desgarré la piel de la mano—. ¡Sáquenla de ahí!

No salía ningún grito del interior de la furgoneta. Solo se oía el sonido de mi voz rota. Y murmullos de los transeúntes horrorizados.

Mientras el policía me sujetaba, vi impotente cómo mamá se quemaba viva dentro de la furgoneta cerrada con llave.

La vi sin ver nada. Incapaz de asimilarlo. La inmolación de mamá.

Habían llegado tres coches de policía y dos camiones de bomberos, que enseguida se pusieron manos a la obra.

Era una noche fría de otoño, pero el fuego era tan intenso que todos sudaban.

El estruendo del agua al salir de las potentes mangueras. La furgoneta inundándose.

Mi padre y mi hermano estaban delante del coche patrulla de papá. Papá ni me miraba.

Moose no podía dejar de llorar. Las lágrimas empapaban su barba. Mi hermano pequeño estaba roto, destrozado sin

312

remedio. Por mi culpa. Se estremeció y se desplomó como un saco, tan fuerte que se le vaciaron las tripas y soltó todo lo que llevaba dentro como si fuera un Chernóbil humano.

Observamos la incineración codo con codo, su increíble resplandor y las brasas que se esparcían y estallaban a su alrededor. Como si nos azotasen con un látigo.

Papá cayó al suelo también, sollozando.

—¡Ha sido un accidente! Papá, por favor. Por favor, dime algo.

Un bombero se volvió hacia mí.

—¿Esa es tu furgoneta?

—Técnicamente, es mía —dijo Nina entre lágrimas.

—Una fuga de gasolina. O una fuga en la dirección asistida —explicó el bombero—. ¿La revisáis regularmente?

—Hace años que no —dijo Nina.

—¿Le has puesto gasolina esta noche?

—Sí. —Yo lloraba.

—Quizá los inyectores estaban mal.

—¿Qué?

—Demasiada gasolina —espetó.

—Joder.

—Y la has aparcado sobre un montón de hojas secas. —Señaló el suelo—. Parece que el fuego empezó debajo de la furgoneta. Quizá algún borracho tiró un cigarrillo. O una cerilla. Ardió rápido.

—Holiday. —Nina intentó abrazarme.

La aparté.

—No puede ser. —Me puse a caminar arriba y abajo, murmurando—: Esto no está pasando, esto no está pasando. Quiero volver atrás.

Mi antigua vida terminó ese día.

Pasé meses intentando recomponerme. Ingresaría en un convento, como había hecho mi madre. Me dedicaría al culto. A la expiación. Mi penitencia.

Seis meses después del accidente, después de que papá nos librara a Nina y a mí de la acusación de imprudencia temeraria (el primer y último favor que me haría en toda mi vida), cancelé todas las clases de música que tenía programadas. Metí mi antigua vida —carnet de conducir, cartera, teléfono— en una caja vieja de Dr. Martens y se la di a Moose. Vendí mis joyas, mi Fender acústica y mi guitarra eléctrica. Mi bebé... Mi Stratocaster de grafito. También habría vendido mi diente de oro si hubiera podido. Con esos setecientos dólares cogí un taxi hasta el aeropuerto JFK y compré un billete de ida a Nueva Orleans. Sor Augustine había accedido a reunirse conmigo: la única. La gente viajaba a Crescent City para perderse, encontrar el amor, esconderse o reinventarse. Yo necesitaba más. Necesitaba renacer.

26

Al entrar en la iglesia me sorprendió ver a Jamie dormido en un banco bajo la vidriera de la Natividad. Sus muletas plateadas estaban apoyadas en la madera oscura. Debajo de la cabeza, a modo de almohada, tenía la mochila.

Abrió los ojos y por su cara atribulada supe que algo no iba bien.

—Oh, hola —me saludó aún adormilado.

—Me alegro de que haya vuelto —dije.

—En realidad esperaba poder hablar con usted. La vi.

—¿A mí? —Estaba confusa—. ¿Dónde?

—En el ala este, la noche del incendio.

—Por supuesto que me vio. Yo le saqué de allí.

—No. Me refiero a la persona que vi en el pasillo. Era usted, hermana. Incluso se lo dije a Lamont.

—No era yo —dije—. Yo estaba en el callejón, fumando.

—La vi —insistió.

—Le juro en el nombre del Señor que no era yo.

Jamie soltó aire lentamente.

—¿Entonces quién era?

—No estoy segura. Pero yo también vi una sombra. ¿El Espíritu Santo?

Jamie no respondió a mi pregunta retórica y me imaginé a sor Honor flotando por el pasillo como una carroza del desfile de Acción de Gracias de Macy's. El velo, la cofia y la túnica con la blusa debajo. Acto seguido me imaginé a Rosemary y sus conjuntos de otra época, su recatado uniforme. Todos los profesores de Saint Sebastian seguían un guion, igual que yo. Todos querían ser invisibles.

—Para empezar, ¿qué hacían allí Lamont y usted? —pregunté.

—Había estado durmiendo allí. —Jamie bajó la mirada—. En la antigua aula de historia.

—¿Durmiendo allí? ¿Cuánto tiempo?

Jamie se hundió en el banco.

—Una semana. Desde que empezaron las clases.

—Subió por la escalera de incendios y movió el aparato de aire acondicionado del segundo piso.

—Sí. —Se ruborizó.

—¿Sus padres le han echado? —pregunté—, ¿porque Lamont y usted están juntos?

—¿Sabe leer la mente o qué?

—Solo estoy familiarizada con los altibajos de la vida gay.

Jamie se rascó el cuello y se tiró del lóbulo de la oreja.

—En mi caso más bajos que altos.

—Siento oír eso.

—Ya no podía seguir durmiendo en el sofá de mi amiga. Sus padres se van a divorciar y su madre necesitaba que dejara libre el sofá.

—Jamie. —Sus ojos se movían inquietos—, siento que le haya pasado esto.

—¿Puedo dormir en el convento? ¿O aquí, en la iglesia? —Se le estaba empezando a quebrar la voz. Una ráfaga fuerte y se haría añicos.

—Necesitaremos que vengan sus padres para discutirlo.

—Mis padres no se preocupan por mí. Mi madre me pilló enrollándome con Lamont en mi habitación. Se puso como loca. Se le fue totalmente la pinza. Empezó a llorar y a gritar. Mi padre me echó de casa. Me llamó maricón y me dijo que era una vergüenza. Dijeron que si aceptaba ir a un campamento de conversión de Arkansas podría volver a casa. Lamont lleva una semana en una de esas cárceles para gays.

Los detalles salieron a borbotones. Era mi oportunidad.

—Sé que no provocó el incendio; ha habido dos más mientras se estaba recuperando. Pero vio algo, y necesito saber qué. ¿Fue Lamont?

—¿Qué? No. —Hablaba muy bajo—. Yo solo estaba durmiendo en el colegio, nada más. Intentábamos entrar en el aula que yo había ocupado.

—¿El fuego ya había comenzado?

—Sí. Todas mis cosas estaban dentro. Mi ropa y mi cartera. Todo lo que tenía. Lo perdí en el pasillo. Estaba histérico y Jack me oyó...

—Y pensó que usted había provocado el incendio.

Jamie asintió.

—Se puso hecho una furia. Le dijimos que no, que no, que no, pero estaba muy enfadado. Me empujó contra un montón de cristales.

—El cristal del dintel del pasillo.

—Sí. Lamont se abalanzó sobre Jack para protegerme. Nunca lo había visto así. Jack y Lamont comenzaron a pegarse. Se metieron en la clase en llamas. Lamont se cayó y se rompió el tobillo.

Me aclaré la garganta, como si fuera a ayudarme a ver con más claridad.

—No sé por qué, pero Jack intentó apagar el fuego. Y lo empeoró —continuó Jamie.

Entonces todo encajó. La bola de fuego de la combustión repentina lanzó a Jack a través de la ventana abierta, la fuente de oxígeno. Eso explicaba por qué Jack estaba tan quemado.

—¿Qué hacían en el aula de religión? —pregunté.

—Lamont llegó a gatas y me arrastró hasta allí para alejarnos del humo.

—Fue entonces cuando les encontré. —Hice la señal de la cruz y luego cogí a Jamie de las manos.

—¿Lamont y yo vamos a ir al infierno por lo que hicimos? —Jamie lloraba, era el sollozo infantil de un niño con la boca abierta.

—No, no. Jack habría intentado apagar el fuego de cualquier manera. Su muerte no es culpa suya. Pero tenemos que contárselo todo a la policía, inmediatamente.

Volví a poner la mano en el brazo de Jamie. La luz del vitral proyectaba un suave espectro de colores sobre su cara. Estábamos todos juntos en eso. Jamie y yo. Lamont. Moose. Inadaptados y marginados, todos heridos de diferentes maneras.

—¿Puedo quedarme con usted en el convento? —preguntó Jamie en medio del llanto desgarrado, con la cara hinchada—. Una vez me quedé en el albergue y un borracho me dijo que me iba a sacar los ojos.

—Le preguntaré a sor Augustine si puede quedarse unas noches. Venga a la iglesia después de la misa de la tarde. Puede dormir en la sacristía esta noche. Allí no le verá nadie. Le diré a la policía que esta semana usted es el monaguillo principal. Pero no puede salir desde el anochecer hasta el amanecer. El toque de queda sigue vigente.

Apretó mis manos enguantadas mientras la tensión desaparecía de sus miembros.

—Gracias, hermana. Me ha salvado otra vez.

—La situación con sus padres no durará siempre —dije—. Con el tiempo puede que cambien de opinión. La gente a veces le sorprende a una. Y Dios también.

27

—Estás igual que siempre —dijo Nina con voz incrédula, con los ojos abiertos de par en par y mirándome de arriba abajo—. Te pareces a la Holiday de antes, salvo por el maquillaje.

—¿Qué creías? ¿Que llevaría un cartel de «Soy la Novia de Cristo»?

Era jueves por la mañana, temprano. Me había pasado casi todo el miércoles por la noche al teléfono con Riveaux para trasladarle lo que me había contado Jamie. Quería más tiempo para repasar mi última conversación con Rosemary. Ella, sor Honor y la Diócesis eran ahora mis principales sospechosos, y me estaba quedando sin margen para reconstruirlo todo. Pero, como de costumbre, Nina acaparó mi atención. Era un cristal en bruto que no podía soltar, que curaba o cortaba, o ambas cosas, dependiendo de cómo la sostuviera en mi corazón, en mis manos.

Intenté contener la emoción al verla, pero nada más divisarla corrí hacia ella. Nos abrazamos con fuerza en la zona de llegadas del aeropuerto Louis Armstrong, sin decir nada. Estaba demasiado nerviosa para chillar. Hacía más de un año que no nos veíamos. Desde que me había marchado de Brooklyn. Desde el día que papá me llevó al aeropuerto en su coche de la policía de Nueva York. Para entonces Moose ya se había ido y se había matriculado en Medicina. Pensara lo que pensara papá del nuevo rumbo de nuestras vidas, no lo compartía con nosotros. O no sabía qué decir al respecto.

Nina era una obra maestra: extrema y ornamentada. Llevaba los labios pintados de un rojo fuego.

Me cogió una mano.

—¿Qué pasa con los guantes? ¿Manejas obras de arte caras?

—Más bien las escondo —dije—. Mi tinta es demasiado artística para el convento.

Nina colocó su mano en mi cadera derecha, se inclinó hacia mí y acercó sus labios a los míos, pero yo aparté rápidamente la cara.

—No hagas eso —le dije.

—Joder, ¿en serio? Tampoco es que te vaya a comer el coño delante de los seguratas.

—Nina, no digas eso.

—¿«Seguratas» o «coño»? ¿Ahora ni siquiera puedo decir palabrotas delante de ti? Qué divertido va a ser este viaje.

Nina se puso sus gafas de sol doradas. Dentro del aeropuerto, todo en ella irradiaba confianza en sí. El tipo de persona que yo solía ser antes de volverme invisible.

—Sé tú misma. No ha cambiado nada —dije.

Se rio y se pasó el bolso del hombro izquierdo al derecho.

—Ha cambiado todo. Eres monja.

—Tú sigues siendo tú —dije— y yo sigo siendo yo.

—No, ya no lo eres.

—Hace un minuto has dicho que estaba igual que siempre.

—Lo que tú digas. —Iba a añadir algo, pero se calló.

—A lo mejor sí he cambiado. Eso es bueno. Todos deberíamos crecer, evolucionar y cambiar.

—Y además, una monja existencialista. —Nina sacó un Camel de un estuche negro y rígido. Golpeó el cigarrillo contra la caja para apretar el tabaco. Me encantaba el olor a colonia dulce y a nuez del tabaco fresco. El ritual de fumar.

—Entonces, ¿cómo vamos a salir de aquí? Supongo que no tienes coche. ¿Vamos a ir en un carruaje tirado por caballos?

La euforia de ver a Nina se esfumó de repente y dejó paso a lo triste de las cuestiones logísticas.

Ella se dio cuenta.

—Sabía que esto era un error —dijo enfurruñada mientras sacaba un mechero del bolsillo.

—Entonces, ¿por qué has venido? —pregunté.

Ver a Nina al borde de una rabieta me recordó los viejos tiempos. Aquel exasperante baile que tanto nos gustaba.

Nos queríamos, pero nos conformábamos con las migajas. Solo teníamos migajas que ofrecer.

—El grupo toca esta noche en el Fair Grounds —dijo—. Y te he echado de menos. No llamas. Ni un correo. Has desaparecido.

Era cierto que Nina me había escrito una docena de cartas, a menudo preguntando si podía venir a verme a Nueva Orleans. Me escribía todos los meses. Yo nunca le respondía. ¿Cómo iba a hacerlo? Y sin embargo, cuando Nina llamó al convento al amanecer de ese jueves, después de una noche agitada, y anunció que acababa de aterrizar desde Nueva York, el corazón me dio un vuelco —de miedo, de emoción— y corrí a su encuentro.

—Mi amigo Bernard está aquí, dando vueltas por el aeropuerto. Todo un personaje, pero es majo. Me ha traído y nos llevará a la ciudad.

Salimos de la terminal de llegadas, ella todo glamour y yo con un austero pañuelo negro y guantes, y nos abrimos paso entre hordas de viajeros con maletas, familias llorando entre abrazos apresurados y adolescentes zombis.

Se movía inquieta mientras esperábamos a que Bernard regresara. Cerca de nosotras, un hombre intentaba leer el *Times-Picayune*, pero el periódico estaba tan húmedo que las páginas se arrugaban como un fideo demasiado cocido.

—Bienvenida a Nauleans —dijo Bernard desde detrás del volante—. ¿Qué te trae por nuestra ciudad?

—Esta noche toco con mi grupo —respondió Nina subiéndose al asiento trasero del coche. Yo iba de copiloto—. Quiero ver el Barrio Francés —añadió— y comer cangrejo, un Sazerac y sopa de tortuga.

—Concede a las tortugas el descanso eterno, Señor —dije, e hice la señal de la cruz.

—Y quiero ver dónde das clase —dijo Nina, y me golpeó con suavidad el hombro izquierdo—, y dónde vives.

—Genial —dijo Bernard, siempre afable—. Te dejaremos catar la vida espiritual.

—No me parece buena idea. —Necesitaba quitárselo de la cabeza enseguida.

—¿Te da vergüenza que te vean conmigo? —preguntó Nina molesta desde el asiento trasero.

—Claro que no —mentí—. Pero ahora tenemos a la policía permanentemente apostada en el colegio, y no les gustan las visitas. Y yo tampoco.

324

Bajó la voz.

—¿Entonces supongo que no puedo quedarme contigo?

—¡Quédate conmigo! —intervino Bernard—. Mi morada es humilde, pero siempre tengo músicos en casa.

Nina murmuró con desgana unas palabras de agradecimiento mientras se mordía la uña del pulgar. El aire del coche era sofocante.

En el trayecto de vuelta a la ciudad, el lago Pontchartrain brillaba como una luna nueva a nuestra izquierda, un imán negro que absorbía nuestros deseos. Bernard, nervioso, se giraba cada pocos minutos para mirar a Nina en el asiento trasero, con lo que el coche se desviaba ligeramente hacia el arcén. Nina era igual que una modelo, así que no le podía reprochar a Bernard que se quedara deslumbrado por ella, aunque tampoco me gustaba. Capté por el retrovisor la expresión de Nina de qué-cojones-está-pasando, mientras sus ojos grandes y nerviosos me preguntaban: «¿Qué hace este aquí?».

—¿Vas a decirme qué pasa con los incendios o qué? —preguntó Nina con la voz alterada—. He tenido que leerlo en Twitter.

—Hace una semana, vi a nuestro amigo Jack...

—¡Mi colega! —intervino Bernard.

—Vi caer a Jack desde el segundo piso del ala este del colegio.

Nina ahogó un grito.

—Entré corriendo para ver si había alguien en el edificio y encontré a dos de mis alumnos, Lamont y Jamie, casi inconscientes por el humo. Saqué a Jamie en brazos después de arrancarle un trozo de cristal enorme de la pierna y estar a punto de matarlo.

—Oh, no, Hols.

—Está bien. Traumatizado de por vida, pero bien. —Me santigüé—. Dos días después, se incendió la cafetería. Alguien empujó a nuestra querida sor T por la escaleras. La autopsia dice que fue un accidente, pero no me lo creo. Luego se incendió el autobús escolar.

—Parece que salimos a incendio por día —añadió Bernard.

—Estoy investigando por mi cuenta —dije—. Confiar en la policía es tan inútil como regar una planta de plástico.

—Cierto —confirmó Bernard.

—Encontré un guante en la calle y una blusa quemada en la papelera. Debía de estar a punto de averiguar algo, porque alguien abrió mi correo y me encerró en el cuarto del conserje.

—Lo siento, Hols. No lo sabía —dijo Nina.

—¿Cómo ibas a saberlo?

—Ha llegado a su destino —nos interrumpió Bernard imitando una voz de robot.

No mencioné la caja llena de cerillas del armario: aún tenía que hablarlo con él.

Bernard dejó el equipaje de Nina en el maletero y nos bajamos frente al colegio. Nos quedamos paradas un momento, mientras Nina contemplaba la exuberante flora. Pero el aire matinal ya era denso como una sauna, y la tensión entre nosotras hacía aumentar aún más la temperatura.

—Es como si estuviéramos dentro de un volcán —dijo Nina. El sonido hipnótico de las cigarras era igual que una orquesta invisible. Luego sacó otro Camel.

—¿No hace demasiado calor para fumar, incluso para ti? —pregunté, muriéndome de ganas de un cigarrillo.

—Para todo hay una primera vez. —Nina lo encendió y dio una calada.

—¡Prohibido fumar! —gritó una voz antes de que llegara a expulsar el humo siquiera—. ¡Esta es una zona libre de humo!

Era sor Honor, que había aparecido por la esquina con cara de estreñimiento; sus cortas piernas se movían tan deprisa que parecía andar sobre unos raíles. Era más rápida de lo que yo pensaba.

—Buenos días, sor Honor.

—Como ya sabe, sor Holiday, el humo del tabaco es obra del diablo —dijo, una afirmación ridícula que resultaba aún más extravagante por su halitosis a naftalina. Sus ojos saltones parecían dar vueltas fuera de sus órbitas. El consumo de tabaco está prohibido en todo el recinto de Saint Sebastian. —Indicó una señal de prohibido fumar, bajo la cual había un montón de colillas.

—No se preocupe. Ahora nos vamos —dije—. ¿Ve esto? Somos nosotras alejándonos.

Me di cuenta de que el altar de la acera dedicado a sor T y Jack se había quedado sin flores, pero seguían surgiendo velas nuevas.

—Parece que tienes una superfan —dijo Nina aludiendo a sor Honor.

—Me odia. Odia que sea bollera.

—Pero ya no eres bollera.

—Por supuesto que sí. Todavía me atraen las mujeres, solo me he tomado un año sabático de sexo y...

—¿No te hicieron renunciar por escrito a tu homosexualidad para unirte a la orden? —me interrumpió, tensa.

Me reí, pero comprendí su indignación. Aquella institución (el sistema del que yo formaba parte) era una de las más opresivas del planeta.

—Toda monja tiene un pasado —le dije—. Y un presente. Créeme. Sor Augustine piensa que todos tenemos un papel que desempeñar en un futuro mejor.

Ella se rio.

—Pero ¿no estás casada con Jesús o algo así?

—Es un matrimonio sin sexo. Pero en realidad, estoy casada con mi trabajo.

Nina hizo girar sus pulseras alrededor de la muñeca. Pronto empezarían las clases, pero allí, de pie con ella entre las velas conmemorativas, sin saber qué decir o hacer, el tiempo se comprimía. El ambiente era denso, una olla a presión sin válvula de escape. La veía como un recuerdo y una fantasía al mismo tiempo.

—Acojona todo lo que te ha pasado —dijo, rompiendo el silencio—. Me alegro de que estés bien. Nunca he dejado de echarte de menos. Nunca hablamos de aquella noche. De la furgoneta...

Fui incapaz de oír más.

—No lo hagas más difícil de lo que ya es.

—Mira quién fue a hablar. —Nina sonrió.

Me encogí de hombros.

—Esto no es ninguna broma. Ahora soy diferente.

—Vale. Ya me acuerdo. Me dejaste para convertirte en monja.

—Chist. —Puse mi dedo sobre su labios suaves para callarla.

Nos miramos durante más tiempo del debido.

Las clases empezaban al cabo de una hora, así que no tenía mucho tiempo para enseñarle a Nina el colegio, mi aula, mi nueva vida. Entré en la oficina de recepción y soporté la mirada furtiva de un agente de policía mientras robaba un pase de visitante de la mesa de Shelly. Se lo llevé a Nina, que canturreaba en las escaleras del colegio sin parar de sudar.

Mientras caminábamos fatigosamente en dirección a mi clase, la atmósfera pareció asfixiarme. El olor a quemado y a ceniza me ahogaba. No podía respirar.

—¡Mierda! —Nina me dio una palmada en la espalda—. ¿Estás bien?

Me atraganté y los ojos empezaron a llorarme. Entré con paso vacilante en la clase de John Vander Kitt, cogí uno de los omnipresentes termos de café de su mesa y bebí a grandes sorbos aquella achicoria fría, que probablemente llevaba allí desde el día anterior. Mis pulmones se relajaron. Respiré hondo.

El sabor del alcohol me golpeó de inmediato.

—¡Mierda! Prueba esto. —Le tendí el termo a Nina.

Bebió un sorbo y le dieron arcadas.

—Es casi todo vodka. —Me lo devolvió.

John estaba borracho de vodka todo el día, todos los días.

Dios mío, ¿por qué has hecho la vida tan difícil que necesitamos abstraernos el mundo?

Entré con Nina en el convento para poder cepillarme los dientes y borrar el horrible sabor de la boca. La puerta de mi habitación estaba entreabierta. Dentro no había nadie, excepto un lagarto pequeño que trepaba por la pared veloz como un rayo.

—¡Qué mono! —Nina señaló al reptil marrón.

—Fuera —le dije a Nina. Eché un vistazo a mi habitación y luego salí un momento al pasillo—. Espérame en el vestíbulo.

—¿Por qué? —preguntó ella.

—Alguien ha entrado en mi cuarto. —El pánico y la indignación me invadieron.

—Qué raro —dijo Nina—. ¿Seguro?

—La puerta está abierta. Nunca la dejo así. Alguien ha estado aquí.

Nina negó con la cabeza.

—Veo que sigues paranoica.

—Tengo razones para estarlo. Quédate aquí.

Entré en mi habitación y miré debajo de la cama. Detrás de la puerta. En el armario. Nada.

—¡Holiday! —gritó Nina desde el pasillo.

Salí corriendo. Sor Honor la había arrinconado contra la pared opuesta.

—¡No se admiten visitas en el convento! —vociferó con toda la fuerza de sus pulmones.

Nina consiguió escabullirse y se colocó detrás de mí en mitad del pasillo, como si yo pudiera protegerla.

—Lo siento, sor Honor, yo...

—¡Sáquela de aquí ahora mismo!

—Necesito coger algo de mi habitación. Nina puede esperar aquí, ¿vale?

—Dese prisa. —La voz ronca de sor Honor me cortó la respiración.

De vuelta en mi habitación, escudriñé las paredes y todas las superficies. Volví a mirar debajo de la cama, pero no vi nada. Abrí el armario. Mis blusas y mis pantalones negros estaban planchados a un lado. Mis cuatro pañuelos estaban sin doblar.

—Alguien me está jodiendo —le susurré a Nina mientras salíamos—. Alguien trata de hacerme perder los nervios. Si hubiéramos llegado un minuto antes, tal vez lo habríamos visto.

Desde la puerta del convento se me ofreció una visión perturbadora: la de sor Honor mirándonos fijamente.

—Me ha estado observando —dije—. Me persigue. Lo sé.

—No es mi mayor fan —añadió Nina.

Las clases empezaban al cabo de treinta minutos. Tuve que despedirme de Nina, aunque habría dado cualquier cosa por verla actuar. Casi cualquier cosa.

—Adiós, por ahora —dije en un tono mecánico.

Nina, inquieta, se debatía en el abismo entre la decepción y el deseo.

—¿Va a pasar otro año hasta que te vuelva a ver?

—¿Qué más da? Estás casada.

Nina se subió las gafas de sol doradas hasta la coronilla.

—Que no te importen las cosas es tu especialidad. A mí sí me importan. —Se le humedecieron los ojos. Parpadeó con fuerza—. Siempre me has importado. Tú, nosotras. Y voy a dejar a Nicholas.

—¿Qué?

—Lleva años tirándose a su terapeuta. ¿Te sorprende?

—¿Que Nicholas vaya a terapia? Por supuesto. ¿Que tengas un doble rasero imposible? No tanto.

Los alumnos empezaron a afluir sin prisa hacia la entrada principal. Un coche negro con el letrero de neón de Uber se acercó. Nina abrió la puerta y arrojó el bolso dentro. Frunció el ceño, subió al coche y cerró la puerta con tal fuerza que sentí un eco en el pecho. Hueco, reverberante como la campana de una iglesia.

Anduve unos pasos hasta el banco del patio. Al sentarme, vi a otro ser atormentado. Un esqueleto ambulante que se acercaba a mí. Riveaux.

—Tengo más cosas que contarle —le dije. Me aparté para hacerle sitio.

—¿Qué? —Se sentó rígida. Olía a gardenias.

—John Vander Kitt es un borracho. Se pasa el día bebiendo en secreto. Lo oculta a la perfección. Quizá sepa más del incendio de lo que creemos.

Como la mayoría de mis faltas, delatar a un amigo —dañar la reputación de John— era algo horrible pero necesario. Yo era la única que estaba descubriendo pistas y tenía que lograr que la investigación avanzara como fuera.

—Muy bien, hermana —asintió Riveaux—. Eso es algo que sin duda me sirve. Esta mañana han incendiado otro colegio católico en la otra punta de la ciudad, Saint Anne.

—Otra vez no.

—Nueve heridos por inhalación de humo. Estudiantes y un profesor.

—Dios mío, ten piedad de ellos. —Cerré los ojos—. ¿Ha muerto alguien?

—No hay víctimas mortales.

Me levanté bruscamente. A pesar de todo lo que había hecho, los incendios seguían produciéndose. Dios no podía —o no quería— detenerlos. ¿Seguía siendo una prueba de fe, con tantos daños colaterales?

—Ahora no puedo encargarme de eso.

—Hermana.

—¿Cuándo empezó el incendio en Saint Anne? —pregunté—. La hora exacta.

—A las seis y diez de la mañana.

—¿Por qué había gente allí tan temprano?

—Estaban ensayando una obra de teatro.

—¿Testigos oculares?

—Nadie vio nada.

—¿Una llamada anónima al 911?

—Sí —dijo ella, abatida.

La derrota siempre hace que todo parezca encogerse.

—Riveaux, ¿y si esto no empezó con el primer incendio? ¿Ni esa semana, ni siquiera el año pasado? Tal vez sea la Diócesis. Saint Anne también está bajo su competencia. El obispo se cree rey.

—¿Una estrategia a largo plazo? —Riveaux se quedó mirando una solitaria nube del cielo.

—No serían damas —dije—. Sería ajedrez.

28

—La ciudad está en estado de alerta —dijo sor Augustine en la cocina del convento el jueves por la noche, mientras preparábamos la cena—. La comunidad católica es el objetivo evidente. —Levantó las manos y miró al cielo—. Perdona a los que han hecho daño en tu bendito nombre, Señor. —Me miró a los ojos y luego miró a sor Honor—. Ahora debemos mostrar fuerza y unidad frente al terror.

—Tenemos que seguir adelante —dije.

Sor Honor gesticuló como si estuviera dirigiendo el tráfico.

—¡No, no, no! Necesitamos más policía, un toque de queda más prolongado y cámaras de vigilancia. Los vecinos están asustados. Los alumnos están traumatizados. Al menos los que han seguido asistiendo a clase. Muchos padres ya no traen a sus hijos. Debemos pedir a la Diócesis que cancele las clases hasta que podamos garantizar la seguridad. Sor Augustine, ¿puede hacerlo, por favor?

Por una vez sor Honor me impresionó con su preocupación por la seguridad de todos.

Pero era inquietante. Nuestro colegio y el de Saint Anne eran dos de los cuatro colegios católicos que quedaban en la ciudad. Sin financiación pública, la matrícula de los alumnos era lo que nos mantenía a flote. Si los padres con posibles perdían la confianza y sacaban a sus hijos, estábamos jodidas. Tendríamos graves apuros financieros.

El Padrino, el Necrófago y el Barbas iban a la suya. No me cabía duda de que planeaban vender nuestros queridos bienes inmuebles al mejor postor y dejarnos en la cuneta, dando a entender que la «venta de la propiedad» era «necesaria» para «sostener la misión». Una maniobra maquiavélica. Para forrar sus bolsillos con hilo de oro. La última vez que lo había comprobado, el patrimonio neto del Vaticano era de cuatro mil millones. Dinero y mentiras. Mentiras y dinero. Una historia tan antigua como el mundo.

—No podemos cerrar el colegio —intervine.

—Hermanas, por favor —respondió sor Augustine—, necesitamos solidaridad... permanecer unidas y compartir el Evangelio. Nuestro Señor es toda la protección que necesitamos. Él proveerá.

—Debemos atender a nuestros alumnos —dijo sor Honor con calma—. Necesitan nuestro apoyo. Deben ser nuestra prioridad.

Una vez más, coincidía con ella, pero también estaba preocupada.

El pelo blanco de sor Augustine asomaba por debajo de su toca.

—Trabajemos junto con la comunidad para demostrar que no tenemos miedo.

—Tenemos miedo —dijo sor Honor—. Deberíamos suspender las clases hasta que...

—Pero no podemos apoyar a nuestros alumnos si se quedan acobardados en casa —dije, con obstinación.

336

—Siempre quiere salirse con la suya —le dijo sor Honor a sor Augustine como si yo no estuviera delante—. De todos modos, la Diócesis es quien decide.

—Ya lo creo —sentencié.

Sor Augustine me puso las manos sobre los hombros.

—Basta de discusiones. Es hora de que se comporte como el catalizador que sé que puede ser —me dijo.

Sor Honor puso los ojos en blanco. La saliva se le había acumulado en la comisura de los labios durante nuestra discusión.

—Gracias —dije con una sonrisa dirigida a sor Honor.

Me ajusté los guantes negros. El calor y el sudor los habían encogido.

—Ha sido elegida para hacer el trabajo duro porque es capaz de ello. Unidas junto a Dios, podemos con todo

—Por favor, no deje de recordármelo —le dije.

Sonó el teléfono del convento y sor Augustine contestó.

Era Riveaux. Nos sorprendió con la petición de reunirnos en persona, y quince minutos más tarde llegó con su aspecto aturdido de siempre.

—La policía está de acuerdo con el obispo en que todos los colegios católicos deben permanecer cerrados hasta que detengamos al pirómano —dijo—. Necesitamos más patrullas.

—¡Necesitamos que se declare el toque de queda en toda la ciudad! —clamó sor Honor.

—Sin lugar a dudas el pirómano ha intensificado su actividad, pero un toque de queda en toda la ciudad sería muy difícil de explicar. —Riveaux se aclaró la garganta—. Es un profesional. De eso estoy segura. Las escenas están limpias. Ordenadas. Bien organizadas, como un laboratorio de química.

Riveaux mascullaba, pero repitió la palabra «química» más de una vez, y con énfasis, como si sospechara que Rosemary Flynn estuviera en el ajo. Habíamos entrado en una espiral imparable. Quizá aquello era demasiado grande para una sola persona. ¿Y si Rosemary Flynn y sor Honor habían establecido una extraña alianza criminal? ¿Y si la policía estaba creando problemas que solo ellos podían solucionar?

—Lo único que quiero es que esto termine. —El ojo izquierdo me palpitaba.

—Quédese a comer con nosotras, investigadora —le suplicó sor Augustine.

—Gracias. —Riveaux parecía realmente sorprendida por la invitación.

Mientras se bendecía la mesa, recé para que el aburrimiento volviera a mi vida. La cena fue una tortura. Sor Honor no dejó de soltar comentarios sarcásticos sobre mí, la detective fracasada de Saint Sebastian. Para ser religiosa, era una cabrona rastrera. No muy diferente de mis compañeras de banda de Brooklyn, e incluso peor aún.

—Ha vuelto a trabajar demasiado la masa, sor Holiday —dijo sor Honor con suavidad—. Déjela reposar. La manosea demasiado.

—No todas podemos ser tan perfectas como usted, sor Honor. —Hundí la punta de mi rebanada de pan en la yema del huevo, perforando la membrana. Nuestra cena de esa noche consistía en judías blancas y berzas de nuestro huerto, acompañadas de un huevo escalfado de Hennifer Pico y pan recién hecho.

—Nadie es perfecto, excepto nuestro Señor y Salvador —repuso sor Honor mientras masticaba su pan con mantequilla y las migas le rebosaban de los labios.

—Hermanas, por favor, dejen de pelearse —dijo sor Augustine con tono pausado mientras miraba por la ventana—. ¿He de recordarles que el lunes tenemos una reunión diocesana con el obispo? Y de todos modos, Dios nos hizo a su imagen, así que todas somos perfectas.

—Amén —dije.

—¿Amén? —repitió Riveaux, dudosa.

—Amén —dijo sor Augustine con una sonrisa tranquila—. Gracias por acompañarnos en esta humilde comida, investigadora Riveaux. —Y tal vez para contrarrestar las pullas de sor Honor, añadió—: Sor Holiday ha traído nueva vida a nuestro colegio y nuestro convento, y estoy ansiosa por ver qué más nos aportará una vez haga sus votos permanentes.

«Votos permanentes». Las palabras me dejaron sin aliento. Podía oír a Nina riéndose de mí. Nada es permanente de verdad, excepto la muerte.

Riveaux se despidió. Después de fregar los platos, y antes de mis oraciones nocturnas, me senté un rato fuera, a pesar del toque de queda. Me acurruqué bajo el mandarino del jardín del convento, donde estaba enterrada Vudú y donde sor T había pasado tanto tiempo cavando, podando, cultivando, compostando y cantando. Añoraba la sonrisa y la dulzura de sor T. Nunca podría olvidar cómo hacía que me sintiera: que yo no era invisible.

Oí golpes en la ventana que daba al jardín. Sor Augustine me hizo señas para que entrara.

—Hay que obedecer el toque de queda, sor Holiday —me dijo en la cocina.

—Hace un calor sofocante.

—La policía solo quiere protegernos.

—No deje que Grogan la engañe. Es un sádico —dije.

—El detective Grogan es un hombre devoto y fiel que solo hace su trabajo. Por favor, respete sus órdenes. Puede hacerlo. Sé que puede.

Su confianza hizo que me relajara.

—Usted es la única que tiene fe en mí.

Me abrazó.

—No la única. Será un pilar sólido de esta comunidad, sor Holiday, porque entiende la lucha.

Asentí con la cabeza. Se dio la vuelta y se alejó para llamar al obispo.

El toque de queda y la mayor presencia policial nos tenían a todos en vilo, avanzando a tientas en la oscuridad, pero sor Augustine iluminaba el camino. «Para compartir la luz en un mundo en tinieblas».

29

De acuerdo con el comunicado de la Diócesis, el viernes no habría clase. Tenía que encontrar trapos sucios de la trinidad diabólica, pero eso era más difícil que resucitar a un muerto. Mejor concentrarse en las pistas que podía seguir de forma inmediata. El tictac del reloj sonaba cada vez más fuerte, y yo era la emisaria de Dios en el caso. Mi misión era tan pura como el agua bendita, aunque mis dotes de detective aún tenían margen de mejora.

La mañana avanzó sin mayor contratiempo. Me di una ducha rápida y fría. Me corté las uñas en el lavabo y vi cómo desaparecían por el desagüe mientras dejaba correr el agua. Me puse el hábito negro. El pelo mojado goteaba por detrás de la oreja sobre el cuello de la blusa y el pañuelo.

Por las mañanas, la primera hermana en llegar a la cocina siempre hacía el café, así que puse el pesado hervidor al fuego y molí los granos en el molinillo de mano mientras hervía el agua. Unté con mantequilla dos rebanadas de pan moreno y las envolví en una servilleta de tela verde para llevarlas al colegio. Me las comería después de misa. Hacía tanto calor en la cocina que abrí la puerta del congelador y metí la cabeza para aliviarme, acercando la cara cerca a la bandeja de hielo y a los dos únicos productos que comprábamos en la tienda: bolsas de guisantes verdes y de granos de maíz. Cuando el café estuvo listo, llené mi termo. Limpié las migas de la encimera y salí al jardín a por una mandarina.

Como de costumbre, la misa transcurrió sin incidentes, salvo por la creciente asistencia, mayor ese día porque los alumnos no tenían que ir a clase. El padre Reese estuvo muy poco inspirador, cosa chocante, porque sor Augustine había estado animando a la multitud delante de la iglesia de manera muy convincente. El creciente público necesitaba consuelo. Vi a nuestros feligreses abrir y cerrar sus himnarios, desesperados en busca de algo que les reconfortase, con los ojos ansiosos. Incluso olían a miedo. Un olor embriagador, a cera. Todos necesitábamos que alguien nos guiara.

El cielo sobre el Mississippi estaba cubierto de tres tonos de azul. Una suave brisa, cargada de aroma a jazmín, mecía las palmeras. Crucé Prytania Street y saludé con un gesto a un agente que se dirigía al interior del colegio y que me respondió con una lenta inclinación de la cabeza.

En la sala de profesores solo encontré a Bernard, que estaba desayunando un Snickers y bebiendo una Coca-Cola. Me senté a su lado. Sus vaqueros olían a hierba cortada y gasolina. El olor me hizo temblar por un momento.

—Hay que ver... Parece una ciudad fantasma —dijo.

El profesorado estaba en el colegio, pero sin estudiantes, en los pasillos reinaba un silencio inquietante.

—Quería preguntarte una cosa, pero no sabía cómo. —Dejé el pan—. ¿Qué significan todas esas cajas de cerillas?

Bernard tragó sin masticar y se atragantó un poco.

—¿Qué? —Dio un trago a su refresco para bajar la chocolatina.

—Encontré una caja llena de librillos de cerillas cuando me quedé encerrada en el cuarto del conserje. Es una larga historia. Pero ¿por qué hay tantas?

Levantó sus gruesas cejas.

—Las colecciono de todos los bares a los que voy a escuchar música en directo. —Mientras hablaba vi un resto de chocolate en uno de sus dientes.

—De acuerdo. —Me sentí culpable por preguntar, por no confiar en mi amigo. Pero ni siquiera confiaba en mí misma.

—Es mi forma de recordar los lugares en los que he estado y las cosas que he oído. —Hizo una bola con el envoltorio de la chocolatina y lo tiró a la basura.

Apreté la frente contra mis manos enguantadas como después de recibir la comunión.

—Lo entiendo. Yo creía que a los treinta estaría de gira. Y mírame ahora.

—¿Estás de broma? —dijo—. Eres una estrella. Siempre eres la persona más guay de la sala. —En ese momento me di cuenta de que Bernard llevaba un pañuelo negro parecido al mío. Me dijo que haría cualquier cosa por mí, y le creí.

John Vander Kitt entró en la sala de profesores.

—Saludos, terrícolas. Buenos días a todos.

Bernard se levantó de un salto para chocar los cinco con él.

Un momento después, aparecieron un agente de policía y Riveaux. Nunca los había visto antes allí, en nuestra sala. Fue un poco como ver a tu profesor de primaria en la pista de patinaje.

—Buenos días, hermana —dijo Riveaux.

—Buenos días —contesté.

343

—Señor Vander Kitt —le dijo Riveaux a John—, ¿podemos hablar?

—Por supuesto, investigadora. Déjeme llevar este archivo a mi oficina primero, antes de que se me olvide. Es lo que yo llamo una carpeta Milli Vanilli. —Resopló ante su propio chiste malo.

—John, tienes ahí el café —dije para indicarle a Riveaux dónde estaba el alcohol. La emoción de la investigación se había impuesto a mis dudas y remordimientos.

—¿Vander Kitt? —dijo el agente con voz grave pero suave. Una gota de sudor se deslizó desde su cabeza calva hasta la línea de su mandíbula derecha—. Será mejor que salgamos. ¿Puede acompañarnos?

—¿Kathy está bien? —preguntó John con ansiedad.

—Se trata de usted, John. —Riveaux levantó la barbilla y el pecho. Su cuerpo se endureció hasta convertirse en un escudo. ¿Qué palabras mágicas había recitado para convertirlo en armadura? ¿O el cuerpo le había dicho a la mente: lucha o huye?

Los ojos de John, por lo general amables, se tornaron inexpresivos.

—¿Qué está pasando?

—¿Qué hay en su taza? —dijo Riveaux señalándola—. ¿Bebe en horas de trabajo?

—¿Cómo? ¡No!

—Nos lo ha confirmado sor Holiday. —El agente usó su pulgar para señalarme.

John parpadeó sorprendido.

—¿Que lo ha confirmado sor Holiday?

Cerré un ojo, como si eso pudiera aliviar parte del dolor del momento.

—Lo siento, pero necesita ayuda.

Me miró extrañado.

—¿Nos está ocultando algo más? —pregunté.

—¡No!

—No le vamos a arrestar —respondió el policía—. Pero necesitamos que abandone el edificio. Está usted borracho.

—Sor Holiday, ¿cómo puede...? —Le fallaron las piernas y tropezó, golpeándose los codos contra el borde de la mesa—. Es mi amiga.

—Ella nunca... —Bernard no acabó la frase cuando vio que se me humedecían los ojos.

—John —le dije—, he bebido del termo que hay en su clase. Es...

—¡Puedo explicarlo! —dijo John, y negó con la cabeza—. No es lo que piensa. Estoy bien. Estoy cuidando de mi familia, eso es todo. Es una gran responsabilidad. —John hablaba de forma inconexa, furioso, mientras el policía le acompañaba con firmeza a la salida—. Todo recae sobre mis hombros. Buscaré ayuda. No puedo perder mi trabajo. Ni la asistencia sanitaria para Kathy.

—Me doy asco —le dije a Riveaux después de que todo el mundo se fuera.

—Ha hecho lo correcto. Está velando por el bien de los alumnos.

—Estoy velando por mi propio bien —dije—. He traicionado a John.

Estaba claro que las coartadas de John y Rosemary eran sospechosas, pero yo quería impresionar a Riveaux y a sor

Augustine, demostrar que valía la pena tenerme cerca. Nadie volvería a echarme de un sitio. Pero Bernard me odiaría. Podría haber pasado por alto el problema con la bebida de John. Necesitaba ayuda, pero había formas más compasivas de transmitir ese mensaje.

Sin embargo, yo necesitaba el caso. La obsesión me hacía seguir adelante.

¿Qué me quedaría si lo dejaba?

¿Qué más perdería si seguía adelante?

Salí y esperé en el despacho de sor Augustine, ansiosa por contarle que había demostrado mi lealtad al colegio. A mi hogar. Esperé diez minutos. Doce. Quince. Me senté a su mesa, donde los alumnos deseaban que se los tragara la tierra mientras los reñía por alguna transgresión y donde también buscaban orientación espiritual. Sentí el peso de una posición moral, la necesidad de endurecerse, de pagar un precio por un bien mayor. Necesitábamos que el caso avanzara de alguna forma. Sacar algo en claro.

Sor Augustine no aparecía. Me asomé por la ventana y miré hacia la acera. Allí estaba, con Prince Dempsey: los dos con los brazos levantados rezando ante el altar improvisado.

30

Después de haber traicionado a John el viernes y de mi indigna manera de abordar su situación, Riveaux nos llevó a mí y a sor Augustine al juzgado. Nos sentamos en la segunda fila de la sofocante sala y esperamos a que comenzara el juicio de Prince. Los juicios penales solían durar varios meses, pero cuando el fiscal del distrito había propuesto un juicio exprés, Sophia Khan aceptó encantada; era muy arrogante, como su cliente.

—Todo el mundo en pie —gritó el alguacil—. El caso de hoy es «La ciudad contra Prince Dempsey» por dos cargos: acto de vandalismo en la catedral de Eau Bénite y posesión de un arma de fuego sin licencia.

Le di un codazo a Riveaux.

—¿Han eliminado la resistencia a la autoridad?

—Por suerte han dejado el cargo de posesión de arma de fuego —contestó irritada—. Podría haber dicho que la pistola era su «instrumento de consuelo».

Dos miembros del jurado se abanicaban con un papel.

La abogada Khan apartó su silla de la mesa. A su lado, sentado tranquilamente, estaba Prince Dempsey, con el pelo rubio limpio y las mejillas bien afeitadas. Vestido de manera adecuada, sin BonTon a su lado, no parecía mayor, sino más joven, un muchacho fresco y sano listo para afrontar el futuro.

—Señoras y señores del jurado —la abogada Khan empezó a decir con voz fuerte, con las armas amartilladas—, este caso es un montaje contra un joven marginal. Hay quien ve a Prince Dempsey y piensa lo peor, pero les aseguro que mi cliente es inocente. Les insto a mantener la mente y el corazón abiertos durante todo este juicio. Prince Dempsey es culpable de una sola cosa: de ser un objetivo fácil para un departamento de policía que por desgracia tiene exceso de trabajo y pocos recursos. Este joven nunca ha tenido una vida fácil —continuó de manera apasionada—. Cuando era solo un bebé, su familia fue desplazada durante el huracán Katrina, un cruel acto de Dios —añadió, y nos miró a mí y a sor Augustine—, y luego pasó años dando tumbos por el sistema de acogida, sufriendo varias situaciones de maltrato.

Khan recorrió la sala hasta situarse detrás de Prince: el taconeo de sus zapatos sobre el suelo semejaba al de un desfile de alta costura.

—A pesar de todas estas dificultades, Prince Dempsey se esfuerza por labrarse un futuro mejor. De hecho, quiere ser el primer miembro de su familia en graduarse en el instituto y asistir a la universidad. Todo eso se ve amenazado ahora —dijo, levantando ambos brazos, con las palmas hacia el jurado— porque Prince ha sido acusado de un delito grave de vandalismo y posesión de armas de fuego del que es absolutamente inocente. —La abogada estaba tan cerca del presidente del jurado que prácticamente se sentó en su regazo—. La acusación que les reconfortase les enseñará imágenes de las cámaras de seguridad que, según ellos, muestran a mi cliente en la escena del crimen la noche en cuestión. Pero la tecnología se puede manipular. No se puede garantizar que estas imágenes no estén alteradas. También escucharán el testimonio de los administradores del refugio para animales donde Prince Dempsey estaba trabajando de voluntario la noche en que se produjeron los actos vandálicos. Como dicen los chicos de hoy en día, tenemos la prueba.

Uno de los miembros más jóvenes del jurado sonrió y otro soltó una risita.

La abogada Khan negó con la cabeza como si exorcizara un espíritu de la sala.

—¿Es perfecto Prince Dempsey? ¿Alguno de nosotros lo somos? Por supuesto que no. —Dos miembros del jurado asintieron—. Somos humanos.

—Hay que joderse. —Riveaux me dio un codazo—. ¿Se lo puede creer? —Tenía los huesos afilados como palancas.

En el pasillo, durante un receso de diez minutos, Riveaux no dejó de caminar arriba y abajo. Estaba tan impaciente que parecía a punto de despegar.

—¿Qué le pasa? —Le di un pañuelo limpio, que utilizó para secarse el sudor de la frente.

—No puedo recordar lo que no puedo recordar —dijo.

—Está colocada. —Me había fijado en el comportamiento cada vez más errático de Riveaux, primero supuse que por incompetencia, y después llegué a sospechar que por estar implicada en el incendio. Tal vez en connivencia con la policía.

Algo propio de la gente con autoridad. Menudos cabrones astutos. Cualquiera que se dedique a hacer cumplir las reglas aprende a romperlas. Sin embargo, yo reconocía la adicción en cuanto la veía. Intenté que mis palabras sonaran cálidas, pero necesitaba que supiera que iba en serio, que no iba a permitir que me jodiera, y que sabía que estaba jugando con fuego–. ¿Qué es? –le pregunté–. ¿Vicodina? ¿Oxicodona ¿Valium?

–Por fin acierta en algo –bromeó–. Quizá es más lista de lo que parece. –Se dio un golpecito en el colmillo–. ¿Cómo lo sabe?

–Intuición divina –dije–. Y por sus cambios de humor. Y porque duerme en el coche. Y por su cháchara sin sentido. Ahora está tomando algo, ¿no?

–Sí, quiero decir no. –Se sonrojó–. Siempre tomo algo. Oxicodona. Percocet. Valium. Todas. Ya no lo sé.

–¿Cuándo empezó?

–Me caí de una escalera hace seis años. Investigando el incendio de una casa en Annunciation. Me rompí una vértebra y ocho discos. Necesité tres operaciones de espalda.

–Joder.

–No podía dormir, ni sentarme ni pensar. El dolor no se parecía a nada que hubiera sentido antes. Ni siquiera podía parpadear. Pero la oxicodona borró el dolor. También me encanta el Vicodin, la sensación de flotar. –Se dejó llevar–. Libertad absoluta. Pero empecé a olvidarme de cosas. De registrar pruebas. De detalles clave de las entrevistas. Recordaba mal las fechas. Ahora mi mente es un lugar diferente. Este trabajo es diferente. No está hecho para personas sensibles. Lo que vemos... no puede imaginarlo. Es imposible dejar de verlo. Cuando vuelves a casa tienes que olvidarte del trabajo.

—Es como vivir dos vidas. —Me acordé de papá, duro como una pistola, con el corazón de piedra: le daba tanto miedo sentir algo que asfixiaba cualquier emoción–. ¿Cómo consigue la oxicodona? Después de las demandas, los médicos se pusieron estrictos.

Negó con la cabeza, enjugándose las lágrimas. No habría sabido decir si eran de risa o de las de verdad.

—Dinero, cariño. Rockwell sigue proveyéndome de recetas, visita una nueva clínica cada vez que viaja. Cuando un médico dice se acabó, se va a otro. Un tipo listo como Rock consigue lo que quiere.

—¿Y qué quiere? —Volví a pensar en el canalla de la foto de Riveaux. «Un diablo rubio», habría dicho Dashiell Hammett. Esa sonrisa de labios finos. Me habría encantado arrancársela de un puñetazo de su estúpida cara.

—Me quiere así —dijo Riveaux–, dependiente de él, siempre aturdida. Es para lo único que le necesito.

—Cabrón.

—Ayer lo eché a patadas. —Sacó un pañuelo del bolsillo trasero y se secó el sudor de la frente–. Se ha ido a Houston con su hermano. Le dije que necesitaba desintoxicarme. Necesitamos empezar de cero.

«En realidad, nunca se empieza de cero», pensé. Cada fractura entierra un fantasma dentro.

—Gracias por contarme todo esto.

—Bueno, somos amigas —dijo.

—¿Ah, sí?

—Esta mañana el capitán me ha despedido. Llevaba un tiempo buscándome las cosquillas. Grogan le ha estado comiendo el coco. Los tipos de la vieja escuela como ellos odian estar al mismo nivel que una mujer negra. Les aterroriza el cambio. Y he perdido un informe y algunas pruebas.

No me podía creer que se me hubiera ocurrido ni por un momento que Riveaux pudiera estar compinchada con un engendro como Grogan, trabajando entre bambalinas con ese maldito cobarde.

—¿Qué pruebas? —pregunté, temiendo la respuesta.

—Su blusa y el guante.

Sus palabras quedaron suspendidas en el aire un momento, y acto seguido cayeron como espadas en mi cerebro.

—¿Las ha perdido? —pregunté, incrédula—. ¿Han desaparecido?

—Tengo un recuerdo borroso de haber metido las bolsas de pruebas en un buzón de la zona alta de la ciudad.

Estuve a punto de caerme de rodillas.

—Dios mío, Riveaux. ¿No la arrestaron por eso? Manipular pruebas es un delito.

—Perder no es manipular. —Se quitó las gafas y se apretó los ojos con el dorso de los dedos—. No tengo ni idea de lo que creo que estoy haciendo en comparación con lo que realmente estoy haciendo.

—¿Y ahora qué? —pregunté.

—Rehabilitación en Atlanta una vez y otra hasta que mate a este demonio. O él me mate a mí. —Una película blanquecida velaba sus ojos, como dos espejos antiguos—. Y también tengo que dejar a Rock.

—Conozco esa sensación.

Se ajustó las gafas sobre el puente de la nariz sudorosa.

—Después me dedicaré a la investigación privada y a mis perfumes. Necesito estar ocupada, poner en práctica mis habilidades. Ha llegado la hora de ser mi propia jefa.

Estaba tan celosa que me sudaban las palmas de las manos.

—La normativa para ser detective privado en Nueva Orleans es una locura. Necesitas mil horas de formación para obtener una licencia.

—Haré prácticas con un investigador privado después de la rehabilitación.

El plan pareció calmar a Riveaux, ofrecerle un atisbo de esperanza, que es lo único que se necesita.

—Puede hacerlo —le dije con sinceridad.

Sonrió.

—Entonces ¿por qué no me imita y consigue su licencia de investigadora privada?

—¿Qué? —Me quedé sorprendida y encantada a la vez—. No creo que la Diócesis lo aprobara.

—¿Quién ha hablado de decírselo a la Diócesis? —Sonrió con satisfacción. En el ambiente flotaba un aire de ligereza. Magnolia Riveaux y sor Holiday, Agencia de Investigación La Redención. Resolvemos su caso y perdonamos sus pecados.

—Especial dos por uno. —Me ajusté el pañuelo del cuello, que estaba empapado por completo de sudor—. Pero tiene que conseguirnos una furgoneta con un sistema de aire acondicionado que funcione.

Soltó un silbido.

—Tengo una larga lista de cosas que hay que solucionar.

El tribunal reanudó la sesión diez minutos después.

—La defensa llama a nuestro primer testigo: Sor Augustine —dijo la abogada Khan.

Sor Augustine, animada por el sentido del deber, se levantó y ocupó su lugar cerca del alguacil. Su velo la siguió, ligero como una pluma.

El alguacil colocó la Biblia encuadernada en cuero delante de su cuerpo grácil. La sala bullía de expectación.

—Por favor, levante la mano derecha —dijo.

Cuando sor Augustine puso la mano izquierda sobre la Biblia y levantó el brazo derecho, la manga de su blusa negra se deslizó hacia abajo. Por primera vez, conmigo entre el público y ella bajo los focos, la vi como una persona, no como mi madre superiora. Estudié su rostro. Sus gestos. Sus claroscuros.

—¿Jura decir la verdad, toda la verdad, con la ayuda de Dios? —le preguntó el funcionario del tribunal.

Observé su rostro, sus ojos tranquilos. La piel de la parte interior de su muñeca y antebrazo derechos. Algo me llamó la atención. En la muñeca. En el lugar donde se cruzan las venas. Una marca oscura de color burdeos en la piel. Por un instante pareció un tatuaje. Pero no.

Estiré el cuello para intentar ver mejor y estuve a punto de caerme.

—Sí —respondió sor Augustine.

Era una quemadura.

Desde donde yo estaba sentada, bajo el juego de sombras de las luces fluorescentes de la sala, la quemadura de sor Augustine tenía la forma de una cruz, de las dos líneas perpendiculares que me habían salvado. Una herida en la parte interior de su muñeca derecha, exactamente donde se había quemado la manga de mi blusa robada.

La gasa que faltaba del botiquín. Se la había curado ella misma.

Al instante recordé una frase: «Hoy huele usted a árboles nuevos y a caléndula». Sor T se lo había dicho a sor Augustine la mañana siguiente al primer incendio.

Miré a Riveaux, distraída, moviéndose en su silla, estru-jándose las manos una y otra vez.

—Riveaux —susurré—. ¿Para qué se usa la caléndula?

—En remedios homeopáticos. Para relajarse. Favorece la curación de la piel. Es bueno para las quemaduras.

Crema para quemaduras.

31

Sor Augustine pasó unos escasos diez minutos en el estrado, pero pareció una eternidad. Todas las piezas encajaban, incluso cuando todo se desmoronaba. Tuve que ponerme la mano sobre el corazón, respirar por la boca y contar los segundos.

Todo estaba implosionando.

Al fondo de la sala, la sargento Decker y el detective Grogan charlaban en voz baja mientras sor Augustine respondía a todas las pregunta sobre Prince, su infancia problemática, su vida en Saint Sebastian, el amor que Dios le profesaba. Cada sílaba sonaba como una mentira.

Sentado a la mesa de la defensa, Prince Dempsey agachaba la cabeza. La abogada Khan le dijo algo al oído y entonces él se incorporó, atento. Los ojos de Grogan se encontraron con los míos. Su reciente corte de pelo le hacía parecer un capitán del ejército.

Antes de que empezara el interrogatorio de Riveaux, sor Augustine abandonó la sala. Salí disparada de mi asiento detrás de ella, pero no logré alcanzarla. Corrí a lo largo del pasillo, pero ya no estaba. Crucé la puerta principal y la vi alejándose del palacio de justicia. Su velo negro ondulaba a su espalda.

–¡Hermana!

Se dio la vuelta.

–Lo sé –dije sin aliento.

–¿Qué sabe?

–Todo.

–¿Qué?

Se le ensombreció la cara.

–Sé lo que hizo. Los incendios. Jack. Sor T. El autobús escolar. Saint Anne.

Suspiró.

–Dios nos pide que hagamos lo impensable, que forjemos un nuevo camino. Ese era mi deber. La labor de Dios.

Apoyé las manos en las rodillas e intenté recuperar el resuello.

–No me lo puedo creer.

–Lo que Dios nos pide, debemos hacerlo. Sacrificarnos. –Sus ojos estaban vacíos de expresión. Se les habían acabado las pilas. Ni un parpadeo–. Tengo más suerte que la mayoría de las mujeres. Yo... –Sor Augustine se interrumpió–. Haré lo que Dios me pida.

–¿Sin remordimientos? ¿Qué demonios es usted? ¿Ya ni siquiera es humana?

Esbozó una sonrisa.

–Sor Thérèse y Jack ahora gozan de una existencia infinita en el Reino de Dios, como todas las personas que han sido sacrificadas desde el principio de los tiempos. Lo imposible es nuestra única prueba verdadera. Usted lo sabe mejor que nadie, sor Holiday. –Me agarró las manos enguantadas.

Aparté las manos y, sin importarme quién pudiera oírme, alcé la voz:

—¿En serio me está diciendo que esa era la voluntad de Dios? Esa fue su voluntad, la suya.

—Dios le pidió a Judit que quitara una vida.

Sus palabras eran una puta locura, pero las decía tan en serio que resultaban escalofriantes.

Bajó la mirada.

—Judit sintió el aliento que se extinguía en sus manos. Dios le pidió a Abraham que sacrificara a su propia sangre, a su hijo, Isaac. Mi padre también me sacrificó. Tanto dolor después de la guerra tuvo que ponerlo en algún lugar. Una y otra vez durante años. No pudo evitarlo. Mi madre fingía no darse cuenta, fingía no oírme gritar. Entonces se me empezó a hinchar el vientre.

Me atraganté.

—¿Su padre la violó? ¿La dejó embarazada?

—Dios lo decretó y el embarazo me salvó. A los catorce años me enviaron a nuestro convento, donde las hermanas me acogieron y tuve al niño. Trajimos una luz brillante, un niño, a un mundo oscuro, mientras a miles de kilómetros de distancia mi padre anudaba una soga. La vergüenza te come vivo.

—Lo siento.

La vergüenza te destruye, después te aísla. Había estado a punto de acabar con Moose. Al ritmo que iba, podría acabar conmigo.

—Cuando la Diócesis, esos tres astutos charlatanes, se lo llevaron todo, nuestro poder, nuestra autonomía, Dios me dijo que lo recuperara. Los hombres mortales son débiles, por eso nunca se detienen.

Sor Augustine tenía razón. Su propio padre. Los que agredieron a Moose.

–¿Utilizó los guantes de trabajo de Bernard para provocar el incendio? –pregunté, mareada, apenas capaz de mantenerme en pie–. Se le debieron caer cerca de la ambulancia.

–Cuando levanté los brazos para rezar, uno se me escurrió –dijo–. Quemé el otro en el autobús escolar.

–Sor T olió la caléndula de su crema para las quemaduras.

–Me insistió para que confesara, para que se lo contara a la policía –dijo sor Augustine con una voz distante y próxima a la vez. No parecía ella en absoluto, sino más bien un muñeco de ventrílocuo.

«Solo el que está roto puede romper a otros», decía mi madre.

La sublimación es desastrosa. La impotencia alimenta la necesidad de control. Alimento para el fuego. Cada secreto es una semilla de veneno. La cuestión no es si los secretos te estrangulan desde dentro, sino cuándo.

–Prendió fuego al autobús escolar y a Saint Anne para sembrar el caos. Puso mi púa de guitarra junto al cuerpo de sor T, escondió mi blusa quemada en la papelera de mi clase. –Su silencio me enfureció–. Abrió mi correo, registró mis cosas.

–Sor Honor leyó su correo. Estaba segura de que se hallaba involucrada. Usted no es la única detective que hay en Saint Sebastian.

–Me tendió una trampa, jugó conmigo desde el principio –dije–. ¿Dios también le pidió que me inculpara?

Yo era el blanco fácil. Sor Augustine, el Espíritu Santo. La víctima. El pirómano. El demonio. Como la belleza, el mal está en el ojo del que mira.

Sor Augustine se alisó el velo.

—Sabía que no dudaría de mí. La acepté cuando nadie más lo hubiera hecho, cuando estaba totalmente perdida, sin esperanza, pero, eso sí, dispuesta a seguir órdenes.

—Me encerró en el cuarto del conserje.

—Es usted un alma descarriada, que necesita ser...

—Libre.

—No, todo lo contrario. Dependiente. Como Prince Dempsey.

—¿Qué significa eso? ¿Qué tiene esto que ver con Prince?

—Los dos me necesitan: usted y Prince, mis dos hijos perdidos. Pero a veces los dos necesitan un pequeño recordatorio. Le di una dosis insuficiente de insulina, solo un poco, igual que avivé sus angustias. Solo lo suficiente para que siguiera siendo dependiente, suspicaz. No iba a permitir que ninguno de los dos se alejara demasiado. —Iba enumerando sus actos malévolos como la lista del supermercado—. Lo que Dios me ha pedido, lo he hecho. Este es su plan, no el mío. Lo haría todo de nuevo. —Hablaba de una manera tan piadosa que resultaba exasperante.

—La llevaré a la estación de autobuses. Se va de Nueva Orleans esta noche —insistí—. Después de cenar. Una última cena.

—Este es mi hogar.

—En realidad, es mi hogar. Usted no se lo merece.

Esa noche, de camino al convento, podría habérselo contado todo a Riveaux. Que había pasado por alto todas las pistas. Que era sor Augustine quien había provocado los incendios, quien había matado a Jack y a sor T para mantener el control, para castigar a los hombres que cometían abusos. Para salvar la iglesia, el colegio, su historia personal y su poder. Ella había orquestado la artimaña final y yo era un peón. Había encendido la cerilla con los guantes de trabajo de Bernard. Había entrado y salido de la cafetería, subido y bajado del autobús antes de los incendios sin que nadie se diera cuenta ni la recordara. La gente ve lo que quiere ver. Con el velo y el hábito, las monjas son invisibles.

Sor Augustine me había utilizado. Yo creía que el año anterior me había acogido en la orden por la fuerza de su fe. Había dicho que yo podría redimirme, contribuir a insuflar nueva vida a las Escrituras, compensar la falta de postulantas, abrir un nuevo capítulo para la Iglesia. Pero desde el principio ella había manejado los hilos. Quería recuperar el poco control que tenía. Sor Augustine nunca podría ser sacerdote u obispo. Ninguna mujer podía. No iba a permitir que la diócesis la eliminara. Su cerebro y su corazón estaban corroídos por los abusos que había sufrido, por la podredumbre institucional, por las décadas de enconamiento.

Y yo me merecía lo que me había pasado.

Todo.

Era mi penitencia.

En cuanto Riveaux supiera la verdad, se lo diría a Decker y a Grogan. No podía hablar hasta que estuviera segura de que sor Augustine había huido. De lo contrario, se pasaría en la cárcel el resto de su vida. Sor Augustine había cometido el pecado máximo, pero yo también. Ya había matado a una madre. No iba a perder a otra.

32

La cena fue un ejemplo perfecto de lo que es un silencio tenso. Ni siquiera el ventilador del techo hacía ruido. Mientras servía el guiso de pescado de sor Augustine, que se había cocido tanto tiempo que se deshacía, me sorprendió su excepcional calma y su estoica resolución. Intenté imaginar qué escritura, sagrada o no, estaba evocando aquella mente encriptada. En la Última Cena, Jesús le dijo a Judas que se pusiera manos a la obra. No solo previó la traición, sino que no la impidió. Al menos en mi opinión, dio luz verde a toda esa mierda.

No se puede ir hacia atrás. Solo hacia delante. Excepto Jack y sor T, que yacían en un ataúd.

Y John, que estaba de baja sin sueldo, a la espera de la decisión de la Diócesis. Si a John le prohibían enseñar, se quedaría sin trabajo y Kathy estaría jodida. Más víctimas de sor Augustine. Y mías.

Afortunadamente, Lamont y Jamie se estaban recuperando. Si eran capaces de sobrevivir al fuego, podrían manejar la mierda tóxica de su familia. Tal vez había una chispa de esperanza. Un atisbo de curación pendiente de ser descubierto.

Bernard me prestó su coche. Mentí al decirle que necesitaba ayudar a un estudiante que había tenido una emergencia. Aunque ya no tenía carnet y nunca me había visto conducir, Bernard no se inmutó.

—Lo que necesites, hermanita.

Con el dinero que me había dado para el tatuaje de Judit unos días atrás y cien dólares que robé de la caja del convento, sor Augustine tendría suficiente para un billete de autobús a México. La llevé a la estación, rezando por que nadie se fijara en nosotras.

El interior del coche de Bernard era como una fosa séptica. Sudaba a través de la blusa. Cuando divisé la estación, rompí el silencio:

—Creía que me quería.

—No se trata de usted —dijo sor Augustine—. Esto es mucho más grande que usted.

—Ha roto muchas cosas. Mi confianza. Mi corazón.

—Dios sanará su corazón, si se somete a Él. El obispo es incapaz de someterse; el obispo se cree Dios, pero Dios solo hay uno. Mi padre no pudo someterse ni arrepentirse, y lo pagó con su vida. Mi madre tampoco, al no entender el pecado original ni la redención. —Hacía mucho calor en el coche, pero su voz sonaba gélida—. ¿No ha aprendido nada desde que se unió a la orden?

Una vez en el aparcamiento de la estación de autobuses, sor Augustine abrió la puerta y salió. Con el dinero en la mano y la toca bien sujeta a su pelo blanco, recitó unas palabras del Éxodo 15, 2.

—«El Señor es mi fortaleza y mi canción: Él me ha dado la victoria». —Dejó caer su rosario sobre el salpicadero—. Lo necesitará.

Cualquiera que nos hubiera visto habría dicho que éramos familia: una sobrina deseándole buen viaje a su tía favorita. O una madre y su hija.

Su autobús salió del aparcamiento sin ningún estruendo. Había neblina, silencio. No había pájaros nocturnos ni cigarras. Ni ranas.

En aquella quietud desarmante, tomé el rosario e intenté rezar. Intenté hablar con Dios. No estaba preparada para volver a la iglesia o al convento. La idea me asfixiaba. Mis dedos tocaban cada cuenta, pero mi cerebro seguía cercenando las palabras. Lo intenté unas cuantas veces más y me rendí.

De vuelta en el aparcamiento de la iglesia, cerré con llave el coche de Bernard y mientras caminaba hacia el convento comencé a verlo todo con frialdad. ¿Qué acababa de hacer?

Las velas del altar de la acera parpadeaban como luciérnagas en la espesa noche.

Fue entonces cuando la vi. Estacionada en la calle, apareció una imagen familiar. La furgoneta roja de Riveaux ya había salido del taller.

Corrí hacia ella. Las llaves, como de costumbre, seguían en el contacto. Llamé a la ventanilla —«¿Riveaux?»—, pero no estaba.

Desde el paseo del colegio podía ver las luces del interior de la iglesia filtrándose por los vitrales.

Asomé la cabeza.

—¿Hola?

Riveaux estaba de pie en el centro de la iglesia, entre las dos zonas de bancos.

—¿Qué pasa? —pregunté—. ¿Necesita una sesión de oración nocturna o algo así?

Riveaux hablaba por teléfono; levantó la mano para indi-car que me callara.

Mientras caminaba hacia el altar, negué con la cabeza.

No podía creer lo que estaba viendo.

—¿Sor Augustine?

Sor Augustine estaba arrodillada frente a Riveaux, junto al altar. Tenía las manos juntas, pulgar contra pulgar, en posición de oración. Unas esposas unían sus delgadas muñecas.

—¿Qué demonios está pasando?

Riveaux, con la mano en el brazo de sor Augustine, se rio con ganas.

—Es usted la monda, hermana. ¿De verdad me lo pregunta?

Sor Augustine no abandonó su postura de oración. No levantó la mirada ni se desconcentró.

—Nunca adivinaría quién provocó los incendios —dijo Riveaux sin ninguna emoción, y bebió un sorbo de su botella de agua.

Procuré contener mi emoción.

—¡Puedo explicarlo!

—Ha resuelto el caso. —Riveaux no levantó los ojos del sue-lo, como si eso fuera demasiado pedir. Como si no valiera la pena mirarme a la cara—. Bien hecho, sor Dientecitos de Oro.

Me quedé sin palabras.

—Escuché la conversación que mantuvieron las dos des-pués de que sor Augustine testificara. —Hizo una pausa in-cómoda, como si estuviera decidiendo entre la empatía o la ira—. Pero fue más que eso. He escuchado todo lo que ha dicho en la furgoneta estas dos últimas semanas. La respues-ta siempre está en las pruebas. Todas apuntaban a la orden. Tenían el acceso, los horarios. La he seguido durante semanas. Incluso vi cómo le pegaba a Prince Dempsey. Una de esas típicas chorradas de monja, con una regla. La seguí hasta la estación.

—¿Me ha seguido? ¿Me dejó que le acompañara todo este tiempo solo para poder espiarme? —pregunté—. Dijo que éramos un equipo. Amigas. ¡Mintió!

—¿Yo? Usted ha intentado sacarla del país. Yo estoy haciendo mi trabajo.

—Ya no es su trabajo —la corregí.

No me hizo caso. De repente era una extraña.

—Después de que la llevara a la estación, detuve el autobús. No puedo arrestarla oficialmente, pero Grogan y Decker sí. Los he llamado. Están en camino.

—No.

—Sor Augustine se sintió aliviada de que la encontrara. Me pidió un poco de tiempo para rezar una última vez en el altar antes de que la entregue a Homicidios.

Yo estaba temblando. Intenté arrodillarme despacio pero acabé cayendo. Mis rodillas golpearon el duro suelo con violencia, no con la suavidad de la genuflexión.

—¿Grogan va a arrestarme a mí también?

La iglesia me daba vueltas. Los vitrales eran un retorcido caleidoscopio.

—Sí. Es cómplice.

—Mentiré. —Un instinto extraño pero familiar acudió a mi rescate. La supervivencia. A cualquier precio—. Diré que usted estaba drogada, fuera de sus cabales, y que perdió pruebas. Y que yo no tenía ni idea de que sor Augustine estaba involucrada.

—Qué buena cristiana.

Un fuerte golpe retumbó en mi oído. Era la puerta principal de la iglesia, por donde tantos feligreses entraban y salían para redimirse. Prince y BonTon venían hacia nosotras.

Sor Augustine se había puesto en pie, con las manos esposadas delante de ella.

—Prince, salga.

—¿Estáis de fiesta o no estáis para fiestas?

—¡Fuera! —repetí—. ¡Ya!

Prince me miró y después miró a sor Augustine.

—¿Qué cojones? —gritó—. ¿Por qué está esposada?

BonTon rechinó los dientes y se abalanzó sobre Riveaux.

—¡Aleja a ese maldito perro de mí! —Riveaux se echó hacia atrás.

—¿O qué? —dijo Prince—. Usted no es de la policía, así que no va armada.

—Salga —le supliqué—. Sor Augustine, por favor haga que Prince escuche.

Me giré para ver la reacción de sor Augustine, pero se había ido. Había salido corriendo durante el numerito de Prince.

—Riveaux —dije.

—¿Qué pasa ahora? —Riveaux giró la cabeza en mi dirección tan deprisa que las gafas estuvieron a punto de caérsele de la cara.

—Sor Augustine se ha largado.

—Maldita sea. Vaya por delante —dijo Riveaux—. Yo iré por la puerta lateral.

Pasé corriendo junto a Prince mientras la perra ladraba. Salí por la puerta principal pero no vi nada. Riveaux se movía despacio, apenas trotando, más rígida que nunca. Para cuando salió por la puerta lateral, yo ya había dado dos vueltas alrededor del colegio.

—¿Dónde diablos se ha metido? —pregunté.

—Va esposada. —Riveaux estaba cabreada pero razonaba—. Y es vieja. No llegará lejos.

—¡Hermana, usted no es así! —le grité al aire.

Tampoco es que yo supiera cómo era en ese momento.

—¡El cobertizo! —señaló Riveaux.

Al otro lado del patio, la puerta del cobertizo estaba abierta. Se oía ruido dentro.

Corrí hacia allí a toda velocidad. Riveaux iba sudando detrás de mí.

—Sor Augustine.

Al aproximarme al cobertizo lo olí. Ese olor molesto, caliente y dulce. Gasolina.

—Hermana, no.

Encendí la luz y vi a sor Augustine arrodillada en el suelo mojado. Se había empapado de gasolina. El recipiente rojo que Bernard utilizaba para llenar el viejo cortacésped estaba tumbado en el suelo, vacío. Su velo, aún sobre la cabeza, goteaba gasolina. Tenía el hábito empapado.

—Hermana, ¿qué está haciendo?

—Es la hora. —Sor Augustine se puso de pie—. Ha llegado el momento. Mi renacimiento comenzará esta noche. Rezamos en nombre de Dios. —Entre sus dedos tenía una de las cajas de cerillas de Bernard.

Riveaux jadeaba detrás de mí.

—¿Qué está pasando aquí?

—Retroceda —le supliqué—. Déjele un poco de espacio.

Sor Augustine pasó a mi lado y salió del cobertizo. Los vapores de la gasolina me hacían ver triple.

—Sor Augustine, por favor.

Fuera, a la tenue luz de la farola, sor Augustine recuperó la sonrisa.

Me arrodillé frente a ella.

—El suicidio es un pecado

—También lo es el asesinato —dijo en voz baja—. Pero es lo que el Señor quiere.

—¡Pero no tendrá tiempo para arrepentirse! —grité—. ¿Y si es verdad? ¿Y si todo es verdad? Se pasará la eternidad en el infierno.

En algún momento, sor Augustine debía de haber retorcido sus huesudas manos esposadas para abrir la caja de cerillas roja. Arrancó una de del librillo.

—Deje las cerillas, por favor —le dije—. Recuerde: «Dios no nos creó para poseer, sino para cuidar de la creación». Estos cuerpos los tenemos de alquiler. Pertenecemos a Dios.

Sor Augustine cayó de rodillas. Le tendí la mano.

—Tiene razón, sor Holiday. Yo no puedo decidir cuándo acaba mi vida. —Continuó con el catecismo—: «Somos administradores, no dueños, de la vida que Dios nos ha confiado. No podemos disponer de ella».

Intentó levantar las manos esposadas y enroscadas hacia el cielo, y yo le arrebaté la caja de cerillas y se la lancé a Riveaux. El escándalo debía de haber alertado a sor Honor, que se acercó con cautela a la puerta abierta del cobertizo.

—Debo arrepentirme —dijo sor Augustine—. Señor, mi Salvador. Todo lo que hago, lo hago por ti. Sacrifiqué a nuestro hermano Jack y a nuestra hermana Thérèse por tu gloria.

Sor Honor gimió como un animal herido:

—¿Qué?

—Ahora no —la instó Riveaux.

—¿Qué ha dicho? —preguntó sor Honor.

—Todo es por ti, Señor.

—Sacrificó a Jack y a sor Thérèse.

Sor Honor le lanzó un escupitajo a sor Augustine.

—Déjenos un poco de espacio —pedí.

Sor Honor agarró a sor Augustine por los brazos, la levantó y la lanzó contra la pared exterior del cobertizo. Intenté apartarla, pero me empujó.

—Basta —dijo Riveaux—. No nos está ayudando.

—¿Qué ha hecho? —preguntó virulentamente sor Honor.

—No lo lamento —dijo sor Augustine—. No lo lamento.

Sor Augustine se alejó del cobertizo. Sor Honor era tan feroz como la sed. Volví a poner mi mano sobre su grueso brazo.

—¿Qué ha hecho? —repitió sor Honor—. ¿Cómo ha podido decir eso? Nos ha traicionado a todos.

Sor Augustine caminaba hacia atrás por la acera, llorando.

—Todo lo que hago, todo lo que he hecho cada minuto de cada día, es todo por Dios. No iba a permitir que nosotras, nuestro trabajo, quedara borrado.

Sor Honor seguía gritándole mientras Riveaux la sujetaba. Las lágrimas de sor Augustine brotaban con fuerza, como la sangre de Jamie.

—¡No! —gritó Prince—. Déjenla. Déjenla en paz. —BonTon le pegó un mordisco en la pierna a Riveaux, que dio un salto hacia atrás y soltó a sor Honor.

Sor Honor se zafó sin dejar de proferir con una lluvia de insultos. Sor Augustine lloraba mientras retrocedía, paso a paso, hasta que fue demasiado tarde. Estábamos tan concentradas en detener el azote verbal de sor Honor que nadie se había dado cuenta de lo que estaba ocurriendo. Sor Augustine había entrado de espaldas en el altar de la acera. Había docenas y docenas de velas, pero una sola mecha fue cuanto necesitó. Su hábito, impregnado de gasolina, estalló en un muro de llamas. En menos de lo que se dice amén.

—Hermana —grité—. ¡No!

—¡Salvadla! —Prince rodeó su cuerpo en llamas.

BonTon aulló.

Sor Augustine agitaba los brazos. Rugió y cayó como una bestia atravesada por una lanza.

En un gesto tan instintivo como un parpadeo, extendí mi mano hacia ella. Para salvarla o para sentir el fuego yo misma. Para caer en las llamas con ella. Con mamá.

Era mi turno.

Una chispa saltó como una pulga y me prendió fuego al brazo. Estaba demasiado conmocionada para gritar. El brazo me ardía. Durante un diabólico segundo, sentí lo que hacía. El dulce alivio de rendirse, de dejarse ir, de abandonarlo todo. No la redención, sino la libertad. El calor era una avalancha de cuchillos de sierra que me cortaban la ropa, me quemaban la piel y me abrasaban la cruz de metal del pecho.

Pero entonces alzaron mi cuerpo. Riveaux me había levantado y me había depositado sobre el pavimento seco. Intenté incorporarme de un salto.

Riveaux me retuvo.

—No.

Aullé cuando me dio manotazos hasta apagar la brasa encendida de mi brazo.

Con su velo, sor Honor golpeaba frenéticamente la constelación de llamas que devoraba a sor Augustine, que estaba boca abajo, gritando. Pero el fuego era una fuerza tan compleja, que engulló a nuestra madre superiora con su luz ardiente. Los gritos de sor Augustine eran tan agudos que resultaban casi seráficos.

—Deténgala —le supliqué a Riveaux, que saltó como un boxeador en el ring, sin arredrarse, y tiró a sor Honor al suelo.

Prince maldijo y abrazó a BonTon. A pesar de toda su palabrería, lo único que podía hacer era llorar.

Entré en el cobertizo, caminando sobre el suelo empapado de gasolina, sujetándome la parte superior del brazo. «Dios te salve, María. Madre de misericordia, vida y dulzura, esperanza nuestra». La manguera estaba enredada, así que tiré el cubo al fregadero grande, lo llené y volví corriendo.

Cuando regresé, sor Honor daba vueltas como una rueda de fuegos artificiales, con todo el brazo derecho en llamas. Cayó hacia atrás con fuerza, a un metro de la tormenta de fuego de sor Augustine.

—¡Ruede! —tronó Riveaux—. ¡Ruede! ¡Tápese la boca!

Yo solo tenía un cubo.

—¡Hágalo! —gritó Riveaux.

Una dosis de agua para dos personas en llamas.

Ya fuera por lógica, instinto o porque Dios actuaba a través de mí, elegí a sor Honor y arrojé el agua sobre su brazo en llamas. El ojo de fuego parpadeó una fracción de segundo, como si me estuviera observando.

Salieron chispas centelleantes y acto seguido se apagó.

—Oh, Dios mío. —Sor Honor estaba sin aliento, con los ojos cerrados. Levantó su brazo chisporroteante, como temiendo que algo lo rozara.

Cuando el humo se disipó, vi a sor Augustine: un cadáver carbonizado en el suelo.

—¿Por qué me ha salvado? —Sor Honor estaba apoyada sobre las rodillas—. Debería haberla elegido a ella.

—Qué manera tan patética de darme las gracias.

—La hemos perdido. —Sor Honor se encogió sobre sí misma, arrodillada en la acera llena de ceniza—. Se acabó. Todo ha terminado. —Y añadió—: Empezaremos de nuevo.

—¿Cómo?

—Porque tenemos que hacerlo.

Había vuelto a perder a una madre, pero esta vez no había sido culpa mía. Sor Augustine había elegido su destino.

—¡Lo siento! —Sor Honor se golpeó la cabeza, casi arrancándose el pelo—. ¡Perdóneme! Lo siento mucho.

Levanté la vista y vi a Grogan y a Decker corriendo desde el otro lado de la calle. Decker atendió a sor Honor y Grogan inspeccionó el cuerpo de sor Augustine, que humeaba pero estaba perfectamente inmóvil. Como mi amigo Jack después de su salto a lo desconocido. Las luces de los camiones de bomberos iluminaban la calle a medida que se acercaban. Prince sollozaba, aferrándose al tenso cuerpo de BonTon.

Yo estaba de rodillas, sobre el suelo abrasador: las quemaduras de mi brazo derecho parecían radiactivas.

Sor Honor gimió, intentó no mover el brazo mientras Decker la ayudaba a subir a la ambulancia, aparcada junto al círculo de palmeras.

El fuego había devorado la mayor parte del rostro de sor Augustine como si fuera un mar de ácido. El fuego siempre volvía.

Tal vez nunca había estado destinada a salvar a mi madre o a mi madre superiora. La muerte no solo es irreversible, es inevitable. Los seres humanos estamos diseñados para cargar con una pérdida tras otra. Dios es el nombre que necesitamos oírnos decir para seguir viviendo. Y necesitamos que Dios nos ponga a prueba. Igual que el calor templa el vidrio, también nos hace más fuertes. Más sagrados y bellos.

Grogan me llevó al otro lado de la calle, una muestra de valor barato.

—No sé si tiene mala suerte o se la trae a todo el mundo —dijo con voz amarga.

Riveaux le siguió sin aliento. Mientras Grogan se apresuraba de vuelta al lugar donde yacía el cuerpo de sor Augustine, Riveaux se me acercó.

—No voy a delatarla. No diré que la ayudó a huir de la ciudad.

—¿Cómo voy creer algo de lo que diga?

Me miró fijamente a los ojos.

—Mienta sobre el billete de autobús y mienta bien. Yo la apoyaré.

—No la necesito.

—La verdad es que sí —dijo.

Se propinó un golpecito en el colmillo, dio media vuelta y se alejó.

Al cabo de un rato, Rosemary Flynn apareció con una botella de agua. Las lágrimas le habían corrido el rímel, normalmente perfecto.

—¿Acaso ha venido la ciudad entera? —Actué como si me molestara verla, pero cuando se acercó a mí, un relámpago estalló en mis manos, bajo mi piel, como si sudara por dentro.

—Calle y deje que la cure. —Me sujetó el brazo, haciéndome gritar de dolor—. Lo siento.

—Eso no ayuda. —Esbocé una mueca.

—Estaba en Saint Charles, oí sirenas y las seguí.

El ardor de la quemadura era insoportable. Tatuajes y cicatrices, mapas de dónde había estado y quién había sido. Quería besar a Rosemary mientras ella seguía palpándome el brazo. Acercar mi cara a la suya y quedarme allí. La delicada conmoción del primer beso. La tensión que devuelve el latido a un corazón muerto.

Promesas. Votos.

Le hice una promesa a mi madre: encontrar un sentido. A su muerte. A esta vida.

Riveaux y yo habíamos hecho la promesa de guardar mutuamente nuestros secretos. Los ojos de sor Honor estaban inyectados en sangre, como si fueran dos huevos de Pascua pintados de rojo. Tenía el pelo, corto y blanco, al descubierto. Me cogió la mano izquierda. Para trazar una línea entre este mundo y el siguiente, con lágrimas en los ojos recitamos palabras que, con suerte, se elevarían con el humo hacia el otro reino.

—«Cenizas a las cenizas, polvo al polvo. Comerás el pan con el sudor de tu frente, hasta que vuelvas a la tierra, pues de ella fuiste tomado; pues polvo eres, y en polvo te convertirás».

Soy una pecadora, pero cuando toco mi brazo quemado, la cicatriz que se está formando, siento el calor de algo divino, como la hostia de la comunión derritiéndose en mi lengua.

Se supone que debo creer que Dios es un hombre blanco y poderoso con barba blanca que reside en una nube blanca como malvavisco, pero no es así. Dios no es una persona. Dios es todo, está en todas partes, en todo esto, en los detalles que recuerdo y en todo lo que he olvidado. En la terquedad del fuego. En las pistas tan obvias que llegan a cegarte. Sangre que limpia y sangre que mata. Dios es perfección, incluso en la devastación. Puede que esto sea lo único de lo que estoy segura: Dios está especialmente vivo en las mujeres. La línea de un hombro, la profundidad gris de una mirada, una mano lo bastante fuerte para extenderla y tomarla, una mano lo bastante fuerte para darla.

AGRADECIMIENTOS

A mis agentes, Laura Macdougall y Olivia Davies, les profeso gratitud eterna. Vuestra perspicacia, generosidad de espíritu y determinación mantuvieron el fuego encendido.

A mis ángeles de los libros, Gillian Flynn y Sareena Kamath, gracias inconmensurables por vuestra inteligencia y por traer al mundo a sor Holiday. Gracias al equipo de ensueño de Zando, y a Evan Gaffney y Will Staehle por el diseño, icónico y demoledor, de la cubierta.

Gracias a mis primeras lectoras, estudiosas de la novela policiaca, atentas oyentes y mágicas artistas de mi vida: Puya Abolfathi, Jenn Ashworth, Sienna Baskin, Rebecca Castro, Adam Dunetz, George Green, Summer J. Hart, Tonya C. Hegamin, Hilary Hinds, Lee Horsley, Debra Jo Immergut, Nguyễn Phan Quế Mai, Edie Meidav, Petra McNulty, Anthony Psaila, Michael Ravitch, Liz Ross, Pamela Thompson y Todd Wonders. Un profundo agradecimiento por sus mentes inquietas y sus luces de neón. Gracias a los bomberos locales por compartir su experiencia (y mantenernos a salvo), y a los agentes de policía que amablemente me permitieron acompañarles y aprender el oficio.

El apoyo del Massachusetts Cultural Council, la I-Park Foundation de Connecticut, el Vermont Studio Center, Sisters in Crime y la Eastern Frontier Foundation Norton Island Residency me fueron de gran ayuda para realizar este trabajo.

Gracias infinitas a mi familia por su apoyo constante. Eterna gratitud a mi compañera, Bri Hermanson, que aprecia la belleza de cada día y nunca me permite abandonar.

A las monjas, a los místicos, a las brujas, a los obstinados optimistas, a los curanderos queer, a los que respiran fuego: gracias. A la ciudad de Nueva Orleans, gracias por abrirme su corazón ardiente.

Este libro es para vosotros, queridos lectores, dondequiera y cuandoquiera que estéis. Hay esperanza para nosotros.